起家靠長姊

1

文創風 1156

魯欣 著

目錄

序文

魯欣

穿越小說風靡已久，身懷絕技的穿越者們演繹了無數精彩絕倫的故事。看得多了，難免會想，如果穿越到古代的只是一個平平無奇的女孩，沒有強力的金手指，那麼該怎麼生活呢？穿越的姑娘們就比本土女性活得精彩，難道古代女性的勤勞智慧靈巧都是假的嗎？經過反覆思量，我覺得，誠然如今有了更多受教育學習的機會，但是最重要的並不是這些技能本身，而是一個思想自由、獨立自信、性別平等的靈魂。正是有了這樣的內在精神，一個個穿越女的故事才立得住說得通，讓人信服。

基於此，女主角何貞的設定就是一個沒有特別技能，卻因為有了網路而什麼都知道一些的普通人，就像寫出這個故事的我，就像身邊擦肩而過的多數人。

《起家靠長姊》這個故事源自我在社會新聞裡看到的網友留言，說村子有一戶人家夫妻都不在了，十二、三歲的小姑娘撫養弟弟妹妹，雖然有國家提供的救濟金，但是小姑娘還是經常到各家各戶打零工。生活很艱難，小姑娘卻很堅韌。短短的幾句話，甚至勾勒不出小姑娘的輪廓，卻打動了當時已經昏昏欲睡的我。等到真的下筆的時候，我卻幾次為自己創造出來的人物落淚。既為他們的境遇哀傷愁苦，又被他們的精神感動，更為他們的成就驕傲。他們的故事裡，有為生存奮鬥的艱辛，有為夢想拚搏的執著，也有為親人付出的無私，令人動容。

除了親情，書裡也有相當篇幅講述主角的愛情。鑑於年齡和生活背景，這個故事裡的愛情線是青梅竹馬，兩個人各自為了自己的家人、夢想而努力，互相幫助扶持，各自成長，互相影響——在最純真的年紀裡遇到對的人，一路走來，見證著彼此成長，看著對方成為自己理想中的樣子，在各自取得了想要的成果之後攜手同歸，是我最欣賞的愛情。

在連載的過程中，最讓我欣喜的是，很多讀者的評論中呈現了對於我的價值觀的高度認可。書中有一些大姊教導弟妹的情節和語言，比如不能占別人便宜，或者不能依賴別人等等，我個人認為是必須也必要的。但是也有些忐忑，是否會被讀者覺得說教意味過重。然而讀者的反應十分積極正面，尤其是得到從事教育工作的讀者的讚許，實在是令人欣慰。雖然這只是一篇小說，但我也希望可以傳遞一些有益的東西。

希望捧起這本書的你會喜歡這個故事，喜歡故事裡的人。

第一章

「娘啊，咱不做了，我聽著爹他們都停手了呢，天黑了傷眼，您肚子裡還有小弟弟呢。」黃昏時分，紮著兩個小鬏鬏的女童放下手裡完工的手帕，也不站起來，就順著床沿不急不緩地蹭到床頭，從挺著大肚子的少婦手裡扯出繡花繃子。她打量一眼，又讚嘆一句。

「我娘的手藝真是厲害，叫什麼巧奪天工吧！」

「淨胡說，小丫頭不知道天高地厚，也不怕人笑話。」少婦摸摸小姑娘的手，覺得有些涼，輕輕嘆口氣，叫她站起來。「貞兒快穿上鞋，咱們上廚房幫忙去。」

小女孩撇撇嘴，原本沈靜的表情就鮮活起來。她約莫八、九歲模樣，和母親一般膚色白皙，眉毛有些淺淡，不過鵝蛋臉、高鼻梁、丹鳳眼，嘴型十分精緻，清秀嬌美，討人喜歡。她彎下腰，索利地把棉鞋套在腳上，就連忙來攙扶母親，嘴裡說道：「您著什麼急呢，我二嬸不是在做嗎？再說我三嬸也回來了，家裡還能少了做飯的人？」

少婦作勢拍了她胳膊一下，低聲教導她。「出了這個門可不許這樣說話，妳爺爺把老何家的和睦名聲看得比天還大，聽了包准不高興。」

「知道知道，放心吧娘，我眼瞅著過了年就十歲了，有什麼不懂的？」何貞心裡嘆氣，這要是算上她那爸不疼媽不愛的上輩子，活了都快有四個十歲了呢，在這個世界待得太久了，倒真覺得自己是個九歲的鄉下小姑娘了。

臘月天寒，一推開東廂房的木門，一股冷氣撲面而來，直往骨頭縫裡鑽。就算何貞早有準備，也還是凍得打了個寒顫，倒是身邊的母親張氏，也許是孕婦體熱，並沒什麼反應。何貞趕忙回身把房門從外面拴住，免得屋裡好不容易攢的熱氣都散了。

這是一座普通的北方農家院子，沒有院牆，紮了一圈籬笆。北面有正房三間，是石頭壘的，上頭蓋了瓦片，東西廂房各兩間，是土坯房，蓋了茅草頂，西廂房和正房中間是灶房，這會兒煙囪正飄出絲絲縷縷的炊煙。南邊低矮的大門一側蓋了個草棚，裡面拴著一頭正在吃草的大黃牛，西南角上是茅廁，兩隻雞在院子踱步，既不怕人，也撲楞不起來。

廂房低矮，倒看不出什麼，正房的瓦簷下卻掛著長長的冰柱，再加上院子裡男人們說話間口中的白氣，無一不在說明，這是個非常寒冷的傍晚。

快到年關，地裡也沒什麼活計，過日子仔細些的農人們就會把家具農具檢視一遍，修修補補，既是過年了瞧著俐落，也為來年的耕作生活做準備。何貞的爹爹何大郎因為會些粗淺的木工，這陣子便總有鄉鄰找來家裡做活。忙碌了一個下午，太陽落下，何家的女人們進了廚房，院子裡做活聊天抽菸的男人們也就散去了。

何大郎悶頭收拾了工具，又拿大木頭掃帚把刨下來的木屑掃在一起，留著燒火用，還沒掃完，就瞧見老婆女兒，憨厚的臉上便露出個笑來。

何貞見了，心裡也是歡喜。何大郎是家裡的老大，沈默憨厚，也沒什麼大本事，可是對老婆體貼、兒女疼愛，不像村裡常見的莊稼漢子那樣打老婆罵孩子。她幾乎是下意識的，就朝何老大奔過去。「爹，你忙完了？」

何大郎又看了一眼老婆，才放下掃帚，摸摸何貞的頭，笑著答道：「忙完了，我去迎迎妳兄弟，妳去不去？」

「去！」何貞脆生生地應了，連忙拉住何大郎的袖子，跟著他出門往村塾那裡去。

何家村不算是個大村，不過因為村裡出了一個在朝廷當大官的人物，託那個大人物的福，村裡也修了所私塾，有個老童生教村裡的孩子們讀書。因為有那個大人物出錢，孩子們讀書只要逢年過節給先生送些菜蔬之類就行，所以不少人家都咬咬牙，買上一套粗陋的紙筆，讓自家孩子學著識幾個字。考功名是不用想的，只要大了能上城裡找個好些的活計，就比土裡刨食強。這不，何貞的雙胞胎弟弟何明輝已經在村塾裡讀了兩年多了。

鄉下的孩子，不用幹活就是極限了，自然沒人去接送他們上學。平常何明輝也是自己走去的，不過是這幾日農閒，何大郎不幹活的時候也不願在家聽老爹和兄弟們那些狗屁倒灶的小算計，便找了個名頭出來。

何貞人小腿短，踢踢踏踏地跟上何大郎的速度，好在村裡的孩子，就算她不常出門，體力也還好，還有力氣開口。「爹啊，你說，今天明義也跟著去，他頭一天上學，能行嗎？」

明義是何大郎的次子，今年五歲，今天是頭一天跟著哥哥一起去學堂，也不算正式上學，就是去旁聽，若是坐得住，過了年再送他去讀書。不過依何貞看來，這個弟弟年紀雖小，恐怕讀書上頭要比明輝有天分，也更能讀出個名堂來。

何大郎心裡也是有數的，他拉起女兒的小手，又放慢了些腳步，認真回答。「你們幾個啊，說實話就是明輝的腦子差點。妳看妳都沒去過學堂，就跟著他學，也認得那麼些字了；明義更是，教他啥都忘不了，將來說不定能有大出息呢。你們爹娘沒本事，也不知道供不供得起妳弟弟們讀書。」

何家現在是何老漢當家，父親下面，除了嫁出去的大姑，還有二叔三叔兩家人；二叔有兩個兒子，三叔也有一個，全家一共八畝中等田地，雖說餓不死人，可也攢不下什麼銀錢。幸好父親會做木工，母親能做繡活，這才手裡鬆散些。雖然爺爺允許他們留一些自己賺的零花錢，可是二叔一家子都是左手賺右手花，三叔讀了十多年書，除了一個童生名頭什麼都沒得著；三嬸娘家富裕些，也就難娶，一份聘禮就把爺爺累彎了腰。父親孝順，自然是有多少都給了爺爺。家裡有矛盾，可也沒到尖銳程度，母親做繡活的收入也確實留下了一些，往後兩個弟弟要讀書，自家馬上又要添孩子，家累更重了。何貞就沒像從前看到穿越女那樣要求分家，還在能忍的範圍內，她不想父親難做，便說：「爹爹不用擔心，弟弟們都是有出息的，將來我供著他們！」

何大郎雖是頗為將來生計發愁，可還是被女兒信誓旦旦的樣子逗笑了。「妳一個小丫頭，拿什麼供啊？」

「你們都看不起人呢，我小丫頭也能掙錢啊。爹爹，我跟你說啊，我繡的手帕都賣了，我現在攢了快要二兩銀子啦！」說到後面，她還壓低了聲音。

「是嗎？那可了不得！」何大郎很意外，轉眼又是欣喜。「好，我貞兒有手藝，也識字，長得也好，將來一定說個好人家，好好享福！」

何貞眨眨眼，並不反駁，終歸是父親的一份愛護之意。

父女倆說笑著，天光就徹底黯淡下來。離私塾很近了，卻不斷有村人從他們身邊經過，喧鬧吵嚷的聲音也越來越大。終於，有人在他們身邊停下來，著急地叫他們。「大哥！你怎還在這裡呢？」

何貞抬頭，認出來人是隔房一支的堂叔，按那邊的排行，她稱呼一聲「四叔」，便脆生生地叫了人。何四叔也才二十多歲，為人頗為仗義懂理，村裡挺多年輕人都信服他，他卻一直特別尊重何大郎；這會兒見了人，也像找到主心骨似的，急道：「大姪女快回家去吧，不是好玩的。大哥，黃家我二姊回來了，說是石溝村那婆家委屈了她，還帶了人來追打她，你家二弟就帶著村裡人去跟石溝來的人打去了。你快過去看看吧！」

「守誠這是想當里正想得都不要命了！」何大郎頓時怒火升騰。

何貞也聽明白了，在一旁直翻白眼。何家村其實是個雜姓村，姓何的雖多，里正卻是姓黃的。如今的黃里正有兩個兒子，老大前些年中了三甲同進士，在南方一個偏遠的縣當縣令，二兒子也讀了書，託人花錢在縣衙裡謀了個差事。因善於鑽營，終於年初當上了縣丞，這里正一職自然就沒人繼承了。她的好二叔何守誠便瞄準了這個巧宗，天天逢迎，只盼著接了里正這個班，錢沒少花，弄得手裡一個子都攢不下，力氣也沒少出。瞧瞧，連里正家嫁出去的姪女出事，他都要帶著人去撐腰。

何四叔顯然也看不上何老二的做法，只是眼下也不是說這些的時候，便嘆口氣說：「我上你家去了，四叔氣得不行，叫我出來找你，說讓咱們一起把人勸回來。黃里正上了大哥任上去過年，沒人鎮住場子，這鬧不好，大過年的兩個村子要出大事！」

何大郎皺著眉，有些為難。「我這丫頭……」

「爹爹，你去吧，小心些呀！我去迎弟弟，村子裡能有啥事？我們保證不亂跑，直接回家就是。」何貞知道，不論是當前的世情，還是父親一貫的孝順，都不容許父親甩手旁觀。

事情緊急，何大郎點點頭就跟著何四叔跑遠了。

今天已經是臘月二十一，馬上就過年了，私塾也放假，何貞見到兩個弟弟的時候，一群孩童正嘻嘻哈哈朝外跑，就連一向不大愛說話的明輝，臉上也掛著輕鬆的笑意，畢竟接下來二十多天不用上學。

「大姊，怎麼了？」明義穿著半舊的棉襖，小小的一團，被哥哥拉著走出來。他眉眼間有些疲倦，看來毫無基礎的旁聽，他聽得還是有些累，可是這孩子心思細膩，一眼就看出了何貞心中有事。

何貞搖搖頭。她爹何大郎是個最老實穩當的人，打群架械鬥這種事情是不會往前衝的，只是心裡忍不住憋氣。

指尖微暖，短短的小手握住她指尖，明義仰起微圓的小臉，明亮的大眼睛裡盛滿了關心。在他的影響下，稍微有些粗線條的明輝也注意到了姊姊不大開心的表情，也往前挪了半步，離她更近了些。雖然心情不好，可何貞看著他們，心中也是十分熨貼，因為她不是真的孩子，所以幾乎是把弟弟們當作兒子一般疼愛，而這兩個孩子對她也十分親密依賴，姊弟感情深厚。

何貞和明輝一人拉著明義的一隻小手，姊弟幾個往家走去。何貞問明義。「今日去聽得如何？聽得懂嗎？」

明義的聲音不高，卻條理分明。「是有一些聽不懂，好些書都沒有聽大哥念過，先生也不說是什麼意思，坐在那裡怪難受的。」

何貞笑笑，安撫他。「你還小呢，你大哥都讀了好幾年書了，不也有許多都還不懂呢？等你也讀上幾年，就什麼都懂啦。」

「大姊，是不是出了什麼事？」陸續又有些村裡的青壯漢子們往村口行去，明輝到底是男孩子又大了些，便看出些不對來。

明義還小，何貞便也不想說起那些她也沒弄明白的前因，只說：「咱們二叔帶著人去跟石溝村的人打架。剛才四叔來說，咱爺爺讓咱爹去把二叔勸回來，咱爹就去了，本來咱爹是跟我一塊兒來迎你們的。」

「咱們二叔那個慫樣子還能帶人去打架？」明輝十分吃驚。

也不怪他吃驚，何二郎生下來的第二年鬧天災，大家都受了饑荒，奶奶差點餓死，也沒奶水餵他，他便彷彿先天不足一般，身量沒有長起來，依何貞看大概也就是一百五、六十的身高，又加上他嘴碎、愛耍小心眼，很有些人看不慣他，說他又慫又矬，像個老娘們。

還不等何貞說什麼，頭頂上乾枯的樹枝裡傳來幾聲陰森粗嘎的叫聲，讓姊弟幾個不約而同打了個哆嗦。

何貞不是迷信的人，可暮色中烏鴉的叫聲，還是讓她心頭不安。

離家近了，何貞才打起精神，同弟弟們說：「回家別說二叔的不是，爺爺已經很生氣了，自然會收拾他，咱們別多話，讓爹爹難做。」

明輝應了聲「知道」。明義卻說：「萬一二叔得著了好處，爺爺許就不說他了呢。」

何貞怔了怔，卻也知道他說得十分在理，便不反駁他，只是揉揉他的頭頂。「你這個小人精，什麼你都知道。」

推開了院門，何貞就聽見二嬸的嗓門比平常格外的高了些，似是而非的道理隨著廚房的熱氣飄進院子。

「這下領著老少爺們給村裡嫁出去的閨女撐了腰，但凡是有閨女的人家都得領這個情！更別說黃里正了，有人替他護著家裡人，他只有記咱們好的！」

明輝和何貞對視一眼，不約而同的伸手，拍拍明義的小肩膀。

「明輝——」廚房門口的張氏聽到門口有些動靜，立在昏黃的光亮裡往門邊看過來。

孩子們的到來驅散了她眉間的憂慮，讓她露出個溫婉的笑來，向他們招招手。「回來了就快進堂屋暖和暖和。」

何貞和弟弟們剛走到院子中間，大門就被「嘩啦」一下子撞開，接著，院子裡呼啦啦地湧進來七、八個男人，原本吵吵嚷嚷的，可進了院子又忽然安靜得出奇。

何貞下意識地伸手把兩個弟弟往身邊帶了帶，自己卻剛好能看清，何四叔和隔壁的五堂叔正合力抬著一個人，慢慢往前走。

片刻前還說要給自己找個好人家的父親，就那樣毫無生氣地被抬了進來。

何貞看清了人臉，也看到了他頭部暗紅黏稠的血，只覺得自己渾身的血都要凍住了。

「四叔，我大哥叫人給打了……」人群裡，一個年輕人囁嚅著向蹲在門口抽菸的何老漢解釋。

「爹！我把薛郎中請來了！」何貞的二叔連滾帶爬一身狼狽地撲進了院子裡，他身後，村裡的薛郎中提著藥箱疾步趕了過來。

何貞忽然動起來，推開了傻站的叔伯們，顫抖著手拉開東廂房的門栓，一邊拿了火摺子去點油燈，一邊大聲喊：「四叔、五叔！快把我爹抬到床上來啊！」

這一聲喊，像是啟動了張氏的神智，她托著肚子從臺階上下來，疾步奔回了東廂房，跟在薛郎中身後進門，顫抖著聲音喚著「當家的」。

院子裡，二嬸尖著聲音問：「這到底是怎麼回事？是哪個王八蛋打大哥的？是不是石溝那些混帳癟犢子？」

廂房裡在緊急救治，院子裡沒人說話。廚房裡柴火嗶嗶剝剝的聲響襯得二嬸的聲音尖利刺耳，甚至帶著回音，讓人煩躁而憤怒。

何貞出了屋門，緊走兩步來到堂屋外的石階下，冷冷道：「閉嘴！再出一聲我殺了妳！」

明明只是個半大丫頭，平常也從沒說過狠話，可昏暗的光裡女孩罩了寒霜一般的臉，卻讓人心生驚懼。

何二嬸李氏瞬間安靜。

何貞轉身，就看到西廂房門口站著的兄弟倆。明輝緊張地盯著自家的房門，手裡還緊緊拉著幼小的弟弟。

明義年紀小，縱然再聰明伶俐，這下也害怕得兩眼淚汪汪的，只是到底是懂事的，咬著牙不敢出聲。

何貞走到明義身邊，蹲下身來，摟住了明義小小的身子，在他耳邊輕聲哄。「明義不怕，爹爹不會有事，很快就好了。」

明義點頭答應。

「當家的——」堂屋院裡的寧靜沒有持續多久，就被東廂房裡一聲悲戚的哭叫打破。

何老漢扔了手中的菸袋，一下子從石階上站起來，他扶著牆穩了穩身形，朝東廂房奔去。堂屋炕上也有了聲息，伴隨著蒼老虛弱的一聲「老大——」，因為體弱怕冷一直窩在炕上的老太太王氏也終於出來了。

二叔夫妻，還有一直在堂屋烤火冷眼旁觀的三叔夫妻都奔向了自家狹小逼仄的東廂房。

何貞摟著弟弟，木然地看著人來人往，冰涼的眼淚流了滿臉。

第二章

「嫂子！」最先發出驚叫的是三嬸陳氏。她年紀輕些，不敢看血腥，只是不好無動於衷地在堂屋裡待著，才跟出來。因為不敢看何大郎，她就下意識瞧了張氏一眼，卻被驚得呼喊出聲。

「薛爺爺！」何貞回頭就追了出去，一邊跑一邊喊：「薛爺爺！您快看看我娘！我娘暈過去了！」

薛郎中沒有走遠，很快就回來了，只是看了一眼就嘆氣。「大丫頭，快叫妳嬸子們把妳娘抬到床上去，趕緊燒熱水預備著。去叫村頭妳三奶奶來，妳娘這是要生啊！不到日子就生，凶險得很啊！」

「我去！」明輝拔腿就跑。

女人要生孩子，一幫子男人就退了出來，跟著何老漢進了堂屋，不知是在商量什麼。

除了王氏嗚嗚的哭聲，何貞並不能聽清他們說話的內容，況且眼下她也沒有心情去管那些人。疼愛她九年的父親突然就沒了，如今母親受了刺激早產，一腳踩在了鬼門關裡，身邊還有個嚇得直哭的弟弟，哪還有心思理會那些？

三奶奶是村裡的接生婆，住得倒不是很遠，只是一進來關上門看了看，就把何貞姊弟趕了出去，嘴裡絮絮叨叨的。「我老婆子接生了一輩子，沒壞過良心，我什麼都不怕，只是如今這樣，可不能賴我。」

「三嫂子，我煎副催生藥，剩下的妳看著辦吧，唉。」薛郎中到了廚房，向陳氏找了小鍋，自己動手把藥煎起來。

何貞牽著明義的小手進了廚房，叫他在廚房裡烤火暖和著，自己蹲下來問薛郎中。「薛爺爺，我娘是要給我生小弟弟了嗎？為什麼我娘一點動靜都沒有？」她沒有過經驗，可畢竟不是真的孩子，從前聽說過一些早產的故事，知道張氏的情況怕是危險了，這裡沒有剖腹產，甚至也沒有個擅長產科的大夫……

薛郎中看了一眼堂屋方向，嘆口氣。這幾個孩子也是可憐，爹已經沒了，現在只怕連娘也要沒。

他的表情已經說明了一切。

薛郎中把藥端給三奶奶，就收拾了藥箱，在堂屋門口打了招呼。「何老弟，我走了，再不行叫個後生到縣城裡請仁心堂的郎中來家吧，我看不了啦！」

何家村歸齊河鎮管，離鎮子有十幾里路遠，不過何家村的位置其實算是齊河鎮的邊沿，離開元縣縣城也不過二十里，所以平常買賣東西，大家都到鎮上去，可到了要命時候還是都直接去縣城的。

何貞把明輝也招到廚房，讓他拿碗盛了稀飯跟弟弟喝，然後就在廚房待著暖和。看著兩個弟弟都點了頭，她才推開東廂房南邊的那扇門。那是她和明輝的房間，兩張小床中間掛了一道簾子。她也不點燈，撲到裡側自己的床上，摸出枕頭下面自己的小荷包，那裡有她跟著母親做繡活攢下的銀子，加上從前得的壓歲錢，一共有二兩銀子。

她出了門，徑直走向不願意進堂屋的何四叔，問：「四叔，你能帶我上縣城嗎？我要去請郎中來救我娘。」

「這……」何四叔猶豫了一下，又看了一眼堂屋方向，低聲說：「我去給妳請，妳在家帶好妳弟弟們。」

何貞搖搖頭，拉上他就往外走，一邊走一邊說：「四叔，請郎中需要銀子哩，我都帶上了，人家不肯出診，我就跪著求他們，我一個小孩子總是更可憐些。」她一邊說著，眼淚卻又嘩嘩流下來。

天都黑透了，農家院裡沒人捨得點燈籠，何四叔也看不見何貞的表情，只是聽著她濃重的鼻音，人高馬大的漢子也揉了揉鼻子。好一陣子，他才說：「都怪我，我不去叫妳爹就好了。」

何貞沒說不怪他的話。她不知道該怪誰，事發突然，她甚至還沒來得及好好想想這個問題。她的父親，那麼好的一個人，年紀輕輕地死在了一場莫名其妙的械鬥中，該怪誰呢？怪誰，他都回不來了。

最要緊的是，因為這樣，母親現在還生死未卜，很有可能一屍兩命。這麼多條人命，又該怪誰呢？

去縣城要走村西頭的大路，經過村子西邊沿的時候，何貞看到，那座村民們都知道卻等閒沒什麼人靠近的大宅子門外掛起了亮堂堂的紅燈籠，雖是獨立於村邊，卻也有了熱鬧的新年氣象。託了這盞燈的福，何貞看清了方向，踏上了平整的大路，拔足狂奔。

鄉下人使用不起牲畜當腳力，平常都用走的，許多人家有牛，可也是用來拉犁，極少用來拉人，何貞家的牛就是這樣，她家甚至連拉在後面的板車都沒有，收割的時候也是現去找人借地排車掛上拉糧食。何貞沒功夫往村裡有車的人家敲門借車，且牛跑得慢，這麼折騰一通，二十里路還不如自己跑得快。

何四叔是個終日在地裡出力氣的壯年男人，腳力自然更不慢。他這會兒滿心懊惱悲傷，除了小心看護著堂姪女，也沒什麼旁的想法。兩個人一路無話，很快就到了縣城。好在現在天色雖黑，卻還沒到關城門的時辰，不光他們，身後還有兩匹快馬遠遠趕來，在他們前面入了城。

心裡惦記著命懸一線的母親，何貞連哭都顧不上，腦子裡一片混亂，只有請到大夫這個念頭。

何貞從前跟著爹娘來過幾次縣城，大致的路線倒比何四叔還熟悉些。她順著記憶裡的方向跑到仁心堂門口，果然燈火亮著，還有郎中可以出診。

「快走吧，等下只怕就要關城門了。」仁心堂的一位中年郎中正在催促藥僮。「把棉襖穿好了，今晚必然是要宿在村裡的。」

「先生！」雖然沒來求過醫，可是何貞知道仁心堂一個晚上只有一位郎中可以出診的規矩，這是為了避免醫館裡沒了坐堂的大夫。然而這個情形對何貞來說就是要命了，她顧不得規矩和秩序，只大聲喊：「先生！求您去我家吧，我娘是早產！村裡的郎中爺爺叫我來求您救命的！」

這一出聲，就像是拉開了情緒的閘門，她一下子泣不成聲。

醫館裡人不少，聽到這聲喊都轉過頭來，待見到是個八、九歲的小女孩時，都露出了不忍神色。

「可是這……」中年郎中有些為難。「孩子啊，我們已經接了診，卻是不能壞了規矩，天色這麼晚了，凡是來求診的可都是急重病人啊。」

「是啊！小丫頭，我爹也等著救命呢！」仁心堂的馬車旁邊還立著兩匹馬，一個僕從模樣的中年人和一個十一、二歲的少年公子各牽著一匹，想來就是來請郎中的病人家屬。有了何貞意圖截胡的一幕，那個少年公子不高興了，雖然沒說什麼難聽的話，可意思很明白，不能讓。

何貞充耳不聞，掏出荷包塞給身邊的何四叔，語氣急促地交代。「四叔，您走兩步，上櫃上把出診的銀子交了，這裡是二兩，許是夠的。」

何四叔應聲而去。何貞也沒什麼辦法，只好往前走一步，問那郎中。「先生，您能不能辛苦一遭，今晚就出我們兩家的診吧？診費多少都沒關係！」

那郎中能在遠近聞名的仁心堂坐診，醫術醫德也是不差的，看著何貞的樣子可憐，嘆口氣道：「辛苦倒是無妨，只怕兩家都去，後去的那家還是會耽誤啊！」

「我家不遠的！就在齊河鎮何家村，順著這條大道一直走，有馬車，很快的！」何貞一邊說話，一邊點頭，努力證明她家真的不遠，不會耽誤多少事情。只是她哭得稀里嘩啦的，這一點頭，眼淚飛花碎玉般甩出來。

那個小公子一看何貞要加塞，也急了，兩步搶到何貞跟前，指著她道：「妳這個小丫頭忒沒規矩，倒跑來做起醫館的主了！憑什麼我先來請的先生，要先去妳家看診？妳家病人危急，我爹爹昏迷不醒，那就不急了嗎？妳家……唉？妳家在哪裡？」

雖然有些不大合適，可那郎中還是微微笑了笑，扶著小藥僮的手上馬車，嘴裡道：「既然都是同個村子，也好辦了。快些上路吧，兩個病人許都耽誤不了。」

掌櫃的便快速收了何四叔一兩銀子出診費，算是應了這趟求診。

郎中招呼何四叔和何貞坐他的馬車，跟著那位小公子主僕快速趕往何家村。何四叔怎麼都不坐進去，便同醫館的車夫一同坐在車轅上。何貞道謝過後跟著小藥僮一起上了車。現在不是客氣的時候，爭分奪秒才有救治母親的希望。

夜晚的鄉間路上十分安靜，因此雖然隔著一層車簾子，大家說話還是聽得清楚。那位少年公子又刻意提高了些聲音，專門說給何貞聽。「小丫頭，我曉得妳家裡病人要緊，可我爹爹昏迷不醒，也需要急救；且我家挨近大路，便是順路也當先去我家，妳明白嗎？」

何貞沈默。她自然是想讓郎中馬上就去救自己的母親，可是這小少爺說得也有理，她無法反對。然而就算知道這樣最好，可心裡總還是擔心著母親，著急得很。

那郎中看著她的樣子，也覺得可憐，就問她。「小姑娘，婦人生產是大人們的事，怎麼妳家裡讓妳一個小孩子出來找郎中呢？」

他不問還好，一問之下何貞哭出了聲，一邊哭一邊抽抽搭搭地回答。「我爹、我爹方才讓人打死了，我娘受了刺激，還沒到日子就要生了，村裡的奶奶和郎中爺爺都說沒法子……」

「這……」婦人難產也不算稀罕事情，做郎中的見得並不少，只是何貞家這樣的事情到底還是太過不幸，這郎中一時也說不出話來，只看著對面女孩子小小的一團身子嘆氣。

「啊？村口被人一棍子打在頭上的那人是妳爹啊？」馬上的小公子聽見了，十分意外，脫口而出。

「嗯。」何貞應了一聲，卻又猛地坐直了身子，用袖子在臉上胡亂抹了兩把，便探身出去，盯著馬上的少年問：「你看到了？到底是誰害我爹的？」

「我又不認識，如何知道是誰害妳爹？」小公子反問了一聲，從馬上轉過臉來，借著馬車前燈籠的光看到瘦瘦小小的身影。雖然黑燈瞎火看不清臉上神色，卻也覺得她可憐，便努力回憶道：「我傍晚時跟爹爹從鎮上往村裡走，碰到他們在路邊的那片空場子裡對峙，一個小矮個站在最前頭，磨磨唧唧的。我們從遠處過來，並沒聽清，估計是他惹怒了另外一邊，兩邊就打起來了。我們走近的時候，我聽見一個拿棍子的人喊了一句『打這個矮子』，結果旁邊衝出來一個男人，嘴裡喊著『二弟』，擋在那個矮子前面，就被打中了。我本來想去制止，可那時我爹正好咳得厲害，我去看馬車上的爹爹，再抬頭就來不及了……」

那個夜晚很短暫，短得何貞回憶起來似乎只記得這段簡短的對話。那個夜晚也很漫長，長得她覺得很多年都走不出來。

禍從天降，眼瞅著就要添丁進口的何家大房，一夜之間塌了天。何大郎就不說了，留下個媳婦早產，就算是何家大丫頭跑到縣裡請來了郎中，也不過是堪堪保住了不足月生下來的一對小兒女，大人卻是沒留下一個字就走了。

何貞送走了不住嘆氣的三奶奶和一臉悲憫的城裡郎中，先回到堂屋，從奶奶王氏的被窩裡抱出了弟妹的襁褓。因為早產，又是雙胞胎，兩個孩子格外瘦小，儘管何貞只是一個半大孩子，卻也能一手一個，穩穩抱住他們。

「大丫頭，妳幹啥？」王氏盤腿坐在床上嗚嗚哭著，並沒怎麼關注新生的兩個孩子，只是被抱走了，她還是看見了，便抬頭問了一聲。

何貞從前對這個家裡的親人心中不是沒有想法的，然而覺得不能強求，爹娘弟弟好，別的也就不大在意。可是今天連番的刺激之下，她不願意忍讓了。她沒有停步，只回了一句「我去餵他們」，就用腳踢開門出去。

經過廚房的時候，明輝站了起來，走到門邊，眼巴巴地看著她。

一晚上驚心動魄、大驚大悲，大人們都亂了陣腳，就更沒人關心這幾個成了孤兒的孩子們。之前何貞去請郎中，叫明輝帶著弟弟在廚房暖和，明輝果然耐著性子守好了弟弟。娘親走的時候，他默默拉著明義到床前磕了頭，又帶著弟弟回了廚房裡。明義人小，聽明歸聽明，哭累了也就倚著稻草睡了過去，他大了些，睡不著，就坐在小板凳上抹眼淚。

何貞看著臉上一道灰一道淚的弟弟，眼淚也在眼眶裡打滾。好歹還是擠出個難看的笑，用眼神示意明輝過來看看新生的弟弟妹妹。她聲音很低，像是怕驚醒了剛剛睡著的兩個孩子。「你看，這是咱們弟弟，這是妹妹。妹妹最小，往後咱們要護著她。」

明輝想去摸摸妹妹的小臉，手伸出去，又縮了回來，小心背在身後，眼睛卻一直盯在兩個小娃娃那裡。

何貞心裡都揪成了一團，用力吸口氣，說：「你快回廚房去，再續根柴火，別凍著，也小心明義著涼。我把弟妹送到五叔家裡，五嬸剛生了小娃娃，我求她給咱弟妹一口奶喝。」

明輝點點頭，想要說什麼，到底沒出聲，默默回了廚房。

折騰了一晚上，天快亮的時候，村裡的人多數都回家去了，只有他們這一支極親近的還留了些人在。家裡的兩個嬸嬸也都先哄著自家的孩子睡覺去了，所以何貞幾個半大不小的孩子，竟是沒人理會的。

天已經亮了，東邊院子裡升起了炊煙，何貞抱著弟妹上門，正碰上五叔挑著兩個桶去井上挑水。何五叔與何貞家也是隔了房的，不是一支，故而昨晚沒有留在何貞家。

何五嬸年紀尚輕，也不過二十歲，大半個月前剛生下了長子，還沒出月子。何貞進門的時候，她正抱著剛吃飽的兒子輕聲哄，一邊哄孩子，一邊卻在抹眼淚，瞧見何貞，連忙招呼她坐床邊上。

「五嬸子，我是來求您的。」何貞把弟弟妹妹放在何五嬸指著的床邊被子上，自己並不坐，抹了一把眼睛。「我爹我娘昨晚都沒了，這是我的弟弟妹妹，我想把他們放在您這裡幾日，求您餵餵他們。」一邊說著，眼淚就又落了下來。

何五嬸懷裡的小子已經睡著了，她就把孩子輕輕放進自己裡側，用被子蓋好，又拾起外側的被子，把兩個小娃娃蓋住，自己也抹了把眼睛。「說啥求不求的，兩孩子也是可憐的。方才我聽妳五叔說了，正難過著，妳爹娘那麼好的人……」

「嬸子，您別掉眼淚，小心別傷了身子。」何貞順勢跪在床邊。「我想著聽人說過，後街上黃家三叔養的羊多，有母羊，我打算買頭母羊餵弟弟妹妹，這頭幾天就勞您先受累，行不行？」

何五嬸伸手摸摸何貞已經散亂的鬏鬏，嘆口氣。「妳這孩子怎還學會客氣了。儘管放在這兒，妳放心就是。只是妳也還是個孩子，難為妳了。」

何貞恭恭敬敬地磕了一個頭，鄭重道：「我弟弟妹妹生下來還沒吃過奶水，五嬸子這是活命的恩情，我們絕不會忘的。」五嬸後面的話，她就沒有回了。難不難為的，她都要扛下去，從一個爹不親娘不愛的家庭投胎到何大郎家裡，得了父母九年多的疼愛，後面是該她為弟妹撐起一個家的時候了。

第三章

暫時安頓了弟弟妹妹，何貞也不耽誤時間，辭了何五嬸就回家去。進了院子，就聽見幾個漢子跟爺爺何老漢商議棺材壽衣的事情。

白髮人送黑髮人，何老漢也落了淚，正難過著，瞧見何貞過來，難得沒像平常一般板著臉，主動問了她一句。「妳兄弟呢？」

何貞知道，時人多重男輕女，鄉下更甚。爺爺一直都是看重明輝多一些，對自己不大上心的，對於爹娘看重她也不大贊同，不過是因見她學著繡荷包繡手帕也能賺錢便容忍她罷了。從前她都不往心裡去，更何況這會兒，她還有事要說。「爺爺，明輝看著明義睡覺呢，我想跟您借銀子用。」

何老漢默了默，嘆氣。「妳是買棺材用吧？行，顧不得做了，便連衣裳也一起買了吧。」

父母尚且年輕，自然沒有備下這種東西，可是爺爺奶奶早在五、六年前就開始置辦了，從壽材到壽衣都用極好的材料，雖說不能跟高門大戶相比，可在這鄉下也算是十分體面的了。何貞倒沒想過真的用了他們老人家的東西，可是像何老漢這樣一個字不提，不知是打量著她是個孩子好糊弄，還是到底自己的事最重要。想到置辦那些東西的時候，因為爺爺想要體面些，父親做工，得了錢全部上交，一文錢都不藏私，母親趕工繡活累得胳膊都抬不動，何貞還是覺得有些心寒。

「我爹娘賺的錢都上交給您了，雖說您允許我娘做繡活的錢裡留些零花錢，可我們家裡一共就二兩銀子。原是打算開春給先生送禮和給弟弟們買筆紙做衣裳的，現在顧不得那些了，只是給我爹娘發送，還差著許多。」何貞聲調有些冷。

何老漢拿起菸袋，用力嘬了一口。

何貞心中已經隱隱有了怒火，話已經開了頭，無論如何她也要把這筆錢借到。「爺爺，我也聽過村裡的老人們說過這些，鎮上的紙紮鋪子也有做好的壽材，您借我十兩銀子，我往後攢了還您。」

「這是什麼話！妳爹就不是我兒子了？」何貞說話的聲音不算高，不過屋簷下就站著村裡的後生，何老漢臉上掛不住，低聲斥責她。「小丫頭片子沒有規矩！這是妳能管的？」

「爺爺，如今我爹娘沒了，我是我們這一房的老大，自然是我做主。我曉得您為難，畢竟沒分家，沒有讓叔叔們替我們出這個錢的道理，所以我跟您借，將來一定還您，就是還不了，總還有分家呢，從裡頭扣就是。」

「老四，孩子說得在理，人還有銀子要緊嗎？」這會兒進來的是三爺爺，算是何家族裡的老長輩了，何老漢也要叫他一聲「三哥」的，之前接生的三奶奶就是他的老伴。

何老漢磕磕菸袋，起身進了裡間，好一會兒才拿了兩塊碎銀子和兩串銅錢出來。「銀子是九兩半，還有五百個錢。只妳一個丫頭片子怎麼能辦這事？」

「讓明輝跟我二叔去吧，您看呢？」何貞並不糾結這些細節。

何老漢自然同意。

何貞回屋，找出了父母攢錢的匣子，把裡面零零散散的碎銀子和銅錢放在匣子裡的空荷包裡，轉身交給明輝，叮囑他。「聽二叔的話，讓他掌眼，不過不要省錢，就著這些錢，儘量給咱爹娘置辦好一點的。」

明輝紅著鼻子答應了。

何貞送出門口，叫住了何二郎，眼神冰冷。「二叔，我們不懂得那些，求您給上上心，別讓人糊弄我們，到底看在我爹『那麼』死了的分上。」

何二郎一個激靈，結結巴巴。「妳……妳……妳怎麼知道？」

何貞搖頭，並不解釋，再次強調。「求二叔盡心。」

事發突然，自然是只能盡著棺材鋪裡的存貨挑，比不得提前預備的周全。不過何貞姊弟捨得花銀子，一般鄉下人只用二、三兩銀子的薄皮壽材，明輝他們帶回來的卻是六兩一副的好木棺。又因為明輝給的是現銀，棺材鋪做成了一樁大買賣，也沒計較，上好的兩套壽衣只收了半兩銀子，還額外送了些香燭紙馬等物。

何四叔抽了個空，把何貞的荷包還給了她。請郎中花了一兩，還剩下一兩，何貞便取了一半，還給何二郎，不叫他墊了壽衣錢。

何二郎這個人，好面子這一點隨了何老漢，為了旁人說他一句好就能去拚命，所以才招來了這樣的禍事。但是同樣的，給何大郎置辦壽材這事交給他，不論是為了一大家子的面子，還是為著他對兄長的愧疚，他都會盡心盡力。怨恨何二郎是一回事，這又是另一回事，何貞都沒有問明輝，就知道買回來的東西定然不差。

鄉下人沒有複雜冗長的禮儀，又加上要過年了，有個白事也讓村裡人晦氣，所以何大郎夫妻就在二十八這一日下了葬。

這期間，打人的那個漢子和家裡人跟著里正來過何家村兩次，因著黃里正不在，便跟何家的幾個老人商議過幾回，左右不過是賠償的事情，這些不是何貞能過問的——儘管他們姊弟才是苦主。她一心操辦爹娘的後事，跪靈哭靈，照顧著受了驚嚇又傷心難過的弟弟們，得了空，她還去了兩趟村裡的屠戶家，買了幾只豬蹄豬骨，送到何五叔家。讓五嬸給餵孩子，總不能心安理得甩手不管。

至於失去了父母的悲傷，她只有在哭靈的時候才能痛痛快快地流露出來。

六、七天的日子恍恍惚惚地過去。二十八日封了棺，何貞和明義明輝抱在一起大哭了一場，才去隔壁抱來了弟弟妹妹，囑咐明義小心抱著弟弟，何貞抱著妹妹，跟在摔盆的明輝身後，把父母送進了何家的祖墳。

棺木落地的那一刻，不知是不是小孩子也有所感，之前還睡著的雙胞胎忽然毫無徵兆地大哭起來，明義跟著，幾個孩子轉眼就哭成一團。

哭喪本身也是習俗，哭聲越大說明子女越孝順，因此旁邊的叔伯長輩們也不阻止，只是看著幾個孩子可憐，不由得唏噓嘆氣，也有原本就和何大郎夫妻交好的，便也跟著哭起來。

好一陣子之後，何四叔跟何四嬸才來勸。等大家都起來了，何貞把手中的小妹交給過來扶她的何四嬸，自己依然跪著，向著父母的墳頭恭恭敬敬叩了三個頭，才抹了眼淚，朗聲道：「請各位叔伯嬸娘做個見證，何家大房長女何貞在父母墳前立誓，定要把弟弟妹妹撫養成人，弟妹們一天不全部成家立業，何貞一天不離開何家大房！」

弟弟們尚且懵懂，大人們卻都變了臉色。站在何貞身後的何四嬸更是急得直跺腳。「貞丫頭，好孩子，我們都知道妳孝順，照顧弟妹，可妳也不能發這樣的誓啊！女娃娃一天大兩天小的，妳還不出門子了不成？」

二嬸李氏這兩天有些怕何貞，不大往她身邊湊和，這會兒也忍不住勸說。「妳人小不懂事，不能瞎說話，老祖宗都看著呢。」

「正是要老祖宗看著，」何貞神色堅定。「我必然說到做到！」

「那小丫頭還挺硬氣！」不遠處，少年扶著一個身穿厚重裘皮外裳的中年男人，正瞧著他們。少年認出了身著白色麻衣跪在地上的何貞，看著她跪得筆直的側影，終究沒說出別的話來。

那晚回到村頭，爹爹已經醒過來，那小丫頭居然拉著郎中逕直去自己家。依著他的性子，本來是要打上門去理論理論的，是爹爹攔住了他，說人命關天，就不要計較了。他雖然是京中的小霸王，可就是怕他爹，自然沒有去成。後來郎中回來，替爹爹好生診治開了方子，才說起這小丫頭的娘已經死了，他就更不好去找茬了。小霸王也是講道理的，從不欺負弱小，不過是個鄉下丫頭，現在又這麼可憐了，算了！

少年跟父親是大老遠從京中回鄉來祭祖的，因是到祖墳祭拜沒見過面的先祖，除了莊重肅穆，倒沒什麼悲傷的。拜祭完了，聽著身後熱鬧，回頭一看，原來是小丫頭的父母今天出殯，便多留了一會兒，看個熱鬧。

何家的事情，少年父子聽留在村裡打理老宅的老家人穆管家說過，只是恣意風流的京中貴公子哪裡會把小山村裡一個小村妞的家事放在心裡，連她的名字也懶得問。可今天瞧見了，又聽見了何貞那一番誓言，倒是難得給了小丫頭一個正眼。「這可比京城裡那些又矯情又磨嘰的丫頭們順眼多了！」

中年人輕飄飄地看了兒子一眼，成功地讓他閉嘴，才嘆息一聲。「民生困苦，這個孩子少年失怙，發這般誓言，是想護住弟妹也保全自身，不容易啊。只她以後要撫養弟妹，也是艱難。」聽過何家的情況，他覺得，指望祖父叔叔們，這幾個孩子怕是艱難得很，可說這個女娃一力承擔，那恐怕更不容易。

回去的路上，老管家才給小公子解惑。「那女娃這般說，只怕也是不想被賣吧！農人艱難，便是嫡親的叔父也未必肯撫養五個孩子。」

小公子原本也不是不懂世事，可第一次面對貧窮和生存這樣的話題，他難得地沈默了。

因為是晚輩出殯，何老漢、王氏並三爺爺等人都只在何家院子裡等著，泡了粗糙的茶水，一邊喝著一邊有一句沒一句地說話。

三爺爺問何老漢。「往後日子怎麼過，你可有個章程？石溝那家怎麼說？」

「老大兩口子沒了，我活一天，就還得照顧他們一天，只要不叫他們餓死，總歸能長大。」何老漢悶悶說：「石溝那家子來了兩趟了，說賠二十兩銀子。我琢磨著就這樣吧，咱還能真跟人上衙門？人家里正也來了，老二說得是，這事裡頭不還牽扯著黃里正家二丫頭嗎？鬧大了不好。」

「你——」三爺爺指著他，好一會兒才耷拉下眼皮。「行，死都死了，得顧及活人，你也有理。只那賠償的銀子，叫我說啊，你別攥著，給了那幾個孩子吧，那是他們爹的命換的，總要花在他們身上才是。」

「我拿著就不花在他們身上了？」何老漢不滿。

「既都是花在他們身上，你何不讓他們自己花？你三嫂子跟我說，你那個大孫女是個有成算的，明輝小子也上了學堂識了字，你啊除了歲數，也不見得比他們強多少。」三爺爺慢條斯理地勸著。

院裡有了人聲，送殯的人回來，李氏和陳氏還有何四嬸都進了廚房。就算是白事，事情完了，也要炒幾個菜，讓大夥吃上一頓的。

趁著這個功夫，有人過來，把墳前的事情說了一遍。

三爺爺便朝著何老漢一挑眉毛。「我說什麼來著？就按這丫頭的意思來吧，你不也輕鬆些？他們過不下去的時候，你幫襯一把就是了。」

何老漢說不上來是鬆了口氣，還是有些羞惱。孫女這麼說，分明就是不相信自己，這也就罷了，還偏偏跑到墳上說，讓那麼多小輩都聽了去，他的臉往哪裡放！

何貞姊弟卻是沒有直接回家，先帶著兩個弟弟把雙胞胎送回了何五叔家。剛才她看了，兩個孩子雖然還是瘦小，可是臉色白嫩許多，哭起來也有幾分底氣，可見五嬸對兩個孩子不差。

因為披麻戴孝的，幾個孩子沒進屋，站在籬笆牆外，把孩子交給了何五叔就走了。回了何家院子，何貞就叫明輝去雞圈裡捉了隻雞出來。這兩天家裡辦喪事，怕添亂，就把雞給圈了起來，倒是方便明輝了。她又教了他兩句話，明輝應著去了。

雖然只差了一刻鐘，可是因為何貞是個假小孩，從小就比明輝老成許多。女孩子發育早，她比明輝高，家裡家外護著明輝，所以明輝一向聽姊姊的話。加上回來的路上聽著嬸子大娘們的話，明輝才知道姊姊是立誓不嫁人了，要一輩子護著他們的意思。他不知道這到底意味著什麼，只是看得出這表示姊姊要做出巨大的犧牲，便對姊姊越發敬重倚賴。

「明輝你幹啥？」三嬸陳氏瞧見了，頓時大聲問。

何貞擺擺手，讓明輝自去，才平靜地說：「我讓明輝抓隻雞給五嬸子補身子，她這些日子餵著我弟弟妹妹呢。」

「爹！咱家的雞，說給人就給人？」陳氏不管別的，只在意雞被捉走送人的這件事。「我家明昊回來過年，這些天也沒見根雞毛呢！」

這句話也算是戳到了何老漢的心上，一來他很有幾分吝嗇，東西只興進不興出，二來也是偏疼孫子的，對主意這麼大的孫女自然是不滿。今天好幾件事都讓他心裡憋悶呢，正好這會兒說說。「大丫頭——」

「爺爺！我娘拚了命生下來的弟弟妹妹，您都還沒看過一眼吧？」何貞卻不想慣著他們了，悲傷、心寒、茫然，糾纏在一起，這一刻就化成了憤怒，讓她整個人尖銳起來。

何老漢一怔，教訓的話一時沒說出來。

何貞的大姑何氏嫁得遠些，趕著回來就晌午了，先是狠狠哭了一場，迎頭瞧見老爹臉色不好看，便把何貞拉到東廂房裡，掏出手帕包著的兩串銅錢，塞到何貞手裡。「貞丫頭，妳姑沒本事，就這麼一點，妳拿著。頭晌的事我聽說了，要養活一屋子孩子，妳這麼小，可怎麼辦呢……」

何貞依偎在何氏身邊，任憑眼淚滾滾而下，心中總算多了一絲暖意。這麼多天來，在這個院子裡，她的親人中間，終於有一位長輩真切地心疼她、替她擔憂了。

何貞努力收住淚，也不矯情推辭，把錢放進自己的荷包裡，又放回了枕頭下。再轉過身來的時候，她勉強露出個笑。「大姑，我能照顧好弟弟妹妹。」

可是撫養孩子不是靠空口白話的，得有錢。想到這兒，何貞便拉了大姑的手，重新回到堂屋裡。

此時飯食撤了，幫忙的叔伯們陸續散去，留在家裡的便只剩下自家人了。何貞進了堂屋，先看見明輝有些無措地站在當門處，便拉了他的手，叫他去火盆邊上蹲著烤火，又往裡間探了一下腦袋，見到明義在床上坐著，腿上搭著床薄被子，這才放了心。

她這些小動作，落在不同的人眼裡，就是不一樣的感受。何氏覺得這個姪女時時刻刻想著弟弟們，是個好孩子。何老漢覺得她進門不先跟自己說話，是無視了他，且還在懷疑他不能照看好孫子，是明晃晃的挑釁。何二郎兩口子只是覺得這個丫頭不像從前那樣不顯山不露水，居然是個厲害的，十分意外。陳氏還在生氣雞的事。只有何三郎沒什麼感想，反正他除了自己的兒子，對剩下的這一院子孩子都不上心。

何貞有正經事要辦，也無謂去挑釁一下誰。剛才何老漢被自己問住了，其實就是雞的事已經翻篇了的意思，只有她三嬸這樣既潑悍財迷又沒多少算計的人才會不依不饒，只不過惹惱的可不是何貞。

果然，陳氏看見何貞進來，一摔手裡的凳子，還沒說話，何老漢就乾咳了一聲。「老三，你們兩口子有事？」他不跟兒媳婦說話，且這個兒媳婦他雖不喜，可又有些惹不起，只好問兒子。說是問，其實也就是提醒他管管老婆的意思。

陳氏家底厚，長得漂亮，脾氣又爆，還比何三郎大了兩歲，何三郎哪敢對她大小聲。只是畢竟大哥剛死，老爹又不高興，他也不想看到老婆惹了眾怒，便扯了扯陳氏的衣袖。

看著陳氏別過頭去生氣，何老漢才轉臉看向何貞。「大丫頭，往後你們這一房的事當是明輝做主，你們爹娘沒了，他是最大的男丁，得扛起你們這一房，妳一個丫頭可管不著。」

第四章

「爺爺，我們都聽我姊的。」明輝搶先甕聲甕氣地表明。

何老漢鬍子一翹一翹的，拿菸袋桿子指著明輝。「你懂什麼！男丁還能讓個丫頭做主？」

何貞沒什麼好氣地直入正題。「爺爺，石溝那家子跟您都談好了吧？最後怎麼個說法？」

明輝也看過來，姊弟倆一個站著，一個蹲著，都眼巴巴盯著何老漢，何二郎和何三郎也專注聽著，何老漢只得如實把他跟三爺爺說的話又說了一遍。說完，他表了態。「往後有我一天飯吃，就餓不著你們，就是我死了，妳叔叔們也不會不管你們！」

何貞心裡翻了個白眼。叔叔們允許你替他們表態了嗎？果然，二叔還沒說什麼，三叔就先說了。「那是，不過我們住在縣城裡，怕是照顧不上啊。」

這下何貞都笑了，說不上憤怒或是傷心，意料中的事。她瞧著何老漢被自己兒子拆臺而十分難看的臉，直言。「爺爺您說這個銀子是賠給我們姊弟幾個對吧？前日因為給我爹娘買板，我跟您借了十兩銀子，那這樣，您還是把剩下的十兩給了我們吧。」

「我還沒死，這個家還沒分呢！妳一個小丫頭片子要作上天呢！」何老漢劇烈咳嗽起來。

何氏急忙倒了碗茶端給何老漢，輕聲勸他。「爹，別急，孩子沒說分家。您不是也同意兄弟們自家都留個私房錢嗎？他們孤兒失業的，裁身衣裳啥的，手裡有個錢也便宜些，總不能都從家裡出吧？就算您願意，您也得顧著二哥三弟他們一些。」

最後一句說到了點子上。

沒分家，地是幾家一起種的，收成也都在一起，何三郎在縣裡上書院讀書，兩口子都不在家，自然是不下地的；因著人口少，糧食倒也從家裡拿得少，可陳氏潑悍，何三郎又有個童生的名頭，一家子都讓著他們。何大郎不計較，除了地裡，平日做木匠打短工賺的銀錢更是一分都不藏，就是張氏做繡活賺的錢，也是大頭上交，自己留下一星半點的給孩子縫件衣裳買個紙筆。現在老大兩口子都沒了，反倒多了五張不幹活光吃飯的嘴，幾乎可以說是讓何老漢和何二郎兩口子負擔起來，就是何老漢願意，何二郎兩口子怕是也不肯。

何氏不知道這回二哥是怎麼了，一貫碎嘴的人難得沈默。只她擔心這點容忍不能長久，畢竟二嫂可是個一張嘴恨不得掀起八萬里風雲的女人。對了，他家也往家裡賺些額外進項，二嫂李氏還當著媒婆，賺些個說話跑腿的錢。

明義不知什麼時候從床上溜了下來，慢吞吞地走到何貞身邊。何貞摸摸他的小臉，又摸摸他的手，覺得有些冷，拉著他也在火盆邊蹲下，跟著明輝一起烤火。

裡間裡，王氏還在抹眼淚，聽著外間一時沈默，破天荒地發了話。「他爹，就依了孩子吧。」

就連從來不在家事上說話的老太婆也開了腔，何老漢很憋火，但也知道這件事情必須要交代明白，便起身去裡間，從床沿下面的框裡摸出了一袋碎銀子，到了外間拿小戥子秤出了十兩來，放在何貞的手帕上，又各自瞪了脖子伸得老長的三兒子和二兒媳一眼，才把剩下的銀子藏回去。

「多謝爺爺。」何貞把銀子包好，就拿在手裡攥著，也不管何老漢的臉色有多難看，左右都要說了，難看也難看到底。「我那弟弟妹妹還小，還要吃奶，卻也不能總擱在旁人家裡，我打算上後街黃三叔那裡買隻羊來餵他們。錢從這十兩裡出，羊就拴在家裡，我跟明輝明義割草回來餵，可行嗎？」

銀子的事是何老漢最不爽的，那都答應了，羊的事他就懶得管，點了點頭就作罷。

姊弟三個終於回到了他們的小家——沒有了父母的東廂房。何貞端了炭盆去堂屋揀了幾塊炭過來，又裝了個熱熱的湯婆子讓明義抱著，然後回了屋，把明輝的鋪蓋抱過來，鋪在父母床上，讓兩個弟弟在床上坐好，才說：「明輝、明義，咱們爹娘走了，往後咱們得好好長大，還得把新生的弟弟妹妹也養大，才能叫爹娘放心。」

沒有外人在場，不需要履行任何儀式，姊弟三個抱在一起，哭成一團。

對於被一個小丫頭駁了臉面的事情，何老漢心裡是不痛快的，不過聽到東廂房裡傳出來的稚嫩的哭聲之後，這份不痛快也只好壓到心底去。

第二天就是臘月二十九，今年臘月小，這天就是除夕。雖然死了人，於大房的幾個孩子來說是塌了天，可是剩下的人還要活下去，對新的一年還有諸多欣喜盼望。所以這天一早，李氏和陳氏就起來張羅著過年了。

何貞端了個小盆進來，拿了灶臺邊上的小鍋，把剛擠下來的羊奶倒進去煮開。灶上火旺，很快就開了，一身重孝的何貞並不跟兩個嬸嬸說話，除了一進來的時候叫了一句人，一個字都沒有，就端著熱好的羊奶回去了。

身後的兩個女人在議論她，但何貞壓根兒就懶得理會。昨天要了錢，她直接就去了後街，找到養羊的黃老三買了頭剛下崽不久的母羊。雖說花了一兩半銀子，可是弟妹的餵養問題好歹是解決了。

昨晚回來就煮了些奶試了，用小勺小心地餵，兩個孩子雖不會吸，可好歹會嚥，慢慢也喝了下去。觀察了半天，都沒什麼異常，也算是天無絕人之路。五嬸願意照應是人家的人情，只是自家的孩子還得自家養。

爹娘不在了，裝裹又去了兩床鋪蓋，家裡也沒有備用的，何貞就把自己的也抱進了大屋，放在父母床上，也不回自己的小間，晚間揀了小小的兩塊炭燒熱了房內，再裝上熱熱的湯婆子，姊弟五個人就偎在一張大床上睡覺。

因為要照顧兩個小的，明輝帶著明義睡一邊，何貞睡另一邊，把兩個孩子放在中間。好歹睡了半夜，孩子們餓了，何貞只好裹著棉襖起來，端著剩下的半碗羊奶去廚房裡生火熱奶。臘月裡的三更半夜，又黑又冷，何貞就算生火不費力，折騰著熱上，聽著廂房裡弟弟妹妹此起彼伏的哭聲，她也忍不住掉下淚來。

可這畢竟不是哭的時候，奶熱好了，她小心熄了火，把奶端出去，在院子裡放到溫涼，免得燙著孩子——這倒是極快的。再端著奶回屋的時候，兩個小娃娃哭得聲音都劈了，聽著格外可憐，何貞的眼眶又紅了。

明輝和明義也都醒了，明義笨拙地試圖哄哄弟妹，明輝就很有些不知所措，只下了床，想出去找姊姊，看到她進來，頓時有了主心骨。「姊，妳去做啥了？弟弟妹妹是不是餓了？」

何貞也不客氣，另遞了一把勺子給他，讓他跟著自己一起餵孩子，一人一個。好在姊弟幾個下午已經磕磕絆絆地試過一次，兩個小嬰兒又確實是餓得很，餵起來倒比頭一次的時候順利。

明義就在一旁安靜看著，都餵完了才說：「我聽奶奶說餵了要拍一拍，下午的時候我見她拍了。」

何貞想了想，真是這樣，便按照王氏的樣子，輕輕拍著懷裡妹妹的後背，把奶嗝拍出來，又拍了弟弟的，再一摸下面，兩人都尿了，只好下床找了乾淨尿布來換上。等一切收拾妥當，她吹了燈，讓明義兩個也趕緊睡，她卻走了睏，怎麼都睡不著了。

說要照顧弟妹，可是兩個小嬰兒哪是那麼好照顧的，吃喝拉撒睡都離不了人。在她的認知裡，就是兩個大人都要累得焦頭爛額，別說他們幾個自己都還需要照顧的孩子了。瞧這第一個晚上，他們姊弟幾個就都忙得不可開交，這樣天長日久的，可不是辦法。如果因為睡眠不足而耽誤了長個子，她還好說，明義明輝要是長成二叔那樣，她可沒臉去見爹娘。

更重要的是，她得琢磨個賺錢辦法。他們都還小，沒法幹田裡的活，跟著家裡吃大鍋飯，絕對不是長久之計；何況她不能像養牲口一樣把弟妹養大，只求活著就行，她還想讓弟弟們讀書，讓妹妹識字，將來能有個好一點的人生，這些都得燒錢。可這錢從哪來呢？

好幾個想法在腦子裡轉過，何貞考慮許久，還沒有明確決定，卻又想到，賺了錢，是不是還要像爹娘一樣上交給爺爺？她自然是不想交的，可若是不交，他們這大鍋飯也就不該再吃下去了。

現在不是提分家的時候，就算是他們一房被分出去也不行，何老漢背不起那個對孤兒不慈的名聲，而且家裡的矛盾其實也還沒到不可調和的程度。

種種念頭交織著，何貞只覺得才瞇了一會兒，就聽見院子裡有人走動了。

何貞起身，看著弟妹們都還睡著，也不驚動他們，安靜地穿好衣服，端了昨晚的小盆小勺出了門。舀了水刷洗乾淨，又倒了壺裡新燒的開水燙過，這才自己兌了點溫水洗漱。

何貞收拾妥當就去餵羊，順便也把棚子裡的牛餵了，之後擠了羊奶回來，李氏她們已經在了。

回到東廂房，幾個孩子還沒醒，何貞把熱奶放在桌上涼著，自己坐在小凳子上算錢。

手裡的是他們姊弟五個的全部財產，一共有碎銀子九兩、銅錢四百五十文，這些錢在鄉下看著也不少了，可開春兩個弟弟上村塾，買書買紙筆，再給先生送份禮，總也少不了一兩銀子。在家裡吃飯總要往家裡交些伙食費，他們三個孩子也不少吃，林林總總的下來，只怕最多花到秋天，就該沒了。

「大姊。」何貞剛把小帳目算好，就聽見極輕的一聲。明義不知道什麼時候已經醒了，正抓著被子上的棉襖往身上套。

何貞疾步走上前，幫他繫好帶子，半拉半抱地把他帶到床邊，輕聲問：「怎麼不多睡一會兒？」她和明輝搬去南邊小間之後，明義一直是跟著父母睡的。這孩子並不睡懶覺，但是也不早起，畢竟還小，可昨天半夜折騰了一通，現在應該再睡一會兒的。

可能是剛睡醒的緣故，一向十分懂事的明義露出了幾分非常符合年紀的懵懂脆弱。他小小的身子靠在何貞身上，聲音低低地說：「大姊，我想娘，也想爹。」

這些天因為父母停靈，院裡房裡人來人往，何貞和明輝要在靈前跪著行孝子禮。明義還小，白天披麻戴孝，晚上卻都是跟著奶奶王氏睡的，所以這是父母去世後第一次重新回到這張床上睡覺。這孩子心思細膩，果然心裡難受。

何貞摸摸他柔軟的髮頂，把他摟在懷裡，自己卻仰起頭，努力把眼淚憋回去，好一會兒才說：「我也想他們。可是你看，咱們還有弟弟妹妹呢，咱們得打起精神來，好好過下去。」

「大姊，弟弟妹妹有名字，爹從前都給起好了。弟弟叫明睿，妹妹叫慧兒，何慧。」何大郎是讀過幾天書的，識字，所以給幾個孩子都正經地取了名字。這一胎因為不知道是男是女，夫妻夜話的時候，他就跟張氏說過，男孩就叫明睿，女孩就叫慧兒，倒是被明義聽進去還記了下來。

這事情何貞不知道，但是相信明義的記憶力，就點點頭，又摸摸明義的腦袋，溫柔道：「多虧了你聰明，記性又好，這下咱們明睿和慧兒都有名字了。」

得了姊姊的誇獎，明義露出個靦腆的笑來。何貞跟明輝一般大，就算心理成熟，身體上也是一樣的屁孩。可明義就不一樣了，四歲的生理年齡差加上三十歲的心理年齡差，明義可以說是何貞抱著長大的，與明輝對何貞的服氣敬重不一樣，明義一向對她格外親暱依戀，如今沒了父母，他就越發親近何貞了。

想了想，明義說：「大姊，往後我來餵弟弟妹妹吧。」

何貞搖頭。「這兩個寶貝吃要一起吃，哭要一起哭，五嬸是大人，都忙得團團轉，你一個人哪裡行呢？這樣吧，你就負責擠奶熱奶，等會兒咱們問問二嬸，一天需要餵幾頓，你就照著時候準備，然後咱們一起餵，好不好？」

「二嬸？好。」明義點頭，想了想，又問了一句。「大姊，我怎麼覺得，二叔二嬸都有些怕妳呢？」

這孩子，好敏銳的眼力。

何慧發出了小貓一樣的哭聲，接著明睿也動了，扯開嗓子哭起來。何貞放開明義，站起來去抱何慧，之前的話題也被打斷了。

明義端了小碗，滴了一滴奶在手背上試了試，便把小勺給了何貞。

「明義，別多想，沒什麼事，二叔二嬸這陣子可憐咱們呢，你不用理會。」何貞給妹妹餵奶，也不忘把話說完，不叫明義多想。

明義很會察言觀色，可到底歲數小，只能看出個情緒，卻還不懂情緒底下的緣故，聽了也就信了，便轉身去看明睿。

何貞忙裡偷空，瞧了一眼床上，只覺得又好笑又心酸。明輝大概是睏得很了，眼也不睜，手卻輕柔放在明睿肚子上撫摸著，嘴裡喃喃道：「弟弟乖，弟弟不哭。」

明義也笑，雙手把明睿抱起來，用另一支小勺餵他。他人小，自然不如何貞動作流暢熟練，一開始很有些費力，不過這孩子確實學習能力強，幾次下來就摸到了節奏，雖然有些笨拙，可到底餵下去了。

等明睿和何慧都沒了哭聲，也吃飽了，何貞還好，小小的明義居然出了一腦門汗。何貞摸摸兩個孩子的尿布，給明睿換過，又把兩人放回被窩裡，讓他們繼續睡，這才戳著明輝的腦門叫他起床。院子裡，李氏他們已經嚷嚷著開飯了，明輝再不起就不像話了。

明輝起來，自知算是起晚了，有些不好意思，吃過早飯就端了弟妹換下來的尿布去洗。

農家的孩子，無論男女，洗刷都是從小就會的。只是男人大了娶了媳婦，這些活計就不做了而已。何貞看了一眼，發現明輝用的是灶上溫的水，也沒管他——不是她不心疼弟弟，是沒有那個條件。

何貞不待見李氏，可要說到養孩子，這個院裡還是得問她。奶奶王氏倒是心善，只是有些智商不在線上的感覺，也不是病理癡傻，應該說是比較愚昧無能。自己的幾個孩子都是糊裡糊塗帶大的，當然中間也有夭折的，問她，她也不過是哭了就餵餵，根本沒個譜。李氏嘴碎人不好，可兩個兒子都養得壯實得很，前些天送回了齊河鎮上的娘家，估計今天二叔出門就是去把他們接回來過年的。

對於親伯父伯母的喪事，兩個姪子都不到場這事，村裡不是沒人議論，可是小孩子家家的也不懂事，在不在並沒多大關係，何貞更是懶得計較。沒有那份心意，磕不磕那個頭又有什麼關係呢？

李氏大概跟何貞說了說孩子一天要餵幾次、拉尿幾次，倒是沒有藏私，也沒說什麼怪話。何貞用心記下，回頭一看，明義也仔細聽著，便拍了拍他的肩膀。

這個時候了，明昊還沒起，陳氏拉著丈夫進屋去叫孩子起床，然後一家三口就窩在東邊的正房裡，悄沒聲息。

按說三間正房該是老人住的，如果有未出嫁的小姑或者年紀尚小的小叔子，跟著老兩口住其中一間，倒也說得過去，可老三一家就硬是住了進來，這也是一筆糊塗帳。

第五章

懶得理會李氏瞥向正房東間的異樣眼光，何貞問明白了就回頭，端了炭盆子回自己東廂房的小家。冬天天冷，她乾脆鎖了南面的小間，姊弟都在父母這一間裡起居，好在跟著大家在堂屋吃飯，他們都算是愛乾淨，屋子裡倒也沒什麼不好的味道。

明義不用姊姊說就脫了小鞋子爬到床上，細細看著弟弟妹妹，末了還仰起臉來對何貞笑笑。「大姊，他們倆睡得很好呢，我也沒凍著。」

何貞點頭，搬了張氏從前在屋裡晾貼身衣物的架子過來，放在火盆邊，接過明輝剛洗淨的尿布，抖開了烤上。回頭又叫明輝過來烤手，一邊說「明輝受累了」，一邊找了點手油讓他抹。雖然用了溫水，這大冬天的在院子裡洗衣裳也傷手。

「年飯估計得下晌吃，等會兒我去給嬸子們燒火，明輝帶著弟妹睡一會兒，小心照顧兩個小的。過了晌，我去熱了奶來叫你們起，你和明義餵他們倆。」何貞想了想，覺得沒什麼別的事情要交代，就出了門。

臨出門前，更是小心地把窗紙一角壓著的石頭搬開，留了一道小縫。平常她怕燒著炭火煤氣中毒，總是格外小心，何大郎夫妻雖說不懂原理，卻也聽過有人燻了煙氣沒了的，在這事上就順著女兒，屋裡燒了炭就開個縫，炭火熄了再把縫蓋住。不只是他們，明義明輝都懂得。

何貞出門看了看，廚房裡還沒開始燒飯炒菜，也用不上她。二嬸正在洗菜，缸裡的水用去了大半。瞧她耷拉著眉眼，彷彿有心事，何貞也不說話，便尋了木桶，拿扁擔挑著，出門去擔水。

身為一個不到十歲的女孩子，何貞雖然平常也幫著做些雜活，到底沒有多少力氣，能擔回來的也不過是兩個半桶。就這樣，從村中的井臺走回家，中間也休息了兩次。拐彎時，她無意間抬頭，遙遙看見村西頭的那座穆家大宅子，又想起父母驟然離世的那個晚上，只覺得心口一抽一抽地疼，便連忙轉了方向，不去看也不去想。

村裡出了個貴人的那家子姓穆，據說兩代以前是村裡獨居的孤兒，老宅子也在村外的河邊，靠著小河捕魚撈蝦過日子，時常也進山打獵。後來不知怎麼就跑了，說是跟著當時的一個王爺打仗，再後來就成了京城裡的大人物。不過這人再也沒回來過，只是功成名就之後派了家人回來，在老宅子旁邊修了現在的大宅子，又置辦了二十畝地當祭田。

何貞在村子裡長大，偶爾也聽老人們說道這些。她倒不像村裡的頑童那樣對穆家大宅子充滿好奇，只是對大宅子的主人很有些好感。他們每年都往村裡送銀子支撐著村裡的私塾，自家的弟弟們是直接受益的，而且一共就置了二十畝地，顯然低調不貪——當然也可能人家在京城產業眾多，懶得在這裡花心思。不過村裡租了穆家地種的人家也從沒說主家不好，大約還算是厚道的，就是偶爾和村人打交道的穆管家，也是個和善的老頭。

穆家的主人除了年年會有人來祭祖之外，基本上從來不回來，村裡除了黃里正也沒多少人見過他們。

她氣喘吁吁地剛走，穆家大宅牆頭上的少年就跳了下來，一邊朝著後面那進院子走，一邊直嘆氣。那小丫頭沒了爹娘，果然可憐，大年除夕的居然出來挑水。

何貞又挑了一趟，勉強把水缸挑滿，這才去擠了奶來煮開。她肩膀有些疼，擠奶的時候一走神，就擠得多了些，弟妹們顯然是吃不完的。她想了想，先照著之前的量煮好，倒在碗裡，另外往剩下的奶裡滴了幾滴醋，重新煮過，倒在另外的一個碗裡，這才一起端著回了房。

她回身關門的時候聽見院門外有響動，接著是孩子的吵嚷和何老漢說話的聲音，想必是二叔家的兩個兒子明忠明孝回來了，一直沈默著抽菸的何老漢看見孫子自然高興起來。何貞沒什麼想法，看著床上安睡的弟妹們，只覺得方才那股強烈的傷痛也平緩許多，想來這就是相依為命的意義了。

明輝聽到聲音，先醒了過來，不等坐起來，小明睿就扁著嘴巴哭了。何貞連忙去看他，才發現他拉了便便，一時又好笑又頭大，只好端了木盆出門去兌溫水進來。好在張氏之前早有準備，提前裁了好幾件舊衣裳，備了不少尿布，不然更沒辦法。

到了院子裡，自然跟眾人打了照面，何老漢看見她，本來帶著幾分笑模樣的臉又拉下來，在她叫了「爺爺」之後，就板著臉訓她。「妳怎麼照看妳弟弟的？大白天窩在房裡睡懶覺不成？」

東間的房門打開了，何三郎披著大棉襖走出來，不滿道：「爹，怎麼又吵起來了？」身後，陳氏也抱著三歲大的兒子明昊出來，接話道：「一天到晚鬼哭狼嚎的，晚上不讓人睡覺，白天不讓人消停，一家子都欠了那兩個討債鬼的！」她一說話，臉上的一道印子就清晰起來，顯然也是剛睡了回籠覺。

何貞一言不發地回了屋。

土坯房多少也是隔音的，可是剛才何貞出門沒把門關嚴實，幾個人在堂屋簷下說話的聲音又都不小，屋裡的孩子們自然也都聽見了。明義坐起來，一邊去抱跟著哭泣的妹妹，一邊看著門口。

何貞把明睿抱起來，看他確實已經拉完了，便把尿布整個裹著抽下來，順手用另一面簡單給他擦了擦，這才用軟布沾了溫水擦洗乾淨。她並不提外面的人，而是柔聲說：「等會兒明義來餵餵明睿，明輝抱著慧兒，要是她也拉尿了就給她洗換，知道嗎？」

「大姊，妳要出去？」明義很不安。

何貞搖頭。「我上河邊沖沖這些尿布。擱盆裡洗，不知道要投幾遍水，缸裡的水還得做飯呢。」她的肩膀還在隱隱作痛。

明輝搶道：「大姊，我去吧。」

「我去吧，你看好他們就好。對了，沒放勺子的那一碗奶，你跟明義一個人喝半碗，不許剩下。」何貞囑咐過了，看明輝還要說話，又補充了一句。「我收拾完這些，下晌吃了飯想睡一會兒，到時候你盯著。」

穆家小公子興致勃勃地跟著管家出來貼春聯。不論是春聯，還是燈籠剪紙，又或者是爆竹，他在京裡見的自然都比這裡的精美華麗，不過自己動手換燈籠貼春聯倒也別有一番趣味。

他跳下梯子，一邊拍打著手上的灑金粉，一邊端詳著自己的成果。再一回頭，又看見了那個素白清瘦的身影，不由得問管家。「您不是說過年了，連鄉下最窮的農夫都不做活嗎？」

穆管家順著他的視線看去，也認出了何家女孩。他喜歡安靜，並不常在村裡走動，雖說對各戶人家也有些許了解，不過對孩子們並不熟悉。然而經歷了搶郎中一事，後來又在墳地見了何貞立誓照顧弟妹的情景，對這個小女孩也印象深刻起來。他看著女孩蹲在河邊像是洗衣服的樣子，猜測道：「這女娃許是給弟妹洗衣裳。鄉下人窮苦，並沒有那麼多換洗衣物。又或者，是給弟妹洗換尿片襁褓一類吧。」

穆小公子張張嘴，有心說那也不用她一個小女娃到冰冷刺骨的河邊來，可是想到這些日子所見所聞，也明白農家子不可能像他一樣有人服侍，只是不由得往前走了兩步，蹲在道邊。

流經何家村的這條河也沒什麼名字，此地算是丘陵地區，多山，大約是山中小股的泉水流下來的，水流不大，不足以灌溉田地，只夠夏日洗洗衣裳或者農家的孩子下河洗澡。穆家說是在河邊，其實是在河邊的一處土坡上，路邊比小河大約高出七、八尺的樣子。穆小公子這會兒蹲著，居高臨下看著何貞。

何貞早就了解過了，此地差不多像從前知道的山東一帶，冬天雖冷，門前的河水卻也不至於完全凍住，只是河邊上凍了薄薄的冰茬，在這冰水裡洗尿布，那叫一個冰涼激爽。

可是誰讓這是個沒有紙尿褲的世界呢，她也不富裕，再破舊的棉布也不能髒了就扔掉。她把尿布放在水邊，先讓流動的河水沖去上面的便便，再用力搓洗——其實她也不知道是不是真的很用力，手早就麻木了，沒感覺。

村裡有稀稀落落的爆竹聲傳來，應該是調皮的孩子撿了零碎的小炮仗在玩耍。白慘慘的太陽掛在偏西的樹梢，應該是已經到了下午時分。家家戶戶都在團圓過年，沒人在村中走動，村邊的小河處就顯得格外寧謐。

何貞凍得直發抖，卻還是堅持著把尿布洗乾淨，想著回去用些開水燙一下，再烘乾了還能給弟妹湊合著用。終於大功告成，她端著木盆一回頭，便和高處的穆小公子看了個對眼。

「欸，妳沒哭啊。」穆小公子眼力不錯，一眼就看出小姑娘雖然凍得鼻子通紅，可臉頰乾乾淨淨，沒有眼淚。「那妳抖什麼？」

真是個不知人間辛苦的貴公子。何貞認得他，不過並不想和他攀關係，於是也不說話，低了頭往坡上爬。

穆小公子不高興了，站起來追著她，問：「我問妳話呢。妳沒哭，那妳抖什麼呀？」

真幼稚，連她家明義都比不上。何貞腹誹，臉上卻不顯露，只是說：「太冷了，凍的。」

「啊？」穿著錦衣皮襖的小公子顯然沒想到，答案如此簡單。不過他之前就想到水很冷了，這麼聽來倒也意料之中，反而顯得自己問了個傻問題。可是他還有不解。「我看妳也挺慓悍的，怎麼還讓人欺負得又挑水又出來洗衣服？」

「這是我的事，跟公子您沒關係。」何貞語氣平淡。

穆小爺瞧著她這副敷衍的樣子，有些不樂意了。「妳這丫頭怎麼回事，我又沒怎麼樣，幹麼這麼夾槍帶棒的啊？就算妳覺得跟我搶郎中不好意思，我不也沒怪妳嘛。」這會兒他倒不是京城裡那副對女孩子退避三舍的樣子了，非追著何貞說兩句話不可。

穆家門風乾淨，便是容得他調皮搗蛋不愛讀書，也絕不許他在男女的事情上出岔子。家教嚴，他年紀又小，就算是開竅也有限，所以這位小公子哥對大家閨秀小家碧玉一向是不假辭色、能逃多遠是多遠的。只是這何貞，不知怎麼的，他第一次見面就把她劃分在了「對自己沒有企圖」的安全區域裡，反而因為好奇格外關注了一下。

「穆公子，之前的事是我無禮，我沒什麼好辯解的，只我也沒什麼能賠償您的，就只好厚著臉皮當那些都沒發生過。」何貞看著他，神色認真。「想來您也不是久居這裡的人，我絕不會打擾到您的。正好我身上戴著重孝，不好衝撞您，您就別跟著我了。我家裡弟妹還等著我呢。」

穆小爺難得講道理了，聽著她說的話，就真的站住了，讓她走開。等何貞走出幾步遠，他又忽然叫住她。「喂，我叫穆永寧，妳叫什麼？」

他當然沒有得到回答。

何貞沒把這幾句話放在心上，回了院子，去廚房裡提開水燙尿布。明忠跟明孝拿了從姥娘家帶回來的小爆竹，在院子裡跑來跑去玩耍，偶爾扔一個在地上，就拿廚房裡的柴火去點。明昊還小，跟不上他們，就裹著厚厚的小棉襖，坐在屋簷下看。

何貞撿了草，餵過牛羊，這才撈出尿布擰乾，拿回屋裡烘烤。臨進門的時候二嬸叫住她。「貞丫頭，叫妳弟弟們出來，該吃團圓飯了。」

何貞答應著，推開了東廂房的房門。木炭還沒燃盡，屋裡不算冷，到底是昨晚沒睡好，雖然外頭不安靜，幾個孩子也都還睡著。何貞摸了摸之前烘著的尿布，離火盆近的已經乾了，她就撤下來換上新洗的，又把乾了的疊好，放在床頭備用。

本來是換了新衣吃團圓飯的歡快時光，只是他們姊弟幾個人人都是一身孝衣，也沒什麼可換的。何貞在爐火邊烤著手，看著床上熟睡的孩子們，好一會兒才叫了明義和明輝起來。

明輝睡得有些懵，好一下下才清醒過來，叫了聲「大姊」，又說：「妹妹也拉了，我給她洗好了，尿布還沒洗，我剛才想去洗，二嬸說水不多了，不讓洗。」

何貞點頭。「不要緊，回頭我都拿出去洗。咱們還有得換，你們快起來，去吃飯了，別讓大人等咱們。等會兒你們倆坐下吃，聽爺爺的，我端些菜，回來守著他們倆，這屋裡可不能離了人。」

「那我吃完了回來換妳。」明輝說著，拉著明義的小手，跟著何貞出門。

幾個孩子穿著白，往飯桌下首坐了，陳氏就不大高興，直叫晦氣。

何老漢還沒說話，王氏看著端上桌的半條魚，突然「嗚嗚」哭出聲來，嘴裡含糊不清的絮叨。「我大兒啊，吃不上了……」

明義揉了把眼睛。

何貞眼皮都不翻，按著明輝的肩膀讓他儘管坐，自己出去擠奶熱奶去了。

她和弟弟們要守三年孝，不能動葷腥，要說鄉下人講不起這個，意思意思也就罷了，反正一般人家都窮困，本來也吃不起肉。只是兩個弟弟都要讀書，將來或許還要考科舉，何貞知道這個時代的規則，除了發自內心地因為父母離世而悲痛，也同樣不想讓弟弟們有任何會被詬病的地方，所以特別說了，今天的飯桌上只吃素的。

可是畢竟都是孩子，還要長身體，光吃點素菜和雜麵乾糧，營養如何能跟得上呢？上午擠奶剩下的事提醒了她，不能殺生，可是孩子們包括她自己，每天喝點奶還是可以的。好在這隻母羊奶水還算充足，暫時應該也是夠的。

有何老漢在，飯桌上自然是鬧騰不起來。明輝和明義不吃肉，小孩子吃飯快，很快就回了屋子。何貞還沒吃上飯，弟弟妹妹又醒了，需要餵。

明輝明義一起幫忙，果然順利許多。這兩個孩子也算是好養活的，就算是明睿稍微鬧騰些，也不過是哭聲高些罷了，餓了就吃，吃了就睡。

把兩個孩子放回被窩，何貞就去廚房擔水。這是老規矩了，吃完團圓飯，各家各房都要燒水洗澡，算是辭舊迎新的意思。明輝攔著她說：「大姊坐著，我去吧，擔了妳先洗。」

和明義相比，明輝就是個有些粗糙憨直的男孩子，不過失去了父母庇護，他也成長了許多，更知道照顧姊姊了。

何貞就道：「那你多擔兩趟。二嬸燒的水不少，我去端大盆來，咱們先給弟弟妹妹擦擦，叫明義也先洗了。」

他們房裡有一個不大的木頭盆，是洗澡用的，鄉下人院子裡很少備著這個，還是何大郎自己會做，才打了一個給妻女使用。知道明義害羞，何貞便背過身去，用小盆溫水沾了帕子，給雙胞胎擦洗，讓明輝幫著明義洗澡。

一邊洗著，明義說：「大姊，大哥，我聽見三嬸在跟爺爺要銀子了。」

何貞不回頭，輕聲說：「咱們不管他們。」

明輝像是鼓起了勇氣，問：「大姊，妳別生氣，我就是想問問，咱爹就值那幾塊銀子嗎？我想不明白。」

何貞嘆口氣，把自己的顧忌解釋給弟弟們聽。「明輝讀了好幾年書了，明義也聰明，當知道殺人償命的道理，我又何嘗不想給爹娘報仇？可是那事情有些複雜，還牽扯到黃里正。那個人打了爹，也是誤傷，爺爺考慮的那些也對。更何況，咱們要在村裡生活下去，不能沒有黃里正的照拂。」

她轉過頭，看著弟弟們的臉，正色道：「以後，在你們兄弟有人考上功名以前，這事都不要提了。這個家裡盯著那些銀子的不只三嬸一個人。我拿了銀子，就是為了能花在你們身上，這番舉動已經傷了爺爺的面子，我們若要再提這事，在外頭會讓黃里正傷面子，在家會惹爺爺不快，實在不智。咱們都是小孩子，在沒有保全自己的能力以前，只能忍著。等將來，你們長大了，有了出息，再想討公道也不晚。

「過了年開春我想想辦法，不論是賣繡活還是做點旁的小生意，總能有個出路。你們兩個，明輝好好去念書，莫要半途而廢；明義，姊姊只好對不起你了，再拖一年，咱明年再上學堂，好不好？」何貞做出了決定，心中卻難過得不行。

第六章

明義是個讀書的好苗子，可家裡還有一對離不開人的雙胞胎，何貞要想出門謀生，家裡必須得有人照顧，只能拖累明義了。如果讓明輝輟學照顧弟妹而送明義去讀書，以明輝的資質，即使將來家裡好起來，恐怕也撿不回扔下的書本了。

「大姊，我不上了。」明輝搶著說：「妳在家照顧弟妹，我下地幹活，不行出去找零活幹，還是讓弟弟上學堂吧，他打小就聰明。」

「你閉嘴！」何貞不叫他再說下去，反而問明義。「明義，你怨大哥大姊嗎？」

明義已經洗完了，正在往身上套小中衣，身後明輝拿著乾布在幫他擦頭髮。他有一會兒沒說話了，現在聽見姊姊叫他，就認真回答。「大姊，我怎麼會怨你們呢？村塾裡那個陳先生講書講得一點也不好聽，我也不想去。正好我喜歡照顧弟弟妹妹呢。」

何貞知道這個孩子懂事，可這會兒還是眼眶泛酸。她把擦乾淨的明睿放回被窩，回身在水盆裡洗著棉布巾，好一會兒才說：「明輝往後好好學，每天回來都要教明義認字讀書。明義不上學堂，就先在家寫大字，把字練起來，知道嗎？」

兩個男孩子都應了。

除夕守歲是一家人團聚的歡樂時光，可是陳氏不停嫌棄幾個穿孝的孩子晦氣，何貞幾個又剛沒了父母，心情悲傷，在全部洗了澡之後到院子裡給祖宗和剛去的父母磕了頭，就回了東廂房。

何大郎夫妻並不是完全沒有成算，雖然何大郎賺的銀錢全部上交，可張氏做針線賣繡活的錢還是有一些花在自己的小家裡。積蓄雖沒有幾個，可牆角堆著的木炭燈油等物卻並不少，為的就是讓孩子們過冬舒服些，讀書做繡活也不至於熬壞了眼睛。這些確實引得兩個妯娌眼紅過許多次，可張氏做為兒媳，往家裡交的錢還是最多的，何老漢都不說什麼，她們也無可奈何。

何貞懂得節儉，可是絕對不會虧待了自己和弟妹，故而這些天燒炭點燈都沒吝惜。她好好擠了兩盆奶出來，讓明義跟著學了一遍，這才關起門來，姊弟幾個自己守歲。

明輝剛上村塾的時候，何貞就央了父親託人從縣裡的書肆買了本字帖回來，讓她跟明輝都照著練字——跟著明輝學，她識字的事情自然有了完美的解釋。何貞餵過雙胞胎，又看著明義和明輝一人喝下了半碗羊奶，這才放心躺下。她昨晚沒怎麼睡，白天又幹了些活，現在有些頂不住了。

「大姊，我跟著大哥練字，妳快睡吧，半夜吃餃子的時候我們再叫妳。」明義主動找出了紙筆，他已經學著練過一段日子的字了，之前蘸著水描紅，上個月開始臨帖，自然沒有明輝寫得好，卻也入了些門。

何貞這一覺倒睡得很沈，直到明義來叫她才醒過來。正好雙胞胎剛吃完，還沒睡著，又坐在被窩裡逗了一會兒弟弟妹妹。

兩個孩子因為是早產，比普通的新生兒瘦小許多，乾巴巴的，看著也不大好看，可還是能從五官輪廓裡看到何大郎的影子，讓血脈相連的姊弟幾個疼愛憐惜不已。孩子們臉色黃黃的，之前五嬸就說了，有些出黃疸，卻也正常，多曬曬日頭就好了，可這幾天天不好又怕凍著，一直也沒怎麼曬，只怕還要黃上許多天。

明輝去廚房端了餃子回來。年夜子時的這頓餃子，習俗就是吃素的，表示來年清清爽爽不惹是非，當然正好符合姊弟幾個守孝的要求。只是何貞一抬頭，就看見明輝臉色不好，像是跟誰生了氣，便問：「大過年的，你怎麼了？」

明輝悶了一會兒，看明義拿起了筷子，才說：「二嬸三嬸都是長舌婦。」

何貞倒是樂了，讓他別耽誤了吃，自己一邊用手指逗著妹妹，一邊笑著說：「你是男孩子，計較這些做什麼？」

「不是，妳不知道，她們在編排妳！明明是她們嫌棄咱們身上有孝，不讓咱們靠近的，一轉眼又編排妳不幹活！」明輝很生氣，而且好像還很有些委屈，眼眶都紅了。「她們還說、還說弟弟妹妹命硬，妨人，把咱爹娘都妨死了！」

「大姊……」明義抬起眼，巴巴地瞅著何貞。

何貞再沒了逗弄弟妹的心思，看他們昏昏欲睡的，就收回了手，默默繞開他們，從床上下來。這不是科技昌明的年代，時人多迷信，若是背上了命硬的名頭，一輩子都會被影響。

明睿還好，何慧可是有可能被毀了名聲的！就算何貞有信心能護著他們長大，弟弟們也都會護著妹妹，可是世道對女子嚴苛，何慧的路就難走了。明輝說得沒錯，她們就是長舌婦！

可是貿然打上門去，她們畢竟沒有當著自己的面說，也還沒到外頭去說，自己一個晚輩去爭論這些，又不占理，還會讓何老漢對弟弟們也不滿了，是不划算的。更重要的是這許多天來，別說爺爺何老漢，就是軟麵團一般的奶奶王氏，對兩個孩子也沒幾分關心，只怕他們心裡也未必不這麼想。

「別管她們，好好吃飯，吃完這頓飯，咱們就都長了一歲啦。」何貞笑笑，自己也拿起了筷子。這件事，對於有了分家念頭的她來說，也並不全然是壞事，只是還需要一些鋪陳和契機。

看著兩個弟弟都不動筷子，何貞只好問：「如果咱們搬出去，你們願意嗎？」本來不想說的，可看著兩個孩子的神色，她只好露出點口風來。

明輝不明白。「搬出去？搬到哪兒？咱姥娘家肯定不要咱們的。」張氏當年算是被寡母劉氏半賣半送到何家的，聘禮全數收下，轉頭就進了兒子家裡，女兒嫁妝一文沒有。不過劉氏也硬氣，之後就彷彿斷了關係，再不收張氏的一點東西，當然也不理會張氏過得好壞。

明義卻想得多些，有些遲疑地問：「大姊是說分家嗎？」

「對。」何貞看著他們。「就咱們幾個過日子，咱們自己養活自己，你們敢嗎？」

兄弟兩個都點頭。

何貞嘆氣，又有些為父親不值了。孩子對他人的善意惡意是最敏感，兩個弟弟對這個家毫無留戀，可見還是平常並沒感受到多少真心。

不去想這些，何貞揮了揮拳頭。「快吃吧！咱們就這麼定了，新一年，咱們想法子分家，搬家、賺銀子、養弟妹！」

吃了飯，村落裡爆竹聲聲此起彼伏，何二郎三郎也帶著幾個男孩子們出去放炮仗了。大房的兩個男孩子自然是被忽略的，因為戴孝，晦氣。

何貞打開門，稍微透了透氣再關上，把盤子筷子送到廚房去洗刷乾淨。最後才打了水回屋，讓弟弟們洗臉漱口。這期間跟陳氏打了兩個照面，對方一個字都沒跟她說。她也不過是心中冷笑。

天亮了，何貞先起來餵了弟妹，給他們換好尿布，這才和明輝一人抱著一個，加上明義，上堂屋給爺爺奶奶磕頭賀年。

二房三房也都早早起來了。小孩子過年的時候都格外興奮，連帶著大人也得早起，正好也拜年串門子。姊弟幾個進屋的時候，何老漢和王氏也都穿了新衣裳，坐在堂中。

何貞抬眼看了看，兩個老人身上的還都是自己母親張氏的針線呢。她給明輝打個眼色，幾個孩子就在堂中跪下，規規矩矩地給兩人磕頭拜年，說了些吉祥話。

兒子沒了，可又留下了三個孫子，何老漢也是滿意的，又是大年初一，自然給了個笑臉，還掏出了幾個紅紙包，給了明輝明義。

明輝起身，和明義一起回手就把紅包給了何貞。

何貞一瞧，是三個。果然在爺爺眼裡，女娃根本不算子孫。她心中冷哼一聲，也沒作聲。

何老漢自然看到了這一幕，立刻就有些不大高興了，可他還沒出聲，身邊的王氏就說話了。「明義啊，快把那女娃扔回去，別讓她出來，妨人。」

「奶奶這話說的，我們慧兒怎麼了？」平心而論，王氏對他們不錯，她心軟也心善，並不欺負兒媳婦和孫女，只是愚鈍，何貞對她也親近不起來。可越是這樣的人，傷起人來越不自知。被親祖母嫌棄命硬妨人，這對何慧一個小女嬰是多大的傷害？再眼角瞄見李氏幸災樂禍的表情，何貞的聲音更冷了。「我娘沒了是因為我爹突然沒了，我爹是因為什麼沒了的，這個家裡的人總是最清楚的吧？可是因為救我們慧兒？」

今天這事情，李氏最少要占六分責任，必然是她那張看不得別人好的賤嘴又犯病了。爹娘沒了，他們姊弟幾個折騰著，居然沒把兩個嬰兒餓死，她這是又不甘心了。可是自家那點帳還沒清呢，她忘了，何貞不介意讓她想起來。

何二郎果然臉色大變，狠狠剜了李氏一眼，就要說話。

何貞卻不給他這個機會，繼續道：「村裡都沒人說道我妹妹，倒是咱們的親奶奶先說道上了。我就不明白了，咱家裡有一個妨人的孩子，就成了光彩的事了？值得大年初一的說道？」

不錯，王氏也許沒什麼惡意，可她這樣糊塗，也一樣是會害人的。何貞從來不覺得沒有害人的主觀故意就可以被原諒。既然這樣，為了保護弟弟妹妹，她就不留情面了，不管是背後挑唆的，還是當面撞上的，她誰都不怕，也誰都不放過。

她心裡存著分家的事，一大部分的原因也是知道，他們幾個孤兒依附叔祖生活，以後的日子也不會好過；鬧騰得多了，分了家才好。便是不能，若是潑辣蠻橫才能護住弟弟妹妹，她不介意自己的形象和名聲。這一屋子心思各異的長輩，她還真沒那麼怕。

「妳爹娘怎麼教妳的？一個小小的女娃子，敢這樣頂撞長輩？一點規矩都沒有了！」首先開口的，居然是一直事不關己的何三郎。他頭上紮著書生巾，說話端著架子，顯然不是土裡刨食的鄉下人了。

「子不語怪力亂神，三叔是讀書人，難道也信這些妨人剋人的無稽之談？」何貞直視著他，不見絲毫畏懼。「一開口就給一個沒滿月的嬰兒扣上這樣大的帽子，難道不是毀人名聲要人性命的事？咱們不敢頂撞長輩，只是長輩要咱們死，咱們可也還想活哪！」

「大年初一就死啊活的，還真是不嫌晦氣！」陳氏撇嘴，眼睛卻掃過何貞手裡的紅包。

「爹也是的，錢多得沒處使了吧？」

王氏其實就是人云亦云，長子沒了，她心裡難過，聽了二兒媳的話，便深覺有理，此時說出來，不想卻被孫女駁了。她不是很懂孫女的意思，但知道這是惹惱了孫女，孫女給她臉子看呢，一時又悲痛又委屈，便嗚嗚哭出來。

「都給我閉嘴！想好好過年就消停著，不想過的就滾！」何老漢用菸袋桿子重重的敲了敲椅子扶手。

何貞想帶著弟妹回去，就聽見身邊明義叫她，扭臉一看，頓時火冒三丈。明義被明孝和明忠圍著。過了這個年，大家都長了一歲，明忠九歲，明孝七歲，都比六歲的明義高一些，兩人一左一右地架著明義的胳膊，而穿著一身新衣，戴著虎頭棉帽的明昊就湊過來，正在掐何慧的臉。

他們幾個是拜年磕頭的，本來給了紅包，何老漢是會讓他們起來的，可是王氏一打岔，何老漢不知是不是忘了這個茬，就沒發話。他不說讓他們起來，他們還真不好起來。就因為跪著，手裡還抱著孩子，明義才毫無反抗能力，怎麼躲都躲不開明昊的魔爪。

小孩子因為無知，不知道控制力道，也不懂得後果，傷害起比自己更小的孩子來才越發帶著一種天真的殘忍。本來他們只是好奇新生的小孩子什麼樣子，可是看著何貞居然跟爹爹頂嘴，明昊就從好奇轉成了下狠手。

何慧吃痛，哭了起來。明輝抱著明睿，不知道該不該起來，可是看見這一幕，又急又氣，眼睛都紅了。

何貞才不管那麼多，立刻站起來，手裡的紅包隨手塞在明睿的襁褓裡，就去抓明昊的手。

過了年，何貞就算是十歲了，算是大孩子，收拾明昊自然容易得很。她一手抓著明昊後脖領子，一手捏著他的手腕，把何慧從他的魔爪中解救出來，嘴裡卻是衝著明忠明孝說的。「你們給我放手，欺負小孩算什麼本事？」

何慧帶著幾分黃氣的臉上有兩個清晰的指頭印，小孩子皮膚嬌嫩，被狠狠掐了一記，便明顯地紅腫起來。明昊的指甲也沒修剪，還挖破了她的一小塊皮。何貞心中大痛，也顧不得自己是不是欺負小孩子了，朝著明昊的臉用力一掐，頓時讓他大聲號哭起來。

這一通折騰，安靜地在明輝懷裡睡覺的明睿也醒了，哼哼唧唧地哭。堂屋裡頓時吵嚷不堪。不過這段時間並不長，等幾個大人反應過來，何貞已經掐完了，又抓著明孝打屁股，嘴裡道：「叫你們欺負小孩子！」

何貞一動，明輝就站了起來，騰出一隻手拉明義。明孝被何貞壓著打，只剩一個明忠，也就制不住明義了。兩兄弟站在一起，各自安撫著懷裡哭泣的嬰兒。看著何慧臉上的傷，哥兒倆又氣又疼，一眼看見明忠要去打何貞，明輝伸腳絆了他一下，正好讓他摔倒在地。

陳氏已經哭嚎著撲了上來，嘴裡大叫著「我打死妳個臭丫頭」。何貞不想吃虧，連忙閃開，至於明孝明忠兩兄弟是不是給她當了擋箭牌，她卻顧不上了。

大人一下場，就不是小孩子打架的事了。李氏兩個兒子都吃了虧，就算是之前說到何二郎的那樁事情，有些底氣不足，這會兒也顧不得了，總要護著兒子，便攔在明孝身前，跟陳氏對上了。

陳氏潑悍，可李氏是做慣了農活的人，有一把力氣，這下子對上，一時誰也奈何不了誰。何二郎何三郎都坐不住，可誰都沒辦法，不知所措。

如此一來，何貞姊弟幾個倒是全身而退了。

雖然私底下一直各懷心思，可是明面上到底還沒有撕破臉過，何老漢一直自豪於兒女和睦的表象，然而轉眼間，似乎也沒因為什麼事，家裡就雞飛狗跳地打成了一團，還是在大年初一，別提有多火大了。用力拿菸袋桿子敲了敲桌子，他高聲喊：「都給我住手！不用等明天了，今天就給我滾回娘家去！」

本地習俗，正月初二走親戚，出了嫁的女兒回娘家，可是如果大年初一回娘家，那必然是讓婆家給攆出來了，誰家也丟不起這個臉，娘家兄嫂更不會給好臉色。這一句話對兩個兒媳婦都管用，於是兩人罷了手。

然而罷手歸罷手，人人肚子裡都有氣，沒有好臉色。

想想這場亂子的始作俑者，何老漢就想罵何貞。

何貞瞧著他眼光落到自己身上，就知道他這是要拿自己平事了。她冷笑一聲，從明義懷裡接過何慧，轉了轉身，讓她臉上的傷暴露在何老漢眼前——看他張不張得開嘴。當然了，何老漢不心疼何慧也沒關係，她還有後招。

何老漢一輩子自詡公正慈愛，果然看到何慧臉上的傷，也沒辦法偏袒二房三房的幾個皮小子。可是那幾個孩子都被何貞打了也是事實，他便打算和稀泥。

「爹！」陳氏尖聲叫起來。「您看看我們明昊，還沒給您磕頭拜年呢，壓歲錢都拿不著就被打了，若是新一年沒壓住，有個病啊災的可怎麼辦？那可是您的親孫子！」

「那妳想怎麼樣？誰讓他去掐他妹妹？」何老漢雖說私心重，可也確實對明昊的性子不喜，讓他娘教得又狠又惡，狼心狗肺。

陳氏壓根兒不接這話。「爹要護著這群妨爹妨娘的晦氣鬼，那是你的事！我們明昊受了傷，得好好養著，怎麼也要幾兩銀子吃藥吃補品，這錢今兒就給了吧，就當給我們明昊壓壓驚了。」

何三郎在她身後點頭。

這兩口子還是為了他手裡的銀子，何老漢心裡門清。

「憑什麼給你們銀子？養個心狠手黑的小王八羔子，妳還有理了？」聽了銀子，李氏不幹了。

何貞懶得看她們鬧騰，拉著弟弟們就要走。妹妹臉上有傷，得去薛郎中家瞧瞧，萬一傷口不乾淨感染了，可不是玩的。

陳氏根本不理李氏，看何貞他們動了，又想起一事。「那個羊奶，往後每天早晚給我們也煮一碗，讓我們明昊也補補身子；哦，兩碗吧，三郎念書費腦子，也得補補。」

何貞讓兩個弟弟先走，自己轉身盯著陳氏，不急不忙地說：「那頭羊是我花一兩半銀子買來的，三嬸想要就去買，有多少奶都是你們的。這頭羊是我給弟妹活命的，一滴奶都不能給旁人。」

「你們看著吧！死了爹娘，這丫頭倒是狂上天了！這還靠著叔叔們拉拔呢！」陳氏的聲音又拔高了一度。

何貞根本不怕，回了東廂房，讓明義在家看著明睿，自己和明輝帶著何慧去找薛郎中看臉傷。出門的時候，聽見陳氏在喊：「分家！不然早晚得拖累死我們！」她冷笑一聲，拉著明輝就走。

第七章

因為身上戴著孝，何貞跟明輝走的是小胡同，儘量避開出來拜年串門子的村裡人，一邊走一邊說：「到了他家門口，咱不進去，就在門外叫一聲，叫薛郎中出來給看看就是。」

明輝點頭應了，又問：「大姊，妳說這回能分家嗎？」他是厚道，卻並不傻，自然看得出，除了爺爺是真心願意背負起他們這幾個負擔，兩房叔嬸只怕都不想沾上他們。雖說二叔一家不知怎麼沒有表態，可是顯然也沒起什麼好作用。三嬸向來又蠢又毒，大約是當了出頭探路的槍了。

何貞搖頭。「沒那麼容易。咱們不管她，且看吧，咱們這麼多張嘴要吃飯，得養活十來年呢，他們忍不了多久。就是爺爺，現下是有心，將來也不好說。出了十五，我到鎮上看看，只要能找到來錢的營生，咱們也不怕。」

薛郎中在大門口給何慧看了看，說是沒有大礙，見何貞擔心染了髒東西化膿，就拿了一小盒藥膏給她，叫她洗過手後小心地給何慧抹上，過個幾天，傷口長了疤就不礙事了。

來都來了，何貞又請薛郎中給孩子把了脈，一併把黃疸也給瞧了。薛郎中診過，讚許地瞧著姊弟倆。「這孩子養得還不錯，十天了吧，脈象還好，雖說弱些，卻沒甚毛病，小心養著，過幾個月就強壯了。」

何貞便掏出剛從何老漢那裡得來的紅包遞給他。「薛爺爺，您可不許不收，大年初一呢，討個吉利。也是您照應我們許多，我們的一份心意。」來的路上她看了，何老漢給三個孫子每人都是二十文壓歲錢，她跟何慧沒有，這點藥膏顯然是不貴重，給一個紅包是夠的。

薛郎中為人很好，自家孩子多，難免有麻煩到人家的地方，她不想得寸進尺，看人家好心就占人家便宜。

回到家，按照薛郎中教的，何貞小心給何慧上了藥，看著小姑娘委委屈屈地睡著，才跟明輝明義約定。「以後咱家裡，咱們三個最少得有一個人守著明睿跟慧兒，絕不能讓他們跟前離了人，只要有事，就大聲叫人。」

以後她得出去想法子掙錢，家裡必須有人照顧雙胞胎。可都交給明義似乎也不行，明義自己還是個小孩子呢，難道真的要讓明輝輟學嗎？

何貞想了一晚上，第二天又來到了堂屋。二房三房都回娘家了，大姑何氏才剛回來，她決定跟何老漢好好談談。

女兒回來了，王氏就找到了主心骨，拉著何氏絮絮叨叨地說一陣哭一陣，何氏也陪著落淚。何老漢就坐在炭盆邊上，沈默地抽著菸袋，不知在想些什麼。

何貞推門進來，叫了人，就拿了小板凳，坐在何老漢下首。

「怎麼？妳有事？」何貞他們算是沒有姥娘家可走的，這個何老漢知道，他問這話，其實就是「有事說事、沒事快滾」。原本就不待見丫頭，現在還這麼不服管教，總是一副不信任他的樣子，讓他很不舒服。尤其是昨天那一齣，要是沒有她，哪會打得那麼難看。雖說是他壓下去了，可兩個兒媳婦臉都沒放下來，來拜年的姪子們孫子們誰看不出來他家有事？臉都要丟盡了。

何貞看一眼何氏，見她面帶關切，想到自己要說的話，只好面帶歉意地向她笑笑，然後轉過臉問何老漢。「爺爺，年也過了，啥時候把我們分出去？」

王氏不哭了，何氏也愣了，何老漢更是瞬間就怒了。「臭丫頭片子胡說八道什麼?!」

「昨天我都聽見了，三嬸叫分家哩。其實也不是真要分，大概就是嫌我們累贅，那只要把我們幾個分出去，咱這家裡不就太平了嗎？」何貞不急不慌地說。

何氏忍不住插話。「貞丫頭，這可不是說著玩的。」

「大姑，您等會兒上我們屋去看看，我們慧兒那臉，今天都腫起來了。他們倆那麼小，連哭都哭不大聲，再來上這麼幾回，我娘拚了命留下的孩子就要沒了。」雖然是個說辭，可何貞也是真的擔心，在何氏面前，想著小妹妹紅腫的臉，忍不住心疼落淚。

她拿袖子胡亂抹了一把臉，繼續說：「我三嬸昨日又要每日早晚兩碗羊奶，給三叔和明昊補身子，可那羊一日才能擠幾碗奶？他們是補身子，我家明睿和慧兒可是靠那羊奶活命的！」

何氏長長嘆氣。陳氏是村塾陳夫子的姪女，都是一個村長大的，她如何不知道那人的脾氣為人？這樣對待一群孤兒，還是自家的姪子姪女，實在是過分了。

何老漢其實是明白其中的是非的，可他如何會有錯呢？便帶著幾分嘲諷道：「有本事誇下海口，就得有本事養活他們！」

何貞冷笑。「海口已經誇下了，養不活自然是我到爹娘墳前碰死了贖罪，只是若是讓所謂的家裡人給逼得沒了活路，或者乾脆給害了，卻不知我爹娘在下頭能不能安心！」

「妳！」何老漢指著她，眉間的皺紋能夾死蛾子。

王氏又嗚嗚哭起來。

「我三嬸要銀子要東西的時候，我三叔就在她身後站著，這是什麼意思，我一個小孩都明白，您不明白？」何貞乾脆把話挑明了。「至於我二叔二嬸，您道他們如何忍得我們？那原就不關我爹的事，是我二叔言語不當，惹怒了人家，人家要打他，我爹替他擋了，我二叔這是欠著我爹的命！」

「妳說啥？」何老漢手裡的菸袋都歪了，直愣愣盯著何貞。「妳敢誣衊妳二叔？」

因著次子支支吾吾的態度，何老漢早就知道其中有事，不過他只以為亂子是何二郎引來的，所以何二郎有些理虧罷了，卻不知道還有這種內情。

他盯著何貞的目光一點點凶狠起來。

何貞明白他的心思，不是不猜疑，不過是不挑破就當沒發生過罷了。為什麼呢？死了的人已經死了，自然還是得先顧活著的人。於私，長子死了，何老漢老兩口老了要靠著何二郎養老送終；於公，何家這次付出了這麼大的代價，在黃里正那裡的人情自然足夠厚了，將來何二郎接任里正的機會就更大了，不能讓他功虧一簣。

「爺爺，以前我就知道您不疼我，不過我也不在意。可如今，我得護著我一屋子弟妹，就只能讓您更不滿意了。您也別這樣看我，這事是真是假，您問問二叔就知道了。」何貞平淡道。

「妳敢在外頭亂說——」何老漢抓緊了菸袋桿子。

何貞直接打斷他。「這您放心，別說在外頭了，就是明輝明義都是不知道的。而且，我若說出來了，我三嬸恐怕就更要在這個家裡抖起來了。我現在特別不喜歡她，不願意讓她得意哩。」

何老漢死死地瞪著她。「那妳想幹啥？」

「我想分家啊。」何貞露出個天真的笑臉。「殺父仇人做的飯，我吃不下去啊。」

「混帳！」何老漢呵斥她。

炭盆裡的木炭發出刺啦刺啦的聲音。堂屋裡，王氏的哭聲越來越小，何氏被這祖孫倆的一來一往給鎮住。而坐在椅子上的何氏丈夫許三郎，則恨不得自己沒來過，只在心裡慶幸，幸虧他們村的路不好，因為怕摔跌，兩個孩子都放在了家裡。

何貞笑了。「爺爺，眼看就開春了，家裡這八畝地就靠您跟二叔二嬸啦，我們五張嘴等著吃，可沒一個能下地的呢！對了，我娘沒了，往後也沒人往家裡交銀錢了，咱家的日子可不好過了。」分家，其實才是對這個何家院子最好的選擇，及時止損嘛！明明他們姊弟是吃虧的一方，可還要他們先提出來，不要以為只有高門大戶的讀書人才虛偽。

何老漢清楚這一點，可是把孩子趕出家這種事，是要讓人戳斷脊梁骨的，他絕對不會答應。果然，他斬釘截鐵地拒絕。「這事想都不用想，我發了話，這個家裡誰都得聽！」

「那好，可要是再出一回昨天這樣的事，我就去找三爺爺和里正爺爺評理了！」何貞知道，分家不是那麼容易的，不過昨天三嬸都努力爭取了，她也得配合配合，讓一家之主面對他們的時候底氣不足，本身就是爭取了很多主動權。弟弟妹妹包括自己，都還太小太弱了，而且為了弟弟們將來的仕途前程，現在也不能鬧得太過張揚。

何氏長長嘆口氣，拉著何貞的手掉眼淚。「這孩子也是被逼急了，爹，看在大哥的分上吧！」

這次關於分家的初次討論自然是不了了之，但好處還是有的。比如接下來的日子，何老漢也不再時時呵斥何貞了，更多的是一種放任自流的態度，而且在三嬸挑理找茬的時候，他也時常強力壓服下去，不讓她總是撒潑。

何貞依然拿著弟妹的尿布去河邊洗，然後回來用開水燙，晾好了再出門挑水，讓陳氏拿燒水說事都不能。只是關起門來的時候，她對兩個弟弟的要求越發嚴格了，明輝的書必須每天溫習，同時教弟弟啟蒙，兩個人的大字更是必須天天寫，而加醋煮過的羊奶也必須喝得一滴不剩。

因為雙胞胎半夜必然是要醒幾次的，幾個孩子也都被吵醒，沒事的時候，只要寫完了當天的字，念完了該念的書，何貞就會叫弟弟們睡一會兒，她也會跟他們輪替休息。這麼十來天下去，到正月十五的時候，幾個孩子看上去都還不錯，雖然因為營養不夠而有些瘦小，可都沒什麼病容。兩個小娃娃更加可喜，黃疸退去，顯出了白嫩的樣子，隔壁的五嬸出了月子，特別來看了他們，也說養得極好。

過了年，天氣就開始回暖了。雖然也還是春寒料峭，可到底沒有冬日那般要凍死人的冰寒刺骨了。何貞除了每天洗尿布、挑水、餵牛餵羊並在廚房裡燒火之外，有空就在屋裡做些針線，畢竟跟著張氏學了多年，她前世又學過繪畫，對配色格外敏感，繡出來的東西還是非常不錯的。以前因為要適當藏拙免得被張氏看出異常，便只做些簡單的棉布手帕、普通荷包等東西換個小錢，可現在，在沒有找到正經的營生之前，她得靠這個攢錢，自然就要使出些真本事。

她做這些並不避著弟弟們，只不過小小的男孩子也不懂這個，只覺得姊姊做得好看罷了。

齊河鎮逢六有集，大年初六那天就有了，不過何貞沒去。手上沒準備什麼活計，也換不來多少錢。她就先在家做了一陣子活，總要先攢一攢再說。這種不分家、也不往家裡交伙食費還只管吃的日子必然長久不了，將來不管怎麼樣，手裡有錢才不慌。

過了三七，姊弟幾人就不再穿著重孝了。素白的麻衣脫掉，只是每人頭上用白布條紮頭髮，腰間也紮一條白布，就算是穿孝。鄉下孩子原本也都是些青布、灰布之類的衣裳，倒也不用格外做什麼。

何貞去過齊河鎮多次，十幾里的路程並不需要搭車，因為是趕集的日子，周邊村子裡的人多有去鎮上的，也不擔心安全。於是吃過早飯，她就收拾了一個小包袱，跟明輝一起出門。她去趕集，明輝上山撿柴火。

張氏生前跟鎮上陳記貨棧的女掌櫃陳娘子相熟，每每做了繡活都拿到她那裡去賣。據何貞了解，他們這裡屬於沂水和汶水的支流流域，也連通著往來南北的運河，齊河鎮算是個小碼頭，陳記貨棧似乎也做些南來北往的生意，所以才一直收貨。不過這些暫時都還跟她沒關係，陳娘子為人公道，給的價格一向都合理，她別的也不奢求。

陳娘子見了她，頓時大驚。「小貞丫頭，妳這是怎麼了？妳家誰老了？妳娘呢？生了嗎？」

何貞簡單說了說家裡的事情，陳娘子不由落了淚。「妳娘那麼好的人，怎麼這麼不長命呢……」

可陳娘子到底是見過世面的人，控制情緒極快，何貞等了一會兒，她就收住了眼淚，帶著濃重鼻音說：「妳娘對我有大恩，孩子，以後有事來找我，但凡我能做到的，必定幫忙。」

何貞道了謝，又把自己攢的繡活給她。「陳姨，我曉得您是個公道人，往後我得養活弟妹，只怕少不了來麻煩您呢。您看看東西，該是多少就是多少，不要刻意照顧我，咱們隨行就市，才是長久之道。我若有旁的事求到陳姨這裡，您再幫忙，我們就感激不盡了。」

陳娘子一一翻看了一遍東西，這才抬起頭來看著何貞。「妳這小丫頭是最懂事不過的。咱們公事公辦，素面棉布帕子，三文錢兩條；繡花的這種三文錢一條；素面荷包八文一個；繡了花的十五文一個。這些，一共我給妳七十六文錢，妳算算是不是。」

何貞心裡有數，便點頭。「多謝陳姨。」卻並不急著拿錢，而是目光在貨棧裡四下梭巡，問：「陳姨，您這裡可有便宜些的棉布嗎？開春了，我要給弟弟裁兩件衣裳。粗布就好，然後再要點細棉布，給最小的弟妹做小夾襖和單衣。」

之前張氏只給孩子準備了冬日落地要穿的厚棉襖，過些日子開春了要換單的，孩子不能硬捂，要及時添減衣服。明義明輝都長了個子，入秋時穿的衣裳已經短了，就是何貞自己也得接一截袖子和褲腿。

陳娘子明白了她的意思，轉身去抱出些粗布來。「這卷布是上回卸貨的時候不慎掉落河裡，等撈上來，這顏色就脫了些，也不好賣，我給妳便宜些。可這布厚實，幅也寬，給妳兩個兄弟做衣裳的話，兩個人一丈半就夠了。五十文一丈，妳瞧怎麼樣？」

何貞想了想。「那我要兩丈吧，還得做鞋呢。細棉布呢？」

陳娘子搖頭，另外包了一塊布出來。「這塊布不大，妳回去給妳弟妹做衣裳就是，想來小嬰兒也用不了許多，這是我送妳的。妳別不要，就我跟妳娘這份交情，她生了孩子，我也該送份禮的。」說著，她又拿手帕擦了擦眼睛。

何貞不願占人便宜，可也知道她跟張氏原來亦時常互相送些小東西，便不再推辭。另外挑了六尺見方的細棉布一塊，回去裁了繡手帕賣，這樣除了那七十六文之外，還要額外付一百二十四文。她也不廢話，痛快掏了錢，想著家裡還有些繡線，就沒有再買。四塊布打個小包袱，她便辭了陳娘子，留下陳娘子在她身後長長的嘆氣。

她這樣沒有任何資源的農家女，想要賺錢實在是太難了。何貞捏著空了許多的荷包，心裡也是鬱悶。她裁的棉布夠做一百條手帕的，可是要照顧弟妹、幹著家裡的活計。正月十八開始，明輝就要去讀書了，她也沒人分擔，只怕也拿不出什麼時間來繡花，都縫成最沒有技術含量的素面手帕，一塊才能賺半文錢，一百條也不過五十文錢而已，根本就不夠做什麼的。

來都來了，何貞乾脆在集市裡逛了一圈，看著擺攤的鄉民熱熱鬧鬧地討價還價，心思就活泛了起來。還是要出來做個小生意才行啊！

惦記著家裡的弟妹，何貞買了十文錢的白糖糕，就匆匆踏上了回家的路。

走到村頭，正好碰見明輝拉著柴火往家走，何貞緊走幾步，才知道明輝這是第二趟。頭一趟進山撿了柴火回家，正好趕上雙胞胎拉便便，他心疼姊姊，就自己拿著尿布下河洗了，等收拾妥當，又看著明義餵了兩個孩子，才又進了一趟山，想著下午不出去了，就多撿了些樹枝。因為不好拿，回來得慢了，就到了這個時候。

何貞幫他拖了一些，姊弟倆說著話往家走。可是還沒走到家，大老遠就聽到幾聲慘叫，何貞一個激靈。「明輝，那是什麼動靜？」

「像、像是羊叫。」明輝有些遲疑。可那一帶只有他家有一隻羊啊，又不可能宰來吃，怎麼會有這麼大的動靜？

何貞有了不好的預感，腳下加快了步伐，明輝也匆匆忙忙跟上。

然而推開自家大門，眼前的景象還是讓何貞一股熱血衝到了腦門。

兩個時辰前還站在棚裡的母羊，現在沒什麼生氣地倒在院子中間，腿斷了兩條，頭也被打得血糊糊一片，院子中間的土地上還有一團一團的羊毛，明顯是被揪下來的。

明昊和明忠明孝都站在院子裡，明昊手裡拿著一截樹枝，明忠和明孝一人握著一根木棒。事情是誰做的，已經很明白了。

「你們幹什麼！」明輝大喊一聲，眼裡已經帶了淚，扔下柴火就朝他們衝過去。

「明輝站住！」何貞一邊喊，一邊大步跟上，拉住明輝的胳膊。

明輝回頭，滿臉的憤怒和委屈。「大姊，咱的羊沒了，弟弟妹妹吃什麼啊？」半大的男孩子，哭得稀里嘩啦。

何貞的眼睛也很酸，還是沒說話，冷冷的視線掃過院中的幾個孩子，拉著明輝回家。出了這麼大的事，不知道明義怎麼樣了。

明義一直在門邊站著，立刻就把門打開了。

何貞看看明義，又看看床上的雙胞胎，都沒什麼事，先放了心，低頭仔細一看，卻看見明義咬著唇，嘴唇都被咬破了，眼眶憋得通紅，又大為不忍，連忙拉了他的手問：「明義是不是嚇到了？咱不怕，大哥大姊都回來了。」

明義搖頭，小小的身子靠著何貞，小聲說：「我想出去攔他們，可是我一個人打不過他們三個，又怕一開門他們進來打弟弟妹妹，就不能出去，只好眼看著羊沒了。」

何貞把身上的包袱卸下來交給明輝，交代一句。「打開，裡頭有白糖糕，你跟明義都吃一口，姊姊有辦法。」

「大姊，我去找他們。」明輝把包袱放在床上，卻不肯吃東西。

何貞攬著明義走到桌子邊，發現明義把銅壺放在炭盆邊上，給他們溫著水，讚許道：「明義做得很對，大哥大姊不在家的時候，什麼都不要管，只要照顧好自己和弟弟妹妹就行。你看，我們回來就有熱水喝，多虧了明義。」

明義小臉紅撲撲的，說不上是氣得還是被姊姊誇獎了有些開心，表情就有些一言難盡。何貞取了糖糕分給兩個弟弟，自己也掰了一小塊在手裡。「我知道，咱爺爺帶著二叔二嬸下地了，馬上春耕，要翻地，家裡沒人管這幾個混帳才會這樣。這件事，他們會給咱們個說法的。快些吃，吃完了才有力氣保護弟弟妹妹。」

明義吃了幾口糕，條理十分清楚地講述了明輝第二次上山之後的事情。原來三房夫妻準備明天回縣城裡，今天就都沒出門，反正下地幹活是絕對不可能的。瞧見明輝擠奶煮奶餵孩子，三嬸陳氏又說要羊奶，明輝沒搭理就走了，陳氏就在院子裡罵了一通。

明昊不懂事，聽著娘說，就自己跑去擠奶。剛剛擠過，自然是什麼都擠不出來的，他很不開心。二房的兩兄弟就出主意，讓他騎羊玩，還從廚房撿了根樹枝給他當馬鞭。

明昊坐到羊背上就拿樹枝抽羊。他再小，過了年也四歲了，手勁還是有一些的，加上羊瘦他胖，騎羊也騎不住，老往下滑，他不想掉下來，就用空著的那隻手使勁揪羊後背和脖子，把羊毛都揪下來許多。羊自然吃痛，越發不受控制，就在院子裡亂竄。

陳氏見了，也不管，自己回了屋。明昊控制不住母羊，就叫兩個哥哥幫忙，明忠明孝其實也想騎羊，可是也怕被羊甩下來，就嚷嚷著先打羊腿，讓牠甩不動。兩半大孩子不停地打，羊腿自然斷了，把明昊摔下來；明昊不依，於是仨人都拿著手中的傢伙去打羊頭，就把那母羊打得奄奄一息了。

這樣何貞就明白了，看上去是孩子調皮，下手沒有分寸，實際上恐怕還是故意的。農家的孩子都知道養牲畜不容易，打從會走路就會割草餵牲口，沒人會對家裡養的活物下死手。今天這事，動手的是孩子，背後攛掇甚至吩咐的恐怕還是大人。更何況這院子裡，可還有三叔三嬸兩個大人在呢！

今天的事情實在是惡劣，何貞覺得，似乎有必要家醜外揚了。

第八章

田間，何老漢帶著何二郎和二兒媳李氏在翻地。何家八畝地都是中等地，耕作情況一般，產出也一般，往年有何大郎在，地裡的活他一個人就能幹將近一半，再加上何二郎兩口子，何老漢已經有幾年沒有實實在在出過大力了。可現在，他也沒甚話說，用心翻著開始融化的凍土。

一個小小的身影快速跑過，帶著幾分倉惶，到了地頭就開始大喊：「爺爺！爺爺！咱家羊死了！」正是明義。

明義歲數小，長得白白淨淨的，從小就像個小大人一樣，村裡的長輩少有不喜歡他的。現在他跑得額頭上帶著汗，眼裡卻汪著眼淚，嘴唇也咬破了，讓人一看就知道他受了欺負，頓時有休息的叔伯就過來了，關心問他。「你這娃，這是怎麼了？誰打你了？」

明義用棉襖袖子抹一把臉，扯動了腰間的白麻布帶子，提醒著人們，這孩子剛剛失去了父母，自然對他也多加了幾分憐惜。他低下頭，滿是委屈驚惶地小聲回答。「我家的羊死了……我大姊買的母羊，餵我弟弟妹妹的。」

一頭母羊算不上什麼農家的大件，比不上耕地的牛、拉車的騾子，甚至連拉磨的驢也比不過，可終究是個牲口；且明義家的又格外不同，是餵嬰兒的，誰讓兩個新生的孩子沒了娘呢？一時間，就有人議論起來了。

何老漢自然是聽見了明義的動靜，只是他從田埂那頭走過來花了一點時間。等過來的時候，就聽見有人說了。「四叔，快回家去看看吧，羊死了不是小事！」

「怎麼回事？」何老漢皺了眉。

明義抬頭，眼淚就落了下來。「爺爺，今天我大姊去鎮上賣繡活，我大哥去撿柴火，我就在家看弟弟妹妹。二哥三哥帶著明昊在院子裡玩我們的羊，把羊給打死了。爺爺，羊死了，弟弟妹妹沒有奶喝了……」何貞交代他當眾跟爺爺訴委屈，他卻不是委屈，而是氣哭了。眼看著羊死在面前卻無能為力，他真的恨透了自己的弱小。

看熱鬧的漢子們一陣譁然。

「孩子慣得不像樣了吧，還能這麼糟蹋牲口？」

「那幾個孩子才幾歲啊，下手那麼狠，長大了還得了？」

「唉，守誠，是你家的娃？這麼有勁怎麼不領著來下地？」

何二郎不知道因果，也是愣了。李氏這會兒心中卻是有些暢快的。沒有奶喝正好！死了爹娘，幾個孩子還硬氣上了，跟地主家的小姐少爺似的，也不下地，等著人伺候呢！說自家兒子凶？那有什麼，凶了才不受欺負。不像他們的爹，因為個子矮，人就慫，想當個里正都費盡了力氣。

可是李氏卻故意忽略了一個事實，這些天家裡挑水擔柴的活計全是大房的明輝跟何貞做的，而他們今天也不過是年後第一天下地而已。

當然這些不重要，何老漢也不會管他們。身邊漢子們的議論讓他非常不滿，他對明義說話的口氣也不好。「你不是在家？你怎麼不攔著他們？」

就等這句話。明義搖頭。「我打不過他們。上回我就是讓兩個哥哥抓住了動不了，才讓明昊掐了妹妹的。這麼些日子了，妹妹臉上現在還有疤呢！我不敢去找他們。」

何大郎家裡就一個大閨女，現在明義一口一個妹妹的，眾人自然知道這是張氏年前剛生的孩子，滿打滿算還沒滿月，可聽這話，明昊多少天前就給孩子掐傷了，還有二房的兩個孩子制住了明義。鄉下人家，大孩子帶弟弟妹妹的是常態。眾人一聽，就把何慧受傷那日的情況腦補個七七八八，再連上今天羊死了的事，就連看何老漢的目光也有些微妙了。

「老二，你怎麼教孩子的！」何老漢聽了心煩，臉上也掛不住，就怒斥何二郎。

何二郎不能頂撞父親，可李氏不幹了，尖聲反駁。「爹！您也不能聽這一面之詞，誰知道是怎麼回事？我們家的孩子是最讓著弟弟的，不就是陪明昊玩嘛，這還錯了？」說到這兒，李氏就更有話說了。「他三叔兩口子不是在家嗎？回家去問問他們不就知道了？」

明義心中冷笑。果然讓姊姊說中了。不等何老漢發問就說：「三嬸早上說要羊奶，沒擠出來好像不高興，就叫明昊在院子裡玩，她跟三叔一直在屋裡，沒出來。」

人群裡議論聲音越來越多了。

明義拉著何老漢的袖子，可憐巴巴地問：「爺爺，薛爺爺說，我弟弟妹妹得好好餵才行，往後怎麼辦？」

往後怎麼辦？你那個大姊能要上天，還會不知道怎麼辦？何老漢都快被氣昏了，實在擺不出好臉色，便低聲喝了一句。「老二，快回去看看！」說完自己就率先往家走去。

何老漢生著好幾下口氣，一來氣幾個調皮鬼沒輕沒重地闖禍；二來農家人惜物，見不得這樣糟蹋活物；三來氣三兒兩口子在家裡都能眼睜睜看著這事發生，那不是懶得管事，而是壓根兒就心術不正；四來氣大房的孩子不知道遮掩，就這麼鬧出來讓他丟個沒臉。明義這套表現，要說沒有何貞背後挑唆，他絕對不信！最後又氣又憋屈的是，他還是得給大房一個說法。這羊確實是何貞拿大房的銀子自己買的，一開始就說了是大房的，現在這樣，還得二房三房賠她，連他也要被拖累著在大房面前心虛一回。

另一邊，明輝抱著雙胞胎請鄰居五嬸暫時照看，自己強忍著眼淚去找屠戶來收羊。說是不哭，明輝一路走著也還是抹眼睛。

剛過了年，屠戶生意也不多，聽明輝說了，黃屠戶就提著秤跟他回家收羊。沿路自然是有碰見人的時候，他沒什麼不能說的，就說上老何家收羊。

何家有一對一落地就沒有爹娘的孩子，村裡家家戶戶都知道，何貞買了羊餵孩子的事也是一樣。這樣的事卻沒人嫉妒什麼的，實在是沒娘的孩子說不著。可是才餵了沒幾天，羊就死了，還叫來屠戶去收，顯然不是病死的，這就是有事了。

可剛一拐進何家住的小胡同，成天殺豬宰羊的黃屠戶都驚了一下。

明忠明孝在前，何貞在後，正從何家院子裡跑出來。小孩子追逐打鬧不嚇人，嚇人的是何貞手裡的菜刀。明忠明孝不比何貞小多少，男孩子雖然個子長得晚，可體力還是好些，又加上成天田裡山上地瞎跑，腿腳都靈便得很。何貞縱然個子高些，卻還是落後兩步。可她一手緊握著菜刀，臉繃得死緊，黃屠戶覺得，只要讓她追上，那兩孩子可真得不了好。

「你姊這是幹啥？」黃屠戶回頭問明輝，卻發現明輝也驚得目瞪口呆。

何貞在弟弟們出門之後，就去找院子裡的幾個孩子了。這幾個孩子不講道理，她就抽了把菜刀壯聲勢，話沒問出來，倒是讓三叔訓斥了一通不講規矩。何貞懶得爭吵，菜刀晃來晃去，三叔就提著自己的兒子躲進了屋裡。何貞現在對這位三叔也是看透了，並不糾結，繼續追究另外兩個。

黃屠戶跟明輝大眼瞪小眼，看得出何貞是真生氣，也怕小孩子下手沒個輕重，真把自己堂弟給劈了，連忙把秤往明輝懷裡一塞，囑咐道：「先拿到你家去，快去找你家大人回來！我去看看，不能叫你姊殺人。」

明輝木然地接過東西，回到空蕩蕩的何家院子裡，又看一眼躺在地上已經死透的羊，抿了抿唇，往西邊地裡走去。

何貞這頭還在你追我趕地跑得歡實。明忠和明孝原來也不是沒因為調皮挨過打，出了門就有經驗了，往東邊去，朝著村子正中跑，當街人多的地方自然有人勸解，爹娘追過來的時候一般也就打不下去了。他們下意識就踏上了熟悉的路線，倒也正合了何貞的心意。她折騰這一齣，其實就是想讓更多的人看見，誰敢欺負她的弟弟妹妹，她就敢和誰拚命。要防備那個妨剋命硬的說法傳出去，也要防備幾個孩子成長過程中，受到同齡人或者其他村人的霸凌，在這種大家普遍沒什麼文化也沒有法律意識的環境裡，何貞的不要命動刀子也是一種必要的震懾。

誠然這是她發現羊被打死之後第一時間想到的應對策略，可是看著那隻餵養弟妹、和他們已經建立了感情的羊就那麼被活活打死，她怎麼能不傷心？想到弟弟妹妹又沒了糧食，先天不足再加營養跟不上，她怎麼能不擔心？想到買羊花去的爹爹的賠償銀子，她怎麼能不心疼？所以這會兒，何貞根本顧不得別的，幾乎要完全被滔天的憤怒支配，追著兩個孩子跑著，眼角都是紅的。

其實真的是要慶幸他們中間隔了幾步，若是真讓何貞追到，後果還真不好說。

「何家大丫頭！」黃屠戶跟著跑出來，一邊跑一邊喊她。「妳快停下來！咱們還談生意呢！欸那個誰，快攔住那丫頭，把刀奪下來！」

剛過了年，村裡沒啥熱鬧，這一來，甭管忙不忙的，凡是瞧見了的人，都得瞅上兩眼。就有好事的，看了兩眼就往村西頭走，要去跟何老漢轉告轉告。

「何四叔家那個大丫頭提著刀要砍她叔家兄弟呢！」

「瞎說，那孩子怪文靜的，哪會真動刀子！」

「你就不知道了吧，聽說她兩兄弟把她買的羊給打死了，這丫頭急了……」

「這不是造孽嗎……」

穆家大院門口，穆永寧和父親正跟穆管家作別。回來過年祭祖，正月十六，年過完了，他們也打算回去了，中午走，照顧父親身體，趕馬車到縣上正好趕上晚飯時間。晚上休息過，明天一早上官道好趕路。

話都說完了，穆永寧翻身上馬，還沒調轉馬頭，就聽見村人議論紛紛，下意識往那些人來路上看去，頓時一愣，差點沒從馬上栽下來。

兩個髒兮兮的小屁孩一把鼻涕一把眼淚地在前頭飛奔，一個穿著一身青布襖褲、腰間頭上都紮著白布條的清瘦女孩，揮舞著和形象極不搭調的菜刀在後面緊追，嘴裡嚷著「他們害我弟妹，我就跟他們拚了」。大老遠穆永寧就認出來了，是何家那個小可憐丫頭。

是的，在國公府小少爺眼裡，這個一夜之間死了爹娘、家裡窮得需要大年三十自己下河洗衣裳的小女孩就是個小可憐。可是難道真的是兔子急了也咬人麼，這小可憐還耍上菜刀了！在武功不錯的穆小公子眼裡，這小丫頭那菜刀耍得忒好笑，可是她臉上的憤怒傷心又讓他有些笑不出來。

「寧兒，去攔下來。」馬車裡的男人也聽到了嘈雜聲，挑開車簾看了看，便叫兒子出手。

穆永寧沒想到自己老爹會管這個閒事，不過還是恭敬應了，跳下馬來疾走幾步，攔住何貞的腰，揮出一掌打在她手腕上，便將那把菜刀給甩了出去。

「你幹什麼?!」何貞還要往前跑，生生被攔住，整個人都往前傾，她顧不上手腕的疼，怒目瞪著刀下救人的穆永寧。

穆永寧頭一回被個小姑娘死死瞪著，感覺還有點奇怪。何貞就像一個點著了的刺蝟，神色不善，怒火沖天，可是穆永寧愣是從小姑娘臉上看出了悲傷無力，他難得地口氣軟了許多。「我還問妳幹什麼呢？有什麼話不能好好說，真劈了他們，妳想蹲大牢去啊！還嫌身上事不多？」

「大丫頭！妳發什麼瘋？」何老漢一行人也已經回到村頭了，總算是及時「救下」了明忠兄弟兩個，而何貞揮舞著菜刀的樣子也被眾人看到了。何老漢更覺得沒面子，對著何貞態度自然就不好。

「何貞！妳這個心狠手辣的丫頭，妳叔養活著你們，妳現在翅膀還沒硬呢，就對著弟弟動刀子?!」李氏可不管別的，誰讓她的兒子都要被砍死了呢。

穆永寧眨眨眼，小聲問：「原來妳叫何貞啊？哪個字？『真假』的『真』，還是『珍貴』的『珍』？」

何貞搖搖頭，不理他，往旁邊跨出兩步，低頭把地上的菜刀又撿起來，這才啞聲道：「公子是貴人，別污了眼，還請您讓開。」

「寧兒，走了。」車裡的男人放下車簾，吩咐車夫上路。

穆永寧熱鬧還沒看完，實在是不想走，可是老爹是個不好惹的，不得不聽他的話，便有些戀戀不捨地跟何貞說：「那我走了啊。」說完就上了馬。

這人真有點自來熟，好像他倆有什麼交情似的。不過何貞這會兒也懶得理這茬，他走了更好。

穆永寧沒等到何貞的回應，只好悻悻地騎馬走了。然而土路崎嶇，馬車跟馬走得都慢，他正好聽見那小丫頭有些嘶啞的聲音。「不給我弟弟妹妹活路，那就大家誰都不要活了！」沒練過功夫，又跑了半日，她的聲音聽上去有些氣息虛弱，可是偏偏透著一股同歸於盡的凶狠，讓功夫不錯、架也沒少打的穆小公子一個激靈。

村西田裡回來的人已經從明義口裡知道了事情經過，這會兒再看何貞氣得、跑得通紅的臉，和何二郎兩兒子直往父母身後躲的樣子，自然就知道明義所言不虛，對何貞倒也沒多大指責。

只是何老漢不能不出面，便十分惱怒地呵斥她。「毛丫頭懂得什麼！怎麼就不活了！多大的事就動刀子？老何家可沒有這樣的教養！」

何貞笑起來。「爺爺，您這話就不對了，我沒爹沒娘了，沒人教養我。我家明睿跟慧兒還不如我呢，別說教養，眼瞅著連命都要沒了！」

「胡說八道！那兩個孩子不是好好在妳屋裡養著嘛，怎麼就沒命了？妳這丫頭怎麼這麼刁鑽！」李氏立刻掐腰嚷嚷。

「村裡誰家都知道，我家的弟弟妹妹吃羊奶活命，現在他們，」何貞指著何二郎夫妻的方向。「把羊打死了，我弟弟妹妹還如何活命?!」

多數人從田裡回來，都在這裡聽著，也有好事的婦女，聽說了有動靜，專門從家裡跑出來，就想看熱鬧。本心來說，何貞並不是喜歡譁眾取寵、享受眾人目光的人，可這會兒也顧不了那麼多了，正好建立一個惹不得的潑辣形象也不錯，以後更好保護弟妹。

「羊死了再買一頭就是了，大不了就餵米湯，孩子養那麼嬌貴做甚！」李氏絲毫不肯讓步，尤其是看到何貞指著自己的兒子們，那就更火大了。

可是她這話聽著就十分欠揍了。別說明輝明義怒目而視，就是何老漢聽來也不中聽，身邊的議論聲就更多了。先前都是男人，終歸沒人跟女人一般見識，也沒說得多難聽，可這會兒就不一樣了，人群裡議論紛紛。

「再買一頭？說得輕巧，她給銀子嗎？」

「還餵米湯？她熬嗎？她家是財主啊，頓頓吃米？」

「不是自己的孩子，自然不心疼……」

「沒爹沒娘的孩子，苦日子還在後頭呢……」

「說不定還巴不得孩子沒了呢，眼前這幾個已經慢慢能幹活了，就當半個勞力使喚著，且不吃虧，丫頭還能換彩禮。這麼一算，那兩個小的要是餓死了才正好呢……」

有些話實在不中聽，可是未必不是某人內心隱密的想法。就是何老漢聽著，那臉上的憤怒，也不知是單純的生氣，還是惱羞成怒。他把手裡的鋤頭用力磕到地上，恨恨道：「老二，你看著辦吧，是真不管你姪兒了嗎?!」

就算是，也不能大庭廣眾的承認，那往後里正的位置就跟自己再也沒關係了呀！何二郎瞪了老婆一眼，又給兩個兒子一人一腳，才轉身對著何貞道：「貞丫頭，妳弟弟們不是故意的，他們調皮，不像明義那麼懂事，就是手底下沒輕沒重罷了，哪可能存那樣的心呢？那羊要是真救不過來了，二叔賠妳銀子，成不成？」

「我不要銀子。」何貞搖晃著手裡的菜刀，並不買帳。

第九章

何貞鬧了一場，一個小姑娘靠著一把菜刀，成了全村的焦點，結果說不要銀子，圍觀群眾都不信，更別說老何家的人了。

李氏跳腳，可是何二郎先一步抓住了她的胳膊，又瞪她一眼，叫她不能開口，才問：「那妳是要出氣？我叫妳兩個弟弟給你們認錯，我再打他們一頓給妳出氣？」

何貞笑起來，只是眼睛裡涼颼颼的，沒一點笑意。「二叔，我說不要銀子，是因為我真不是訛您。可您就這麼糊弄過去了，是不是有點欺負我們呀？我才知道，原來弟弟認錯這麼值錢，一個認錯就能抵二兩銀子？」

「哦喲，那是大老爺才能吧？」

「真是欺負孩子沒爹沒娘啊，嘴皮子一碰，一頭羊就混過去了！」

「別胡說，人家是要當里正的人，有身分又體面，里正家的公子，認個錯自然是值錢的……」

議論聲又起來了。何老漢聽得頭疼，臉上完全掛不住，便喝道：「有話好好說！妳也不用陰陽怪氣的，我還沒死呢！這個主我做了！老二去買一頭有奶的羊給明睿餵奶，誰也不許再提這事！」

李氏頓時眼眶都紅了，心疼銀子給疼的。可是她常年走家串巷的，除了因為兒子失了理智之外，這會兒是完全反應過來了。要想當上里正夫人，就不能繼續跟何貞為難，還真是便宜了那屋子倒楣鬼了！

「都聽爺爺的。」何貞痛快地收起了刀，也不為難明忠明孝兩兄弟。賠償要了，震懾有了，別的她不在乎，甚至她還有心情招呼兩個弟弟回家。

何二郎根本就沒回家，直接去了後街找黃三買羊。這事已經讓何貞折騰成這樣，當然是越快還上羊越好。李氏心疼銀子，心裡憋火，就只好拿兩個兒子撒氣，一路絮絮叨叨，責罵不休，當然，也有些指桑罵槐的話，何貞就當沒聽見。

明輝不大高興，可是還沒想好要怎麼辦，就被何貞支使著去找黃屠戶，家裡那隻死羊還要處理了。

何貞一手握著菜刀，一手拉著明義的小手，跟在何老漢後面往家走。圍觀的人們沒有熱鬧看了，也就四散而去。

明義晃了晃何貞的手，眨著眼睛，彷彿有話要說。

何貞搖頭，並不讓他出聲，他就低下頭，乖巧地專心走路。

明輝到底心計一般，比不上明義鬼靈鬼精的，沒看出關鍵問題。今天這事到這裡，看上去似乎是擺平了，但是，真正的問題還沒觸及呢——何三郎一家子半點事沒有。

今天鬧這一場是意外，除了真的憤怒，何貞也有些算計在裡面。她的目的一在索賠，二在震懾，三在戳破何老漢的一廂情願，卻並沒有要跟父族親人魚死網破的意思。不至於，也沒必要，更沒好處。所以當著外人的面，她沒有刻意提起這個茬，當然也沒刻意幫他們遮掩。其實心思多的人已經有人琢磨到這裡了，不過這樣的人也都聰明，並不說什麼討人嫌的話。

然而何貞看得明白，何老漢的火氣，與其說是因為被自己削了面子，不如說是明白三子夫妻起了什麼作用之後，又氣又寒心，還不能說出來，活活憋屈的。

就是何二郎夫妻，只怕不會想不到這裡，只是不想得罪這位據說將來能提攜他們的童生老爺和村裡的富戶陳家罷了。這事情，說不得還得分說分說，可是他們姊弟卻是不會參與的了。

今天十六，三房十八就回縣裡去了，怎麼也要到清明才回來，且也待不了幾天，並不會特別影響他們的生活。何老漢他們想要胳膊折了藏在袖子裡，何貞自然就當個看事不周全的小丫頭，反正羊有了就好。

回了自家房裡，明義悄悄問何貞。「大姊，三叔他們……」

何貞搖頭，倒了水給他喝。「別管，爺爺和二叔他們心裡都有數，你們只要以後都遠離他們就好。咱們做事，別總圖一時解氣。」

誠然，何貞也看不明白何三郎兩口子到底想幹麼，明明最需要考慮名聲的是他們，可是作天作地撒潑罵街要趕走何貞姊弟的也是陳氏，而何三郎也一聲不吭，莫不是只要沒親手把幾個孩子扔出去，名聲就不會受影響？又或者，虛無縹緲的功名比不上白花花的銀子實在，他們已經決定要裡子不要面子了？不過如果怎麼都考不上的話，還真是銀子更好。

何家院子裡自然是不大安寧的，但是何貞姊弟三個並不在意。好在有之前的白糖糕墊了肚子，也不算餓。何貞拿了黃屠戶給的二百文錢進了堂屋，把錢放在何老漢面前，不卑不亢道：「爺爺，這是那隻死羊賣的錢。眼下二叔賠了我新的羊，這錢我也就不能要了，交給您老吧。」

直接給何二郎，那真是不是挑釁也是挑釁了，倒不如給了何老漢，再一次告訴他，她所要的不過是羊而已，是她的好叔叔好嬸嬸們想太多了。

事後何貞才知道，何二郎兩口子手裡居然連個存銀都沒有，買羊還跟何老漢借了一兩銀子。不過他們如何過日子，根本不關她的事。反正羊要到了，何貞下午就去五嬸那裡把弟弟妹妹接了回來。

正月十八，明輝得回去上學。何貞備好了給先生的禮，讓明輝揹著去了村塾。

何貞小心觀察明義的神情，卻見他並沒有任何不滿或失落，照舊擠奶熱奶，餵著兩個小嬰兒，甚至面不改色地給兩個孩子換尿布，這才放下心來。

何家院子裡的眾人並沒想到明輝開春還去讀書，很是吃了一驚。可是之前的事明顯理虧，於是誰也沒有說什麼，至於私底下有沒有議論，何貞也不關心。

孩子們晚上必然是要餵上一、兩次的，這樣對明輝影響就比較大了。晚上睡不好，白天在學堂裡就會打盹的，他原本就沒有多聰慧，全靠勤奮來補，可打盹也不是願意的，於是第一天晚上回來，他就沈著臉，一直在自己怨自己。

何貞問過之後，並不敢大意，決定第二天就去鎮上買一床鋪蓋，先讓明輝自己睡，務必不能耽誤他。

一共也才兩、三天的功夫，何貞的活計沒做多少，拿了十條沒繡花的手帕，在陳娘子那賣了十五文錢，可一鋪一蓋就花去了二百文。她想了想，買都買了，也不在乎那點零頭，又拿十五文錢買了個小的湯婆子。

看著守在家裡自己練字的明義，何貞想了想，把炭盆端到了南屋，趁著一起去堂屋吃飯的功夫，把南屋好好烘熱了；又指揮著明輝合力把她跟明輝的兩張小床拼在一起，鋪上新買的被褥，被窩裡塞了湯婆子，囑咐明輝帶著明義睡覺。

「大姊，都是我不好，又花錢了。」明輝不知道買這些東西要花多少錢，可是反正是花了，他就有些心疼。

「這怎麼能怪你？」何貞拍拍他的手。「是我想得不周到，你要好好睡覺，明天才能好好念書。明義也是，睡不好覺會長不高呢。」

「可是我要幫大姊照顧弟弟妹妹。」明義看了看嶄新的被褥，回頭拉著何貞的袖子要走。

何貞嘆氣。「大姊是女孩子，不用出門，白天睡一覺也是使得的。你們不一樣，只有你們長得高長得好，讀了書有本事，咱們以後才能有好日子過，大姊還要靠著你們呢。」她當然不覺得自己必須要依靠弟弟們，可是只有這樣說，兩個孩子才會心安。

果然，兩兄弟都沒反駁。最後，明輝只說了一句。「我會小心炭火的，大姊放心。」

其實，弟弟們都在成長，越來越懂事，何貞覺得，如果不去想父母離世的事情，日子其實還算不錯，當然能持續多久就不一定了。

有明義幫忙照顧兩個小的，何貞白天除了擔水撿柴火和洗尿布，倒也有了不少時間做針線。雖然她並不打算一直做下去，可是眼前還要靠這個貼補。

在二十六的那趟集之前，何貞趕完了手裡剩下的九十條手帕，送到陳娘子那裡，也不過換回了一百三十五文錢；可是給弟弟買了一塊墨、一百張紙，再加上一枝毛筆，就又用去了七十文。剩下的錢，她乾脆買了兩尺緞子，並一把彩線，準備回來繡荷包賣。雖說麻煩些，可是有技術的東西才能多賺點錢。

她算過了，這些能做差不多十個荷包，素面的能賣八十文，繡上花能賣一百五十文，這樣稍微能多賺一點。用錢的地方實在是太多，怎麼算計都不夠。

兩個孩子在正月二十一就滿月了，可是哪有條件辦什麼滿月酒，何家院子裡甚至都沒人提起這件事。何貞跟兩個弟弟說起，幾個孩子一起沈默，好一會兒，明義才說：「咱們好好給弟弟妹妹過周歲吧。」

何貞看他眼眶又有些紅，便攬住他哄。「別喪氣，說不定咱們很快就能好起來了，咱們辦個熱熱鬧鬧的百日也挺好的。」

何貞單獨去了幾次鎮上，結合以前跟著爹娘來過的幾次來看，齊河鎮的面積不算十分大，但是人流還是不少。作為一個不大的碼頭，有了往來的船隻帶動，鎮上一些靠著南來北往的商家做些營生的人家十分富庶，就是周邊村子裡的鄉下人，靠著把力氣在碼頭上打個短工，也都能補貼家用。大錢沒有，小錢卻也是不算太難的，所以做點小本生意應該是可行的。

下意識摩挲著胳膊上的小包袱，何貞覺得，指望著做繡品賺錢，投入產出比實在是太差了。她按照娘親張氏生前教的，在荷包上都精心繡了寓意好的花紋，結果忙忙碌碌繡完了十個，預計也就只有一百五十文，真算不上什麼好營生。

何貞花五文錢買了一大包線。馬上就出正月了，天氣已經開始回暖，弟弟妹妹的夾衣和春裝都沒有，買了布，正好趁著現在田裡還沒開始春播，趕緊做起來。

何貞回到家，算著正好是雙胞胎喝奶的時間，她趕緊準備了，省得明義忙活。院子裡安安靜靜的，她倒也沒覺得如何，剛要伸手推門，東廂房的門就從裡面打開了，明義驚慌的小臉一下子撞進何貞眼裡。

明義這個孩子，聰明懂事，只是稍微有那麼一點感性，容易哭鼻子，但是何貞很少見他驚恐到不知所措，頓時就知道出事了，連忙彎腰去拉他的小手，放軟了聲音問：「明義怎麼了？誰欺負你了？還是欺負弟弟妹妹了？」

說著話，何貞下意識地掃了眼床上，一下子直了眼睛，聲音陡然變了調。「慧兒呢？」

明義哭出聲來。「慧兒……慧兒被二嬸抱走了，她要賣了妹妹，爺爺也同意了……」

「抱走了？抱哪兒去了？走多久了？」何貞剛才的一聲，驚到了床上的明睿，小娃娃哇哇大哭起來。她連忙鬆了明義的手，去抱明睿，卻發現這孩子眼角還掛著淚，好像剛哭過。

明義卻去接明睿，抽著鼻子說：「大姊快去救妹妹，二嬸剛走。剛才弟弟哭了，我去擠奶煮奶的功夫，二嬸闖進了咱家，把妹妹抱走了，說是送到村西去享福。我不讓，她就跑了，還喊著等下問好了回來把弟弟也送去。弟弟哭得狠，我只好先餵弟弟，可是弟弟不吃，我就只好哄他。我不敢離開他，怕他也丟了……」

村西，享福。何貞明白了，急還是急，卻沒有剛才害怕了。她站起來，摸摸明義的腦袋，說：「明義不怕，不怪你，你在家好好照顧明睿，大姊去接慧兒。你放心，誰也搶不走咱們的妹妹。」

為了以防萬一，何貞照舊去廚房抄了菜刀握在手裡，這才腳步匆匆地往村西邊走，臉色陰沈如墨。她是真沒想到，自己動了刀子，震懾了村裡人，卻還沒讓李氏學乖，手總是往他們家裡伸，她不介意給剁下來！

何大郎死了一個多月，連王氏都不常哭泣了，何二郎那點愧疚自然也沒剩下多少了，兩口子又開始算計。老三家的不中用，就那麼回了城，現在幾個孩子一時趕不走，只好少養一個是一個。

唯一值得慶幸的就是，何二郎兩口子雖然忒不上檯面，可到底沒喪盡天良，沒把孩子賣給人販子，倒是送到穆家，給老管家當個養女或者養孫女，以後確實是吃喝不愁。

穆家的老管家要養個孩子養老，這是到了穆家門口，何貞聽圍觀的人們說的。如今不是農忙，村人閒來無事，有熱鬧看就圍攏過來，只不過最近何貞家的熱鬧偏偏多了些，總是被人圍觀。

此時被圍觀的是二嬸李氏和她手中的何慧。

何慧是個剛滿月的小嬰兒，沒什麼可看的，李氏就不同了，臉上紅一片白一片的，正小心敲著穆家的大門。

有那跟李氏不對頭的，就幸災樂禍地假意勸她。「她二嬸子欸，別敲了，剛才人家穆管家不是說了，純屬誤會，是他們東家心善，讓他撿個孩子養著，可他不是不想養嗎？妳這可是聽著風就是雨了。」

「哪是聽岔了啊，人家明明就是故意的，這事萬一成了呢？少養一個孩子呢！還能跟人家大老爺搭上關係，說不定還能幫他們當上里正哩！」另一個人馬上過來「反駁」。

也有人不想說這些是非，單純同情幾個孩子。「沒有了爹娘的孩子就是可憐，還不是隨著人擺布？」

「她家大丫頭可是個厲害的，知道妹妹被扔了，不會拚命？」

「拚什麼命啊，她自己也得指望叔叔們拉拔呢……」這人話沒說完，就生生憋了回去，沒辦法，那個厲害的大丫頭正握著刀一步一步地走過來呢。

李氏現在很難受。

穆管家在村裡比較低調，也就偶爾跟何貞的三爺爺喝碗茶，聊聊天。這天碰上了，說起主家，他不好往外說主家的事，便隨口提了一句，主人家都十分厚道，可憐他一個老頭子孤苦，還勸他撿個孩子養著，也好有個天倫之樂。正好這話是在當街處說的，被村裡人聽了一耳朵，就傳開了。

不到災荒年，只要不是賭鬼混蛋，沒人賣孩子，自然沒人當回事，可是這裡頭不包括何二郎兩口子。

關起門來一合計，這麼做能甩掉一個包袱，竟是個大好機會。按歲數來說，明義最合適，可是這孩子懂事，怕是主意正著，又都在一個村裡，準會跑回來，那就得罪穆管家了，所以只能是雙胞胎了。人家要一個孩子，說了是做伴，也不講男女，若送男孩，怕何老漢不允，送何慧的話，大概就無妨了。

於是何二郎兩口子找到何老漢，口若懸河地一通勸，尤其是送出去的只是一個妨爹妨娘的女娃，何老漢也就同意了。只不過兩口子倒也不是毫無顧忌，提到父母去世後就變得像個刺頭一樣的何貞，都有點怯。

何老漢眼一瞪。「你看你們那個出息！怕個丫頭做甚！你們這是給那小丫頭找個好人家，是讓她享福去！那穆管家說是個下人，那也是官老爺家的下人，不比我強？大丫頭不是成天說要讓她弟弟妹妹過上好日子嗎？跟地主家小姐一般的日子，她有甚話說！」

這番話給了李氏足夠的底氣，在被穆管家拒絕之後面對何貞時，一開始也沒害怕，還原樣把這番說辭扔回去。

還真別說，人群裡也有不少人認同她的看法。

這兩年年成尚可，沒誰家賣孩子，可是鄉下的孩子哪有不受苦的，就算是不挨餓，那也不是頓頓都有乾糧吃，一年得有半年是野菜稀粥。即使學堂不要錢，可也不是家家都去的；就是去了，一家幾個孩子，一般也不過是輪著，一個孩子上一年，囫圇識幾個字，還得回家來幹活。

所以李氏的話說完，指責她的聲音倒是歇了不少，就是看她笑話的，也只能笑她一句「可惜人家穆管家不願意呢」。穆管家已經明言，東家心善，可他自己不願意養，以後也不會要，給那些動了心思的人家潑了一盆涼水。

何貞知道世情如此，便也不去爭辯究竟怎麼樣才是對孩子好，更不去空口說自己以後一定會怎樣怎樣，只是拿了刀指著李氏，叫她把妹妹放下。

李氏事情沒辦成，又被村人指指點點了半天，早就煩了，倒是挺乾脆的，就把何慧交給了何貞。

何貞並不善罷甘休，一手抱著妹妹，一手還舉著刀。「二嬸，我原就說過，誰動我弟弟妹妹，我就和誰拚命，現在瞧著，大概您是以為我小孩子胡鬧呢，是不是？」

「本來就是嘛。妳別動不動就拿著把刀，像個二流子似的。咱們女孩子不興這樣，妳娘沒教妳，二嬸告訴妳，女孩子得有規矩。」李氏有些尷尬地笑，她並不認為何貞能傷到她，只是這孩子拿著刀甩來甩去的，萬一失手傷了她，那她多倒楣啊。

「我娘在的時候，二嬸就時常編排她，她懶得理會。如今我娘都不在了，二嬸還編排她，可是想讓她找您說說話？」何貞陰沈著臉。

第十章

「貞丫頭，是有什麼事嗎？」何四嬸被人拉來看熱鬧，卻遠遠就喊上了。

因為父親的死，何貞有些遷怒來叫何大郎去打架現場的何四叔，可是理智上說，她也知道跟何四叔其實並沒有任何關係。而四嬸這人雖然有些潑辣，可爽利熱情，人品正派，跟張氏從前也處得挺好。何貞尊重她，看著她走過來一臉關切，她不方便行禮，就微微點頭。

何四嬸也是個妙人，走近了就去接何慧，嘴裡說：「我給妳抱著妳妹子，妳忙。」

何貞便專心對付李氏。

「不是，妳幹啥？我還得回家去做飯呢，你們不用吃啊。」李氏一看，何貞這是不依不饒了呀，頓時決定先走。今天這事要是辦成了，自然是何貞沒招，可是這會兒沒辦成，那就是肉沒吃著還惹了一身腥，估計會被這個丫頭給記恨上。

她這話既是強行挽尊，給自己一個溜走的藉口，又在提醒眾人，何貞幾個可還是吃著她做的飯，被老何家撫養著呢，算是臨了給何貞挖個坑。

「二嬸想賣了妹妹，二嬸做的飯我們也不敢吃了。」何貞晃了晃手裡的菜刀，視線掠過李氏。「我說過，誰動我弟妹，我就跟誰拚命。二嬸，咱說話算話。」

最後一個字還沒落完，何貞就朝李氏撲了上去。

李氏「啊呀」一聲慘嚎，拔腿就跑——其實，就何貞的身高和力氣，根本就傷不到她，可是大概還是做了虧心事的緣故，李氏心虛，居然就這麼一路大呼小叫地跑掉了。

眾人瞠目結舌。

李氏的嘴不好，東家長西家短，氣人有笑人無，沒事攪三分，村裡沒幾個人真心跟她處得來。可是她是媒婆，大家總有用到她的時候，又加上她男人是候選的里正，時常就當一回大頭，幫幫這個拉拉那個的，所以也沒多少人真的和她交惡。這陣子老有熱鬧，除了幾個實在和她不對頭的人說些不中聽的之外，其他人大半還是純圍觀。

瞧見李氏沒命地跑，眾人不免笑得不行。

何貞搶回了妹妹，並沒打算輕輕放過的。這樣的事有一就有二，現在爺爺是戶主，真要是把弟弟妹妹賣了，告官都不管用，因為合法！這次，何貞是真的想要分家了，不是經濟原因，而是人身安全考慮。可是李氏這個反應，她也是瞠目結舌的眾人之一。等李氏跑沒影了，她才木然道：「原來這就是有規矩的婦道人家。」

何四嬸咯咯直樂，樂完了又覺得不大合適，就抱著何慧走到何貞身邊，問：「貞丫頭，妳不回家去？」

「去，這事得好好說說了。」何貞長長吐出口氣，對接下來的事情有些沒把握。

何四嬸湊近了，把何慧遞還給何貞，嘴裡說：「知道妳寶貝妳妹子，快還給妳，去吧。」兩人雙臂交疊的時候，她又壓低了聲音說：「妳四叔說昨兒個在縣城看見黃里正了，今天許該回來了，妳看要不要找他主持公道？」

何貞眨眨眼。

何四嬸這樣說是有緣故的。何貞姊弟的悲劇源自父母的慘死，其實最根本的是父親的橫死，而這事是那場鬥毆的後果。可說到底，鬥毆為的是黃里正的姪女。黃里正自然是有私心的，可是大面上一般不差，這個時候，就是有那麼一、兩分心意，也會照顧著幾個孩子一點。

明白了這個意思，何貞點點頭。「我知道了，嬸子。」

晌午這頓飯，明輝要在村塾裡吃，當然不是村塾管飯，而是自家早上帶著的粗麵饅頭和一點鹹菜，農家的孩子，不用幹活還要吃乾糧，這樣就已經算不錯的了。陳夫子收了穆家每年贊助的銀子，又有學生家長送的菜蔬布料，生活倒也富足，並不吝惜一點炭火，讓孩子們有熱水喝，所以在沒有更好的辦法之前，何貞也就由得明輝這般。

她回了自家院子。廚房裡已經點了火，李氏在做飯，而明義正扒著東廂房的門，眼巴巴地盼著自己。她連忙把睡得正好的何慧放到床上，跟明睿頭挨頭躺在一起，這才關了門，安撫明義。「別擔心，妹妹好著呢，等會兒醒了，你餵餵她。」

明義點頭，眼眶裡還有水光。

「你大哥不在，我卻是要做一回主了。明義，咱們從這個院子裡搬出去如何？」隨時有可能被賣了，這個事實給何貞敲響了警鐘，這次是真的下了決心。

「大姊，妳是說分家嗎？」明義一手拉著妹妹的小手，一手抓著何貞的袖子，有些不明白。「妳不是說還不到時候嗎？」

何貞搖頭。「我原也不曾想那麼多，可是今天這事提醒了我，若是叔叔們不想養活咱們了，只要爺爺同意，隨時都能賣了咱們。男娃爺爺許還捨不得，但我跟慧兒，爺爺十分捨得。我多少能做些活計，想來還安全些，慧兒就太危險了！」

明義哭起來。他人小，可是愛聽事，知道把孩子賣了就再也找不回來了，以前爹娘偶爾閒聊也說過的，特別是女孩子，竟是生不如死，他雖然不懂是為什麼，可一直都知道，孩子不能被賣！

「明義不怕。大姊這次一定要讓爺爺答應分家，咱們五個，一定要在一起，少了誰都不行！」何貞語氣堅決。

何老漢跟何二郎回來吃飯的時候，自然已經知道二兒媳婦失敗了。他也不是特別失望，不待見孫女，倒也沒到恨之欲死的地步，便坐下來吃飯，還讓李氏去叫明義過來。

李氏哪還想再跟何貞打照面，就支支吾吾的。

「老二家的，妳這是做甚？莫不是怕那兩孩子？」何老漢一眼看穿，不客氣道。

李氏也覺得自己很慫，不過還是豁出臉皮去上眼藥。「爹，我還真怕了那大丫頭，今天又拿著刀追我。這三天兩頭地動刀子，誰不怕啊？」

其實那是她自己想出來的，何貞刀是拿了，可還沒追，她就自己跑沒影了。

何老漢「啪」的一拍桌子，怒道：「這丫頭要幹啥?!」

「誰動我弟妹，我就跟誰拚命！」何貞推門進來，也不坐，居高臨下地瞅著何老漢。「爺爺，我正好想來問您，我們姊弟五張嘴，不好養活，不如您就讓我們自生自滅吧，成不成？」

「混帳！」何老漢又拍了一下桌子。「老何家的孩子，怎麼就得自生自滅了？」

「老何家的孩子，怎麼就得送給姓穆的？」何貞飛快地反問。

「那是女孩子！」何老漢下意識地回答。

何貞冷笑。「女孩子就不是孩子，就不是你老何家的孩子，對吧？」

「妳個丫頭怎麼這麼刁鑽？怎麼跟妳爺爺說話呢？」何二郎看不過去了。

「二叔啊，我聽說黃里正馬上就回來了，您不去瞧瞧？」何貞瞟了他一眼，並不接他的話。

何二郎果然就有些坐不住了。

何老漢看著次子這沒出息的樣子，極為心塞，對何貞就更沒有好臉了。「快叫妳兄弟來吃飯，別廢話！」

「這老何家的飯，我們大概是吃不得了。」何貞道：「早晚都會被您賣了，我們少不得自己先走。爺爺，您疼愛晚輩一回，把我們分出去吧，別人我不管，就把大房分出去就好。」

李氏的眼睛亮了。就連準備出去的何二郎也坐了回來，兩口子不住地打眼色。

「不知死活的東西！」何老漢十分惱怒。「我這是為了誰？你們爹娘都沒了，不靠著叔叔們，你們能活?!」

「爺爺，虛頭八腦的咱就不說了，左右我三天兩頭甩刀子，不聽話，鄉里鄉親的都知道，不會說叔叔們的壞話，這樣不好嗎？往後我們不擔心嬸子們會把我們賣了，嬸子們也不擔心我們把她們吃窮，多好。」何貞甚至扯出個乖巧的微笑來。

何老漢死死地盯著何貞。

何貞並不懼怕，坦然回視，甚至因為她站著，何老漢坐著，她還有了幾分睥睨天下的意味。當然何老漢沒有這樣的文化，想不到這個，只是這種孫女占了上風的感覺讓他極為不喜。

怒火上沖中，何老漢也想起了過去一個月裡發生的種種衝突，不得不承認，兩個兒子也確實是不願意撫養姪子姪女們，何貞說得也不算錯。只是他一種強烈的「一腔好心都餵了狗」的心思，十分不甘。他便道：「妳兄弟們也是這個意思？」

「是。」何貞肯定。

「那叫明輝來跟我說。」何老漢一副「我跟妳說不著得跟男人說」的架勢，又補充了一句。「妳別背地裡勸他，我今天就在門口等著，他一回來我就問他。」

何貞答應了，不過提了個條件。「您得把今天這事也說給他聽，問他什麼想法，不然他最是孝順您的，必然會順著您說。」言外之意就是，明輝是很恭順的，就算心裡不滿也會聽您的話。可是今天的事觸及到了底線，他們姊弟都不能容忍。

何老漢聽了後半句，心情倒是舒暢些，揮手叫她出去，渾然不管她沒有飯吃的事。

明輝，就看你的了。何貞坐在屋裡做衣裳，難得的心情也有些忐忑。

話是那麼說，何老漢當然不可能真的坐在大門口等孫子回來，只是一邊在堂屋裡抽著菸袋，一邊聽著外頭的動靜。明輝幾個孩子一散學回來，他就咳嗽了一聲，衝外頭喊了。「明輝來一下！」

明輝不知所以，書袋子都沒放下，就進了堂屋。路過廚房的時候，他看見二嬸李氏把兩個弟弟招進去，拿了爐火邊烤過的餅子給他們，他轉開了視線，上了臺階。

「爺爺。」明輝不算是個口齒伶俐的孩子，爹娘去世之後越發不愛說話，除了在自己屋裡跟姊姊弟弟說幾句話，平常在院子裡也是不大吭聲的。現在被爺爺單獨叫進屋，他覺得十分緊張，叫了一聲人之後，就沈默地站在那裡。

何老漢看著明輝一臉緊張如臨大敵的樣子，心裡卻不是滋味起來。那個丫頭天天鬧騰就不說了，早晚也不是老何家的人，可是明輝是他的大孫子，也被姊姊挑唆得跟自己不親，真是讓人不舒服。

何老漢心裡不痛快，臉就拉得更長了，重重咳嗽了一聲，問道：「你大姊天天鬧騰著要領著你們幾個出去單過，你是怎麼個章程？就由得她胡鬧？」

明輝愣了愣，沒想到爺爺一開口就是這件事。他遲疑了一下，才說：「我都聽我大姊的。」

這不是他第一次說這樣的話了，何老漢一聽，之前勉強壓下去的火氣又竄到了腦門，他一拍桌子怒斥。「你一個漢子怎麼就非得聽她一個丫頭的！」

明輝搞不清之前發生了什麼，可是聽著爺爺這話就是來者不善，他也不大高興了，便道：「她是我姊，我聽她的原就應該。我爹娘沒了，是她想法子照顧我們，她一心為我們好，我為什麼不聽她的？」

「為你們好？」何老漢冷笑。「莫不是你覺得她能養活得了你們？你可知道，她有多麼不知好歹，你叔叔嬸子給你妹子找了好人家，她都能去搶回來！」

「什麼意思？什麼好人家？」明輝陡然抬起頭來，直視著何老漢。「我妹子怎麼了？」

「還能怎麼了？有你那好大姊在，能怎麼的？」何老漢酸酸地說。沒想到孫子也是這副咬牙切齒的反應，讓他一時忍不住，覺得自己可能真的想錯了。當然，這是絕對不可能的，是這幾個孩子太不懂事。

知道妹妹沒出事，明輝放了心，便垂下了頭，恢復了一開始的沈默，只是垂在身側的手卻握成了堅硬的拳頭。

何老漢靜了靜，就問：「你大姊又來說要分家，好似我不把你們幾個掃地出門，就是為了留著你們好害你們一般，真是好心做了驢肝肺！你且說說，你是怎麼想的？」

明輝吸口氣，道：「求爺爺把我們分出去吧。」

萬沒想到，一向老實聽話的明輝腦袋後頭也生出了反骨，何老漢又失望又惱怒，便道：「既是你也這般說，那你們就出門去吧，我且等著看你們過什麼日子！」

明輝回了東廂房，發現姊姊弟弟都在緊張地盯著自己，原本就沒太摸清情況的他就更摸不著頭腦了，他小心翼翼地把自己跟何老漢的對話說了一遍，一邊說一邊往床上瞥，確定看見了兩個娃娃，才鬆口氣。

何貞和明義對視一眼，都從彼此眼中看到了欣慰。何貞這才把之前的事情詳細說給明輝聽，最後說：「我從前雖說是想出門單過，可終究不容易，也怕你們吃苦。可今天，我是真的害怕了。明輝，你做了戶主，總不會賣了妹妹吧？」

「當然不會！」明輝斬釘截鐵地說。雖然他並不太清楚做了戶主意味著什麼，可他一心愛護弟弟妹妹呢，怎麼可能把他們給賣了？

李氏這幾天格外勤快，迅速把何貞姊弟幾個不服長輩管教的故事傳得村裡人盡皆知，就是剛回村的黃里正也知道了。二月初八是個適合辦大事的日子，何老漢頭一天就跟黃里正約好了，到時候幫著主持分家。黃里正勸了幾句，見何老漢鐵了心，也只好作罷。

他是一村之長，自然有人跟他說起村裡的事，多幾個人說，互相佐證，他心中自然有判斷。只是再有判斷也不是自己家的事，勸過也就罷了，且他還有樁心事沒了結，心中也還有些旁的盤算。

有了黃里正作證，何貞又叫明輝去請了三爺爺過來，正式把大房五個孩子分了出去。何老漢夫妻都健在，且二房三房也沒要求分家——畢竟只有這幫能吃窮老子的孩子是累贅，二房三房尚且能一定程度上互惠互利，所以最後只是大房一支分出來，單獨立戶。明輝作為長子，理所當然成了新戶的戶主。

黃里正說得很客氣。「樹大分枝，何四兄弟家裡人丁興旺，眼瞅著就又多出了一戶人家啦！明輝懂事，小小年紀就能支撐門戶，四兄弟，你們家門頭好，子孫出息呀！」

這話別說三爺爺聽了想笑，就是何老漢自己也有點掛不住臉，只好支吾過去。

「不過，孩子們頂門立戶的過日子雖是有出息，可萬事開頭難哪，四兄弟，田地房舍你可有章程啊？」黃里正客套完，就說起了正事，也是今天的重頭戲。

別說李氏兩眼放光，連呼吸都快要憋住了，就是何二郎也一眨不眨地盯著何老漢。

何貞姊弟自然也十分關注。平心而論，何貞是看不大上一畝兩畝的田地的，畢竟這個時代農業生產效率不高，收入不了多少，而且他們一家子孩子，也幹不來地裡沈重的農活，她想得更多的還是做個小生意賺錢。但是，這不代表他們就能夠完全放棄田地。家裡的田地大半都是父親母親辛苦置辦的，明輝明義明睿都應該得到該得的那一份。

更何況，士農工商，這個朝代的等級制度可不是說著玩的。得以入仕以前，兄弟幾個都要有田地才能立足，就是她自己打算做生意，也並不會入商籍。

已經走到這一步了，再說別的都沒用，何老漢便道：「家裡除了我們老倆口的送老錢，是沒甚現銀的，哪一房我也不給他銀錢。地有八畝，都是中等地，倒是好分；三房人家一家兩畝，我留兩畝，往後我得跟著老二過，等我老了，這地也給老二，這樣明輝你們就兩畝地好了。二房三房不分家，地也在一起方便，明輝你們就種最東邊那兩畝，離村裡也近，方便照顧你們。」

三爺爺皺了眉頭，想要說什麼，動了動嘴，最後長嘆口氣，卻什麼都沒說。

就是黃里正聽了這話，都在心裡嘀咕。這何老四看著最是慈愛老實的，沒想到對待兒女也就這麼回事，提到銀錢上也黑得很。家裡所有的銀錢居然都是送老錢，他以為他是員外老爺？就是自己，在兒子的縣衙裡好歹也讓人稱呼一聲「老太爺」了，都沒打算花多少銀子辦身後事呢。

這樣的分配結果並不算意外。何貞姊弟無異議，就是李氏夫妻也不敢有意見——其實還有些竊喜，老頭子把銀錢握得緊，可他也說了，是要跟著自家過的，那有多少銀錢不也是留給他們？

「至於屋舍，東廂房兩間就給你們，日後你們大了，有出息就另外買地置宅子。」沒出息會怎麼樣，何老漢不說，在場的也沒人追問。

三爺爺和黃里正對視一眼，輕咳了一聲，問：「過日子家什怎麼說啊？鍋碗瓢盆，春上的糧食，老四，你準備了嗎？是叫孩子們自己開伙還是跟著你們吃啊？」

「分了家自然是要自己開伙的！」李氏搶著道。

三爺爺冷哼一聲。「守誠啊，你這媳婦得好好管管。長輩們說話，她一個晚輩，又是個婦道人家，插什麼嘴？」

何二郎諾諾，拉了拉李氏的袖子，瞪了她一眼。

何老漢更加心煩，臉色也不好看，說話就有些硬邦邦的。「我這院子小，沒地方給他們盤個新灶。往年他們奶奶熬藥有個小爐子，就叫他們拿去使吧，燒柴火燒木炭都成。他們日日使的小鍋也給他們，往後使水自己挑。糧食現在誰家都不多，我給他們五十斤豆子，吃也罷換細糧也罷，都由著他們。反正開春了野菜也多，餓不著他們。」

何貞冷笑。

今天是二月初八，到五月底麥收，怎麼也還有三個月時間，給他們五十斤豆子，好慈愛的爺爺！

第十一章

再多的客氣話，也掩蓋不住何家把包袱給甩出家門的事實。看到該交代的事情都交代完，當事人也都沒有異議，黃里正叫明義拿了紙筆來立了文書，何老漢、明輝、黃里正和三爺爺分別簽字按了手印，這場讓黃里正都覺得不大舒服的分家事宜就算是完成了。

何貞不是愛拖拉的性子，便叫明輝一起，跟著黃里正上他家去填寫戶籍冊子。填了冊子，黃里正需要拿到縣衙去登記，以後何明輝就是獨立的一戶了。

路上，黃里正問何貞。「大丫頭，我瞧著方才妳爺爺給妳糧食的時候，妳神色十分不滿，怎麼最後又沒說話呢？」

「黃爺爺，我若是當時就嫌棄給得少，您能幫我多要些出來嗎？」何貞不答反問。

黃里正只覺得後槽牙有點疼。「妳這丫頭，真是鬼！」

何貞搖搖頭。「黃爺爺，我爺爺給我們五十斤豆子，說讓我們自己弄野菜吃，屬實是不公道的。可是我多說了又能怎麼樣？爺爺要給是他慈愛，不給了，我們做小輩的還能頂撞他？我若說了，您跟三爺爺也為難不是？」

黃里正長長嘆了口氣。「妳這孩子倒是看得透。妳三爺爺這一晌午不知嘆了幾口氣了，妳家這事啊，也是說不清。」

「不管怎麼說，往後我們幾個孩子過日子，要求到村裡照拂的地方還多呢，黃爺爺，我們還得靠您照應。」何貞認真道。

「你們爹娘也不知是怎麼養的，一胎雙生，妳兄弟就老實厚道，多一個字都不說，妳這丫頭倒是伶俐得要成精了。」黃里正看看垂頭走路沈默不語的明輝，感慨一聲，又想起心裡的事，便試探起來。「你們的爹是個極好的後生，太冤了。」

何貞知道，這是本地方言，黃里正這是說何大郎死得太可惜、太不值得了，可是這話卻不能隨便答的，畢竟黃里正的姪女還在娘家住著呢。

她不能讓黃里正覺得自家遷怒或者記恨了黃家——年前那場械鬥，始作俑者確實是黃家的這個出嫁女，可是何大郎畢竟還是為了保護何二郎才死去的，說到底，她可以不喜黃家女，卻也沒有恨人家的道理。既然原本也沒記恨人家，自然要讓黃里正知道，省得這些猜疑埋在心裡，不一定什麼時候就會出事，她的弟弟妹妹都太小了，禁不起一點風霜。

想著，何貞就垂了頭，低聲道：「我爹是好人，我娘也是好人，只是我們幾個命不好，跟爹娘的緣分太淺。」

提起剛剛逝去的父母，她的心裡很不好過，就算能理智地計算得失，斟酌措辭，眼睛還是紅起來。明輝也是，悄悄的拿袖子抹了一下眼睛。

黃里正一回來就問明了事情的經過，也是惱火不已。

他這個姪女平時就有些掐尖好強，事事都愛跟人爭個長短；她嫁的是石溝村富戶人家的小兒子，那男人因為她脾性不好，就跟同村的一個小丫頭好上了，她還沒生出兒子，那小丫頭肚子先大了。黃氏自然委屈，回來找娘家撐腰也是應當，只是她回娘家之前卻先把那丫頭打了，好好的孩子打沒了，大人也折騰掉了半條命。可黃氏不老實，打了人惹了禍，回了村裡不提這茬，只說夫家欺辱，丈夫外頭有人，還要休妻，這才煽動了何二郎一幫人去幫忙打架。可石溝那邊也不是好惹的，男人家中本就心疼丟了一個孫子，再加上那小丫頭也有父兄叔伯，鬧起來自然就收不住。

這種家庭爭端，說大就大，說小也小，可總有解決的辦法，黃里正並不為這事發愁，只是這裡頭又有了何大郎兩口子的命，這事就很難過得去了。

好在何家大房的幾個孩子並不記恨黃家。黃里正鬆了口氣，他自家不過是農戶，便是家底殷實些，也沒有根基，長子只是同進士，在偏遠的梅州一帶做個小小的縣令，也極為不易；若是傳出堂妹不守婦德還鬧出了人命的事情，怕是對兒子影響極大。只有苦主不糾纏，這事才能被壓下去。

「你們都是懂事的好孩子，往後好好過日子，將來長大了有出息了，妳爹娘自然也就放心了。」黃里正聲音溫和，滿是長輩對晚輩的關懷。「你們爹娘不在了，不是還有爺爺們、叔伯們嗎？我們都會照應你們的。」

明輝聽著，就露出了幾分感激神色來。何貞看著，心裡嘆息，卻順著說了幾句客氣話。一來一往的，言語間就達成了默契，何貞還是滿意的。他們幾個都是孩子，想要好好長大，能多些庇護總是好的。

交了一百文上戶籍的手續費，黃里正會代為把剩下的手續辦好，明輝並不需要本人去縣衙，這會兒終於把雙胞胎的大名寫在了戶籍冊子上。臨了，黃里正又道：「我晚上去跟你們三爺爺說一聲，把明睿記到族譜裡，你們小輩去說也不合適。」

按說這事是何家門裡的事情，黃里正沒有義務過問，現在他問了，自然就是關懷之意，明輝和何貞連忙道了謝。

隔天拿到了嶄新的戶籍簿子，這家就徹底分好了。

何貞便忙活著姊弟幾個的吃飯事宜。這個家分得不公道，何貞既然咬牙認了下來，自然也不會抱怨，只能抽著空把該置辦的置辦上。

初八那天下午，從黃里正家裡回來，何貞去了何四嬸家裡，站在籬笆牆外頭跟她商議用黃豆換雞蛋和糧食的事情。

豆子不好煮，明睿兩個不考慮。就是明義，直接拿豆子當飯吃也是不消化的，可是分家的當天晚上，李氏就不做他們的飯了，她也沒時間專門跑去鎮上買糧食，只好在村裡換。村裡大多數人家都是冬季種麥子，夏季收了再種一茬黃豆，所以每家都有豆子存著，並不好換。只有何四叔家，因為四嬸有做豆腐的手藝，興許能收些豆子。

果然商議之後，何貞用五斤豆子換了一斤小米，二斤麵並十五個雞蛋，何四嬸主動提出稍後給送到家裡。

何貞道了謝，轉身往家走，一邊走著一邊盤算。四嬸的手藝不錯，豆腐、千張都做的，自己想從吃上做小生意，說不定能跟四嬸有些合作。

換好了糧食，何四嬸看到明輝蹲在屋門口生爐子，皺了眉。「這往後就真的不管你們了？」

何貞知道她替他們擔心，便挽了她的胳膊送她出去，悄聲道：「不管不是更好？」

看看天色，快該做晚飯了，何貞便指揮著明輝明義出去揀些柴火，自己在家準備做飯。沒有踩過的雞蛋嚴格來說也不算是葷食，自家幾個孩子都是長身體的時候，基本營養都是要保證的。今天連糧食都是現換的，油鹽醬醋之類就更是沒有了，晚飯只好暫且湊合一頓。

她這裡剛把小鍋洗刷乾淨，準備甩了雞蛋煮麵疙瘩湯，隔壁的何五嬸就送了兩碗鹹菜過來。她自家也窮，聽說分家了，拿不出什麼，就說讓孩子們下飯用。

何貞看見她，想起之前盤算的事情，便提出把自己家的兩畝地賃給五叔家，收一半出息。當前的皇帝是誰，何貞不大清楚，只是朝政還算得上是清明，田稅是十稅一的稅率，一般佃戶租地主家都是拿六成，佃戶最後得三成，她提的條件並不差。

何五叔也是父母早亡的，當年父母相繼臥病，花了不少銀錢，家裡除了有父親傳下來的那間土坯房，也就剩下了半畝地；等到五嬸嫁過來，兩人都是勤快的，一年到頭也就是將將糊口罷了。兩畝地，每畝地拿四成的出息，對於不缺力氣的五叔來說，簡直就像天上掉餡餅。

畢竟還在何家院子裡，何五嬸也不好詳細商議起這些，且這樣大事，總要男人拿主意，跟何貞定好晚上叫何五叔再過來一趟，就離開了。出門碰見明輝兄弟倆拖著乾枯的樹枝回來當柴，到底沒忍住，悄悄抹了抹眼睛。

何貞房裡還有一套碗盤，是前幾年陳娘子送給張氏的禮物，這會兒自然是派上了用場。農家的孩子沒有不會生火的，加上何貞前世就很會做飯，這一世也時常在廚房裡打下手，簡單的煮一鍋雞蛋麵疙瘩湯並不難。

李氏為人有些小氣，除了給自己的兒子藏吃的之外，做大鍋飯都是能省就省的，反正何老漢也有些摳搜，正滿意她這一點，又加上格外不待見他們這群討債鬼，所以這陣子他們跟著大鍋吃得既不好也不飽。就算關起門來有每天半碗羊奶頂著，也都個個面黃肌瘦的，受了虧空的樣子。所以何貞下鍋的時候就沒有小氣，三個雞蛋煮進去，麵粉也放了一大碗，調成圓滾滾的疙瘩。

就著五嬸給的鹹菜，就連何貞都覺得吃得特別過癮，更別說明義明輝兩個真小孩了。吃完飯，明義摸著難得鼓起來的肚子，有些羞赧。「大姊，真好吃。」

何貞收拾著碗筷，抬頭看看，發現明義明輝臉上都紅撲撲的，是真正吃飽了的樣子，頓覺欣慰。「這就叫好吃了？也就是吃飽罷了。」

「大姊，我覺得好久沒吃這麼飽過了。」明輝也說。

碗筷洗淨，何貞把兩個弟弟叫到燈下，嚴肅道：「等會兒五叔可能會過來，說賃地的事，我先跟你們透個底。」

「賃什麼地？」明輝問。

「明輝，這次是我自作主張了。就這一年，往後我一定提前跟你們商議。」何貞之前跟五嬸說的時候沒覺得怎麼樣，可這會兒面對兩個弟弟信賴的眼神，卻覺得自己做得不大妥當。即使自己有了主意，也該先跟他們商量好，不該這樣，只是告知一下，他們都是這個家的一分子，有說話的權利。

何貞把自己的主意說了下，又解釋了考量。「咱們家現在全部的家當有九兩銀子、一百二十一文錢、一頭羊。糧食有四十五斤豆子、一斤小米、一斤多麵粉、十二個雞蛋。往後咱們得吃喝，你們要上學堂，這些錢遠遠不夠，我們還是得想法子掙錢。可是咱們現在沒力氣種地，別人也沒義務幫咱們，不如賃出去，雖然只有五成糧食，可不用咱們出力，還能給咱們省出功夫來做別的。」

明輝心思粗些，並不會多想，聽完就點頭。「大姊說得對，我沒意見。」

明義也點頭。「五叔人好，不會欺負咱們人小的。」

姊弟幾個正說著，就聽見五叔在外頭敲門了。鄉下純樸，除了晚上臨睡覺的時候上門閂，平常院子門都是虛掩著，五叔自然就進來了。堂屋裡一大家子正關著門吃晚飯，他站在院子裡看了一眼，就去敲東廂的房門了。

這是互惠互利的好事，五叔回家聽妻子說了這個，高興得飯都沒吃好，這會兒自然一談就妥，最後約定了今年夏天收麥子之後再種黃豆。夏天的麥子和秋天的黃豆，畝產差不多三百斤，何貞他們就要三百斤麥子、三百斤黃豆，何五叔幫著交糧稅，剩下的都歸何五叔。

何五叔年輕力壯，不怕累，就怕沒地方幹活；多了兩畝地，他一年就能多收四、五百斤糧食，十分歡喜，看何貞叫明輝拿紙筆立了個簡單的字據，他甚至都不問明輝寫啥，就痛快按了手印。

第二天開始，何五叔就在明輝的地裡幹活了，這事情自然是瞞不了人的。何貞也沒指望能瞞住誰，天將亮時餵了一次妹妹，就乾脆不再睡了，一早起來熬了小米粥，煮了雞蛋，又烙了薄麵餅，專門給明輝捲了兩張帶雞蛋鹹菜的帶飯，這才去叫了兩個弟弟起床。

何老漢一大早去地裡轉悠了一圈，怒氣沖沖地回來，站在院子裡就訓斥上了。「明輝！地給了你才一天，你就給了人家？」

「爺爺，您別訓明輝。」何貞拍拍弟弟們的肩膀，讓他們安坐吃飯，自己推門出去。「您老人家一看就該知道，這是我的主意，您訓我就是。」

「怎麼，妳當我就不敢教訓妳嗎？」何老漢板著臉。「妳種不了就跟我說，我跟妳二叔二嬸難道不是勞力？這可好，生怕人家不知道你們分出去了是吧，連地都能給人了。」

何貞不急不氣，坦然道：「爺爺，我們分出去了是事實，也沒啥不能跟人說的。您老慈愛，給了我們田地，可我們人小種不動，總得找人來。五叔地少，他也願意，我們幾個什麼活都不用幹，一年也能有六百斤糧食，再加上野菜一類，怎麼也餓不死了，這不是挺好的？」

不等何老漢反駁，她先發制人。「您自然是疼愛我們的，可是平白無故的，二叔二嬸憑什麼替我們種地？您可別忘了，如果他們真的願意，昨天那一齣分家就不會有了。」

「哼！你們就作吧，我就等著看，看你們能作出什麼樣來。」何老漢被何貞的話說得有些心虛，也沒法繼續這個話題了。

言語鬥氣是最沒有意義的事情，何貞並不在這上頭爭鋒，看何老漢無話可說，就返回房裡去了。她今天還得去趟鎮上，忙得很呢。

好在陳娘子開著貨棧，除了糧食，大部分的雜物都能買到。送走了明輝，照例是明義看家，何貞挎著大筐去了鎮上。

之前的幾天，她都在忙著給自家弟弟妹妹做衣服，這會兒大功告成了，可賣錢的針線活沒做。陳娘子聽說他們被分出來了，嘆了口氣，就給她找起了要的東西：一只平底炒鍋、一只普通炒鍋、兩把菜刀、兩塊薄砧板、二斤鹽、二斤菜籽油、一斤醬油、一斤醋、五斤糖、一疋做荷包用的緞子、一大把彩色繡線，裝了滿滿的一個筐子，一共算了七百文錢。

付了帳，陳娘子問：「貞丫頭，妳買個平底鍋做甚？還有糖也買得多，莫不是要做點心？」

「正是呢，我打小好吃，琢磨著做些小點心小零嘴的，逢集賣些。」何貞並不瞞著她。

陳娘子想了想，道：「趕集賣也可以。若不趕集，妳去碼頭上，有船靠近了就湊上去瞧瞧，若是有帶著內眷或者孩子的，應當也能賣些。且大戶人家好有打賞，碰上了也是好事。可有一樣，在人多的地方賣，安全要緊。」

「我曉得，陳姨。」何貞應了，又問一句。「這荷包想來也是人家買了去賞人或是分紅的吧？那我繡些吉利的花樣是不是好一點？」

陳娘子一笑。「妳這丫頭越來越鬼了，就是這樣，妳自去繡就是。只我看妳又要照顧弟妹，又要做小食去賣，哪有功夫做這個？」

「功夫嘛，擠一擠總是有的。只要能賺錢，我就渾身都是力氣哩！」何貞笑著回答。

第十二章

惦記著在家的明義，何貞咬咬牙，又花了十文錢買了五個素菜大包子，才算是結束了今天的採購。

挎著沈甸甸的筐子回到村裡，何貞又去黃屠戶那裡花十文錢買了一小條豬油，回來開鍋。接下來就是繁忙的洗刷工作，爹娘房裡的小炕桌被搬到了地上，正式成為調味料架、料理檯和餐桌多功能合一的重要家具。

忙完坐下一看，桌子上還有四個包子，整整齊齊擺在盤子裡，而明義正在給明睿餵水喝。何貞饒有趣味地看著明義耐心地給弟弟餵水，又跟弟弟講著話哄他睡覺，等明睿睡了，她才叫明義過來吃。「你呀，小小年紀，懂事得過了頭。快，再吃一個，今天忙著做活，顧不得做晌飯了，你餓著可不行。」

「大姊還沒吃呢。」明義拉著小板凳，坐在何貞身邊，很親暱的依著她。

「嗯，我跟你一起吃。」何貞用筷子挾起一個包子咬了一口，嚥下去。「快再吃一個，不然就涼了。唉呀，我忘了買個蒸籠了！」

明義挾著包子，另一隻手拉著何貞的袖子。「大姊別急，改天再買也是一樣，今天這些很重了。」

「你說得是。吃了飯我去洗衣裳，你關了門帶著弟弟妹妹睡覺好不好？」這幾天事情忙，尿布又積了不少。

明義搖頭。「我不睡了，我寫字，大哥說我寫得比從前好了呢。」

何貞嘆口氣。「你別怕，往後不會有人來搶弟弟妹妹了，不礙事的。」

明義顯然是被之前左一齣右一齣的事情嚇到了，心裡留下了些陰影，看起弟弟妹妹來就有些神經質。聽了何貞的話，雖然不反駁，可神情間還是不輕鬆。何貞看著他緊張的樣子，格外心疼，嘆口氣讓步。「那我不去了，我在家做針線，趁著日頭亮。」

明義果然露出了輕鬆表情，小口小口吃完了包子，抵不住睏倦，就爬上床，挨著雙胞胎睡著了。

本來何貞是想著，天剛過午的時候最暖，下河洗衣裳能稍微舒服點，可是看著明義極度沒有安全感的樣子，她只好放棄了。反正現在已經是初春，起碼河裡沒有冰了，比臘月裡已是好了很多。

繡荷包也是要緊的事，現在基本上後方安定了，她打算繡十五文的那種貴價荷包。一天拚一拚也能做兩個，至於碼頭上賣吃的這個生意，她準備稍微等等。現在河流剛剛解凍，船運還沒徹底恢復，客流還少，過一陣子人多了再說。

說起何家分家的不公，還有一個重要方面，是何貞姊弟沒有分到菜園地。

菜園地不算是什麼正式耕地，一般都是房前屋後或者小河對面等山腳下開出來的坡地，一家也不過是一、兩分，多不過三分，種些蔬菜瓜果之類的供自家食用，達不到能賣錢的分量，因此也不上戶籍冊，不交賦稅。老何家在山腳下有兩分菜園，可分家的時候，大家好像都把它給遺忘了。

何貞是真的把這事給忘了，主要是冬天也沒什麼新鮮蔬菜，家裡老吃鹹菜之類的，她就一時沒想起來。等準備晚飯的時候才忽然想到，吃菜的問題沒解決。

她掐著時間，知道明輝快回來了，就倒了一點油把中午留下的兩個包子煎了一下，然後拿蘿蔔乾炒了兩個雞蛋，再配上粗麵餅和小米粥，也算是一頓不錯的晚飯。

這期間，明孝聞到香味，倒是探頭探腦地過來瞧，可是一看到何貞站在切菜板前就十分發怵，到底也沒過來問。何貞不是沒瞧見，只是懶得理會，招手叫明義去把羊奶擠了。明義為了照看弟妹，幾乎一天到晚都不出屋，何貞擔心這樣對他的身體不好。

雖然知道喝羊奶對身體好，而且何貞教過加醋去膻的辦法，可是明輝明義還是很不習慣羊奶的味道，每次喝都是捏著鼻子硬灌。何貞看得哭笑不得，便打算換個辦法，把奶添到粥裡試試。

她這裡飯菜剛上桌，明輝就回來了，一起回來的還有三爺爺家的小孫子何文。

何文的家教挺好，雖然跟明輝一路說笑跑跳著回來，可是見了何貞還是板板正正地叫了一句「大姊」，然後拉著明義問他怎麼不出去玩了。

對於弟弟們的小夥伴，何貞一向都很給面子，瞧著明義絮絮說著他每天要照顧弟弟妹妹的瑣事，便端了包子過來，讓明輝和何文一人一個。「這是我跟明義中午吃剩下的，我剛熱了熱，你們倆正好分了，我們可都吃過了呢。」

明輝遲疑了一下，聽明義說中午吃了兩個，這才接過來，慢慢咬著。倒是何文有些不好意思，他捏著包子，另一個手撓撓臉，笑著說：「我奶奶要我叫上明輝哥下了學去家一趟，明輝哥說要先回家來跟妳說，怕妳惦記，我就跟來了。這還有好吃的，怪不好意思的。」

何貞搖頭。「不是多了不得的東西，快別說這個。三奶奶叫明輝，是啥事？」

何文咬了一口包子，先嚥下去，才說：「這包子怪好吃的，是鎮上買的吧？哦，我奶奶沒說，要不咱快走吧，仔細天黑了，明義也來，一起玩玩。」

何貞今天正在為明義天天窩在屋裡的事發愁，聞言立刻小手一揮。「明義跟著一塊兒去吧，回來的時候上旁邊找五嬸要麵引子，我早上跟她說好了的，別忘了。」

小小的孩子，愛玩愛動其實是天性。明義知道何貞在家守著雙胞胎，便踢踢踏踏地跟著何文他們走了。

何貞看著天色開始昏暗，也就不動那些精細的繡活，換成了粗針粗線納鞋底。她剛納了一圈，明輝哥兒倆就回來了。明輝抱了兩顆碩大的大白菜，明義也抱了一顆，放在牆角後急匆匆地去了隔壁。

原來三奶奶叫明輝就是要給他們幾顆菜。何貞放下了心，又很有幾分感動，等明義把一小塊麵團拿回來給她，姊弟幾個才坐下來吃飯。

「大姊，明天別給我帶那麼好的飯了，在家吃得已經很好了。」明輝咬了一口餅，才把憋了一天的話說出來。「我不知道妳給我帶的還有雞蛋，太浪費了。」

「給你吃怎麼就是浪費了？你吃個雞蛋就是浪費，我跟明義也吃了呢，難道都是浪費？」何貞不贊成。「咱爹娘在的時候，為了不讓爺爺生氣，都是大鍋裡有啥吃啥，最多回了屋，娘悄悄給咱們煮個雞蛋或者從鎮上回來帶點零嘴。可如今爹娘都走了，咱們要是不自己照顧好自己，怎麼好好長大？你琢磨這些，才是浪費功夫哩！」

論起爭辯，明輝自然是說不過何貞的。他沈默了一會兒，把粥喝完，才說：「大姊，咱家的錢不多，還得省著養活明睿和慧兒呢。」

不等何貞再說什麼，明義說話了。「大哥，你好生讀書才是正理。我的任務就是照顧好弟弟妹妹，大姊負責咱家的事，咱們就都聽大姊的。咱們把自己該做的事做好，不叫大姊操心，就是幫大姊的忙了。」

明輝沈默著，收拾了碗筷拿到院子裡去洗，洗完又挑了木桶去擔水，再回來就坐下教明義念書，再沒提之前的話題。

二月十五這天一早，何貞就盛了兩斤黃豆拿水泡起來，接著就去鼓搗羊奶。明天逢集，她準備開始小吃生意。

之前何貞想過很多，最後定下的是炒糖豆和奶香蛋捲。可能是因為豆子不好煮的原因，何貞從來沒見過前世在北方很常見的家常小吃「炒糖豆」，另外就是本地沒人用奶做吃的，她做生意的賣點就是新鮮。

黃豆泡大半個時辰，撈起來晾乾，放在平底鍋裡小火焙炒；炒到豆子完全呈現出漂亮的金黃色，再撒上白糖快速翻拌，直到糖粒完全裹在豆子上就可以出鍋了。因為兩斤黃豆不少，平底鍋又小，何貞分三次才炒完。

看著家裡的幾個盤子都裝滿了黃澄澄覆著白霜的糖豆，何貞抹了一把頭上的汗，可是顧不得休息，接著做蛋捲。剛才泡豆子的時候，她就已經用羊奶、雞蛋、白糖和麵粉調好了麵糊，可這次就不順利了。沒有了前世的蛋捲機，何貞用了三個不成形的餅子才找出了最佳的材料配比——當然，失敗的作品就進了明義的肚子。雖然何貞覺得失敗，可是明義還是吃得津津有味。「大姊真厲害，羊奶做的東西特別香，一點怪味都沒有了。」

今天為了生意，除了雙胞胎的量留足，明義幾個就沒有羊奶喝了。不過盡著這些奶，何貞也不過做了二十張薄餅，趁熱捲起來，晾乾之後堪堪有一盤子。

現在家裡可以說沒有後顧之憂了。早上，何貞跟明輝一起出門，一個趕集一個上學。何貞並沒急著去擺攤，而是先去了陳娘子的貨棧，讓她嘗嘗，給幫忙估個價錢。畢竟她做生意多年，心裡更有數。

陳娘子並不跟她客氣，嘗過之後建議蛋捲八文錢一個，豆子三文錢一兩。價格比何貞預期的還要高一些，可見她做的東西應該是有市場的。何貞很興奮，跟陳娘子借了小秤和一張長條凳子擺攤，包東西的紙是陳娘子友情贊助的，何貞不肯白要，陳娘子就說一遝紙一共給五文錢，等會兒還凳子的時候再給。

到了集上，已經有很多人支起了攤子，何貞就找了個尋常的位置，把凳子放好，上面鋪上乾淨的白布，再把盛著糖豆的瓷盆和盛蛋捲的小籃子放上，生意就算是開張了。

擺上攤子了，何貞才發現，很多穿越小說裡寫的那種扯開嗓子花式叫賣其實難度很高，至少她就想不出那麼多的廣告詞，也有點抹不開臉叫賣。倒不是她靦腆什麼的，而是周圍擺攤的人們沒一個吆喝的，她就覺得自己張口喊起來太奇怪了。

一開始沒生意，好在臨近中午，總算開始有帶著孩子出來逛集市的人了。何貞陸續賣掉了不少較為便宜的糖豆，倒是蛋捲一直沒人買。

東邊不亮西邊亮，糖豆開了張，何貞也不急了，想著大不了帶回去給弟弟們吃。

快到中午的時候，一個大戶人家書僮模樣的少年過來買了五個蛋捲，據說是在陳娘子那裡看到的。因為在陳娘子那裡沒見到糖豆，重新嘗過之後又買了半斤才走。

這少年走後，過來買零食的人就多起來了。蛋捲香甜可口又酥脆，有的人買了剛走一步，咬過一口就又回來加一、兩根，結果到下午散集的時候，她的小攤子上就空空的了。

回到貨棧，陳娘子正有客人，瞧見她進來就招呼她，一邊讓她坐下歇歇，一邊又回頭跟人說：「這小丫頭手可巧，做的小吃新鮮好吃。你瞧，這不都賣完了？下一集她再來，你不妨嘗嘗。」

何貞是有點累，而且忙著攤子，中午也沒吃東西，這會兒餓了，就拿出筐子底下放著的餅，慢慢啃了兩口。

送走了客人，陳娘子一看她這樣，連忙倒了杯水給她。「妳坐著，我給妳買兩個包子來。」

「不用不用，陳姨，我守孝呢，不能吃肉。這就很好了。」何貞連忙推辭，復又感謝。「多虧了您幫我攬生意，不然我今天可能賣不了。」

「萬事開頭難。妳看著吧，下一集妳再來，就有人主動去找妳了。」陳娘子並不居功。「妳好好做，只要大夥吃著好吃，自然妳的生意就好。」

何貞這才有空拿出自己繡花的荷包給陳娘子，一共算了一百九十五文，扣掉剛才五文錢的紙，何貞又買了五斤燈油、一個蒸屜，最後拿到了一百文。

再加上今天賣了兩斤豆子，得了六十文，蛋捲一百五十二文，何貞這一天下來收入不錯，算是開門紅了。辭別了陳娘子，何貞照例買了十文錢的包子回了家。明明已經非常疲憊了，可是想到中午在家乾啃饅頭鹹菜的明義，她又咬緊牙關加快了腳步。

果然，回到家的時候，明義的臉色不大好。這次她比往常回來得晚太多，明義擔心得厲害。

何貞抱了抱明義，笑著跟他說：「是姊姊不對，明義別生氣，下次一定早回來。」

明義被姊姊抱了個滿懷，小臉有些發紅，便低了頭，小聲說：「大姊，我沒生氣。」

「不生氣就最好了，中午是不是沒吃好飯？來，吃個包子。大姊跟你說啊，今天我賣了好幾百文錢呢！」何貞拉他坐下，看著他吃東西，想了想，又補充。「你快點吃，吃完幫我跑趟腿，去四嬸那裡再買二十個雞蛋。咱這回不拿豆子換了，拿錢買。」

小孩子並不能一味嬌慣，即使很懂事的孩子，也需要從小建立起勞動、分擔的意識。尤其是明義時不時就流露出幫不上忙的失落，何貞便給他一些力所能及的差事，正好也讓他在村子裡跑跑跳跳，就當體育活動了。

果然明義聽了更加高興，索利地吃完包子就揣著錢、挎著小筐子出了門。

何貞仔細看過雙胞胎，這才坐下來盤算了今天的盈利。別看著總數不大，可是成本低，算下來利潤居然有三分之二還多，實在是非常可觀。穩妥起見，下一次她稍微多做一些就好，如果還是能賣光，她再慢慢加量，或者換其他的花樣。

下一集還得十天，她也不急在一時，白天仍繼續做荷包，傍晚光線不好的時候可以納鞋底做鞋，二十五那天再專門做吃的也不晚。何貞取出顆大白菜，一邊清洗切絲，準備晚飯，一邊默默盤算。

算來算去，原材料還是個大問題。她家的這幾十斤黃豆如果都做了糖豆的買賣，就不可能拿來換糧食了。可是自己姊弟三個還必須吃飯，糧食就一定要買。她一直也沒明白這裡到底是什麼朝代，感覺有些像明朝，可皇帝並不姓朱，而且玉米、紅薯、馬鈴薯甚至花生、番茄都沒有。

原料有限，何貞也沒什麼好辦法，還得從現有的食材上找出路。

估算著明義該回來了，何貞就到大門口去張望。雖然她是姊姊，可是心理年齡在那裡，尤其是現在父母沒了，她面對著弟弟們其實就有一種母親心態，總是掛著心。

好在遠遠就看見明義小小的身影了，四嬸也跟在他身後，胳膊上挎著個筐子。四嬸嗓門不小，說話也快。「妳這丫頭真是心大，明義多大點的人，妳就讓他來拿雞蛋，回頭打了怎麼辦？」

進了院子，何四嬸也不往堂屋走，奔著東廂房就去了，把筐子裡蒙著的布拿掉。擺得整整齊齊的雞蛋上面，還放了一塊豆腐，她端著盤子把豆腐拿出來，放在桌面上，又摸了摸明義的小腦袋，才看著何貞說：「今天這豆腐沒賣完，剩了一塊，妳燉白菜吧。我有句話問妳，妳這妮子，要那麼多雞蛋做甚呢？」

第十三章

這已經是何貞半個月裡第三次找何四嬸買雞蛋了，她擔心何貞不會做飯，淨跟弟弟們煮雞蛋吃，今天過來就是主動來教她做飯的。

急火火的來問話，居然是在擔這個心，何貞有些哭笑不得。看著何四嬸真心替自己擔憂的樣子，何貞也沒遮掩，簡單說了自己做點心賣的事情。

何老漢給了孫子孫女五十斤豆子、沒給一文錢的事在村子裡也傳開了，何四嬸自然知道，現在聽何貞說了，長嘆口氣，隨後叮囑她這做吃食的材料方法不能逢人就說。

何貞知道她雖是普通村婦，卻為人仗義也不矯情，點頭應了，又商量起找她家買食材的事情。

因為做豆腐賣豆腐，何四叔夫妻也在本村和左近的村子裡做些換糧食收糧食的小買賣；比如用豆子換豆腐啦，用小米換豆子啦之類的，賺個幾文錢的差價，這樣一倒騰，對於鄉親來說，還是要比去鎮上的糧鋪裡買便宜些，算是兩全其美。何貞之前找她換糧食，也是這個原因。

「妳要啥，提前個幾天，叫明義跟我或者妳四叔說一聲就是，整好了我們給妳送來。」

何四嬸很乾脆地道：「妳放心，我跟妳四叔都不是嘴碎的人，就是有人問，我只說你們沒糧食吃，找我淘換的，旁的話再沒有的。」

送走了何四嬸，何貞才問：「明義怎麼半天不說話？是不是睏了？」她跟何四嬸談話的全程都沒有避著明義，四嬸是覺得明義小孩子不懂事，而何貞卻知道，這孩子都聽進去了。

明義搖頭。「大姊，我再大一點就能幫妳了。」姊姊的盤算並不難理解，只是這些全是辛苦錢。他人小，也不會做那些東西，除了照看弟妹，什麼忙都幫不上。

何貞摸摸他的頭。「你呀，小小個人，就是想得多。你能幫忙照顧弟弟妹妹，我才能騰出功夫去賺銀子啊。明輝在學堂讀書，明年你也要讀了，將來你們能考出功名來，咱家就改換門庭了；就算不能，學了學問也能找個好差事，這才是最要緊的。人眼光要放長遠，切不可只盯著眼前。當然了，力所能及的事情還是要做的，你看你大哥，下了學不是照樣要揀柴火、擔水、洗衣裳？至於你呢，以後跟四叔家跑腿傳話的差事，就要你做了，好不好？」

「嗯，好！」明義應了，卻又皺起小眉頭，一副若有所思的模樣。

何貞也不多囉嗦，就算明義吃得還不多，明輝也已經到了長飯量的年紀，在糧食上的支出真的是不可小覷，所以叔叔們才迫不及待的把他們甩開。麥子下來怎麼也要到五月裡，還得三、四個月的功夫，有得熬呢。

明輝回來，難得地主動過問起家事。「大姊，今天生意好嗎？」

何貞點頭。「都賣完了，挺好，明義說給你大哥聽聽。」她有些累了，端著小米粥慢慢喝，正好叫兄弟倆溝通溝通。

明義又把跟何四嬸的約定說了，明輝才道：「大姊，我們別吃那麼多糧食了，往後天暖了，咱們上山拔菜吃。」

「曉得你心疼錢，不怕，吃飯還是有的，趕明兒有菜了你帶著明義去拔。」何貞寬慰了他，但也沒說「你們不用管」之類的話，她的弟弟，她會保護會養育，但是不會溺愛，讓農家院裡養出少爺來。

村裡人已經陸續春耕了，何家院子裡也開始忙碌起來，只是東廂房的姊弟幾個，就像是借住在這裡的外人一般，生活節奏完全不同。

何貞並不在意這些，早飯後送走明輝，姊弟倆就在東廂房裡坐著，明義讀書練大字，何貞做針線。給兩個孩子餵奶換尿布的活計都是明義做，只是換下來之後是何貞拿出去洗。

明義不止一次的要把這些活都攬下做，只是每次都被何貞拒絕。

「倒不是捨不得你做活，實在是你人太小，河邊泥土濕滑，你要是掉進去有個好歹，你讓哥哥姊姊怎麼辦呢？」

這天中午陽光正好，何貞抱著一大盆子尿布和髒衣裳去河邊洗。河水還是很涼，她洗了一大半，終於忍受不住，站起來跳一跳、搓搓手，就聽見身後有車響，回頭一看，兩輛馬車正停在穆家大宅的門口。

馬車樣式普通，每輛車都只有一匹馬拉著，轉彎的時候，露出了旁邊的一人一騎，正是穆永寧。只是才一個月的功夫，這位神采飛揚的小少爺就變了個樣子，似乎消沈許多，身上的打扮也好像沒有之前那麼富貴了。

何貞覺得一定是出了什麼事情。她還沒來得及多想，馬上的少年無意間往旁邊掃了一眼，正好看到她，臉上倒是露出個笑來。他驅馬往前走了幾步，從坡上往下看。「何真，妳又來洗衣服啊？」

「穆少爺。」人家都認出自己了，何貞就屈了屈膝，打了個招呼。

第一輛馬車停在正門前，那車夫扶了車裡的男人出來，才去敲門。那中年男人又轉身，從車裡扶出一個清瘦嬌小的婦人。後面那輛車停住，趕車的是個少年，下來兩個僕婢打扮的中年婦人，一行人中沒看到年少的丫鬟。

那兩夫婦也不要僕婦攙扶，相攜著朝穆永寧這裡走來。幾步的距離很快就到了。那中年男人朝何貞的方向努了努下巴，對身邊的婦人含笑道：「可是有緣了。阿茹，這就是何家的那個小姑娘，咱們兒子的小友。」

一打照面，何貞就知道這是穆永寧的父母了。不得不說，穆永寧挺會長的，父母相貌都很好，他更是把兩人的優點彙集到一起，一看就是他們的兒子，卻又更勝一籌。

只是這人說的話讓人頗費解，她連忙屈膝行禮。「這位大人抬舉了，民女可不敢跟少爺攀交情。」

本來是十足謙卑的話，可在場的人裡她最小，不到十歲的小女娃，行著不怎麼規矩的禮，說著這樣的話，讓這對夫妻忍俊不禁。

「喂，妳明明認識我，怎麼這麼說！」穆永寧不樂意了。「妳看我都知道妳名字，妳也知道我名字，怎麼就不是朋友了？」

何貞一時語塞。

那男人和妻子相視一笑，才道：「我叫穆靖之，左立右青的『靖』。小姑娘，咱們可是見過的，妳叫我一聲穆先生就是了。」

何貞實在想不起在哪見過這個一看就出身不凡的大老爺，只是看他形容和善，她倒也不怕，脆生生回道：「何貞見過穆先生、穆夫人。哦，我叫何貞，『堅貞』的『貞』。」

「啊？不是『真假』的『真』？」穆永寧驚呼。

「你看，我就說，你跟我不是朋友吧。」何貞一攤手。她算是看出來了，這家人肯定之前在哪裡見過她，而且可能也聽穆管家說過她的一些事情，顯然對她沒有惡意，甚至還有那麼點好奇心。她無從去想這些有權有勢的人們是不是無聊了在找樂子，不過既然沒有惡意，她也沒什麼好怕的。

「小姑娘，『夫人』不敢當，妳叫我穆太太就是。」那位婦人開口，聲音柔婉。因為剛才看了兒子的笑話，此刻似乎依然心情愉悅，話音裡也帶著幾分笑意。「往後我們就住在這裡了，有機會常來常往。」

何貞笑笑。他們是公侯之家，一個鄉下妞跟他們常來常往？客氣客氣得了。

穆靖之卻是個玲瓏心思的人，一看她的表情就明白了，便道：「我家如今不是什麼公侯之家了。爵位被奪，家產被抄，如今回了鄉，卻是跟妳一般的鄉下人了。」就像剛才說名字一樣，穆靖之直覺，這些何貞都能聽懂。

何貞確實是聽懂了。儘管不了解官制和朝政，但是他們落魄回鄉、一夜回到解放前的狀態卻是領會到了。這樣看來這家人必然是倒楣了，不過除了少年穆永寧有些萎靡之外，這對夫妻卻毫不避諱，也不見傷懷，果然是定力非凡，不是一般人物。

最近除了春耕，何家村裡最大的新聞就要數穆家回村這件事了，至少之前老何家把幾個孩子分出來單過的事都沒人議論了。

只是鄉下人連縣衙裡的小吏都沒怎麼見過，更不要說京城朝廷了，大家都分不清到底出了什麼事情，只知道那個在京城裡當大官的大人物壞了事，好像還死了好幾口子人。這家子回來的第二天，穆永寧父子兩個又去了太平鎮的碼頭，迎回來一排棺材，葬到了穆家祖墳裡，接著穆家就撤下了紅燈籠，大門緊閉，說是守孝。

村裡不是沒人好奇，可是除了黃里正和村塾的陳夫子去穆家拜訪過一次之外，就再沒人去過他家了。不管他們是不是倒了楣，可還能住得起那樣的大宅子，用得起管家和老媽子，那就還是鄉下人攀不起的大戶。

而知道實際情況的黃里正和陳夫子也從不議論這家人，於是，從前沒有主人的穆家宅子很神秘，現在主人住進來了，穆家宅子還是很神秘。

除了那天見過穆家上下之外，何貞也沒見過穆家的任何人。除了洗尿布和擔水，她幾乎足不出戶，就待在房裡、做飯或做針線。

弟弟們有了合身的衣裳和新布鞋，雙胞胎也換上了大小合適的夾襖，幾個孩子都整齊乾淨，何貞心裡也踏實許多。

二十五這天，何貞又泡了兩斤黃豆、一斤綠豆，準備炒糖豆。然後叫明義去四嬸家買十個雞蛋。因為家裡的油不多了，盡著這些油，何貞做了三十個蛋捲。

她本想讓明義跟著吃幾個，可是明義鼓著小臉拒絕。「大姊，我不吃，妳拿去賣錢。」何貞搖頭失笑，並不強求，只把剩下的七個雞蛋全都煮了，再讓明義吃一個。他倒是乖乖拿了。早上家裡只剩下一個雞蛋了，何貞給明輝帶了飯，這會兒再煮，明義知道哥哥有得吃，且雞蛋比姊姊做的蛋捲便宜多了，便吃得比較坦然。

炒好糖豆，何貞跟明義借來了筆墨，開始往雞蛋上畫畫。這是前世她小的時候，奶奶哄著她的一種方式。父母離異後各自成家，沒人管她這個多出來的孩子，她又性格內向，奶奶便煮幾個雞蛋，教她往雞蛋上畫畫，倒比專門練畫畫有趣許多。

明義是知道姊姊會畫畫的，很小的時候就經常見姊姊拿著筆描花樣子，可是往雞蛋上畫畫，他還是第一次見，覺得十分新鮮，搬著小板凳坐在姊姊身邊，眼睛一眨不眨地看著。

因為雞蛋是圓的，又很小，所以何貞並沒有按照時下讀書人的一般做法去繪製單幅的小品，而是選擇了花葉相連的圖案，比如荷葉田田、碧水藍天或山巒起伏之類。沒有彩色顏料，就純用墨色勾勒，力求簡潔明快。畫好之後拿著雞蛋一轉，又有那麼一點走馬燈的意思，拙樸且別有一番趣味。

等晚上明輝回來，看了描著花樣的雞蛋，也覺得十分有趣，直呼一定能賣個好價錢。對於這個，何貞倒是並沒怎麼抱希望，其實畫完她就有點後悔了，這東西本質上就是煮雞蛋，連調味都沒有的，能賣出去就不錯了。

說起調味，何貞忽然發現，她從來沒有吃過茶葉蛋！便決定明天跟陳娘子買些調味料回來，如果茶葉太貴，那她就做五香滷蛋，拿到碼頭上，肯定有人吃。

因為穆家扶靈回鄉，棺木都是走水路，何貞就知道，現在冰雪消融，碼頭上的生意徹底起來了，到碼頭上賣東西的事情也可以著手進行了。

二月二十六一早，何貞把畫好的雞蛋、三斤炒糖豆、三十個蛋捲並她新做好的十七個荷包裝到大籃子裡，正準備出門，就聽見院門外的何四嬸來叫她。原來四嬸家剛剛託人買了頭小毛驢拉車，今天要去趕集，特意過來捎帶何貞一程。

四嬸路上道：「這不是有了這個牲口了嘛，不用妳四叔推車子，往後我們也逢集就去賣豆腐賣雞蛋，妳就跟我們一起吧。」

何貞大喜。有何四叔在一邊，自然是安全許多，四嬸這是格外照應她呢，那自然是沒有不同意的。

這次何貞還是先去找了陳娘子，借了上次用的小秤之後，跑到集市上，跟何四嬸他們一起，把筐子放在了驢車的車板上出攤。讓她更加驚喜的是，這次她居然有了回頭客。剛擺好攤子沒多久，就有兩個婦人來買了些糖豆回去，說上次買了，孩子喜歡，早就盼著這次再買。因為成本的關係，炒黃豆是三文錢一兩，而炒綠豆就要四文錢一兩，兩人還真兩樣都買了，讓何貞早早就開了張。

其實一兩豆子真的不多，沾了糖霜蓬鬆些，饞嘴的小孩子很快就吃完了，自然還惦記著下一回，所以何貞的這個生意算是相當不錯。

何貞抽了個空，裝了兩根蛋捲和兩包糖豆，留著給四嬸的兒子何壯吃，怕他們不要，現在也沒說，只是單獨留下來。

不出所料，何貞畫的雞蛋一開始根本沒人問，好久之後才被一個穿戴談吐都甚為體面的中年婦人給買了去，一邊買，那人還饒有興趣地問了她幾句畫畫的事，何貞也答了。

何貞一邊秤著東西，就聽那婦人嘆息。「農家的孩子都能不花銀子就上幾年學堂，鎮國公可真是造福鄉里，了不起啊！」

這一單生意做完，最擔心賣不掉的雞蛋還賣了九文錢。何貞心情不錯，接下來就越發順利，很快就賣光了所有的零食。她便起身，要去趟陳記貨棧，跟四嬸說好了一會兒回來，就小跑著走了。

到了陳娘子這裡，何貞先把這些天做的荷包拿出來，算了帳，又買了一把小秤、五斤油，最後折下來，只拿走了一百文。就這樣，何貞也是滿意的，畢竟一口吃不成個胖子。

回去的時候何四嬸收了零嘴，只是無論如何也要塞塊豆腐給何貞，直到她收下了才讓她下車回家。

何貞踏進院門的時候跟何老漢正好走了個對面。他看了何貞一眼，想起二兒媳早上念叨的話，就叫住她。「妳成天往外跑，都幹啥？」

第十四章

「我趕集去了，做了繡活拿去賣錢，好回來找四叔買糧食。」何貞不至於像個刺蝟似的，只是也沒什麼敬意，平淡地回答了他。

何老漢被噎了一下。糧食這個事情上他做得確實過了些，可他那不是為了教育這些不懂事的孩子麼！只有他們養不活自己了，才知道爺爺對他們好！只是也實在不好在這個話題上糾纏下去，他輕咳了一聲，又問：「這都什麼時候了，妳屋裡怎麼還生炭盆？妳就這麼教著妳弟弟們糟蹋東西？」

這樣的細節，準是二嬸這個長舌婦告狀了。

「爺爺，這些日子天冷，我跟明輝不怕，可明睿跟慧兒體弱。薛爺爺說了，千萬不能著涼得風寒，會要命的！再說明義也小，不能凍著。」何貞道。

何老漢臉色不好看。他想訓斥何貞，可是何貞說得也是正理；不訓吧，這丫頭簡直成了明白先生了，能得意上天，心裡根本沒把他這個一家之主放在上頭敬著。

「爺爺，我先回家去了，弟妹的尿布還沒洗。」何貞忙了一上午，現在太陽都偏西了，她還水米未進，胳膊上挎著大筐子，早就累了，實在懶得跟他廢話。

「妳個沒規矩的丫頭！」何老漢看她真的轉身就推門進屋，頓時生了氣，就要接著教訓這個無法無天的孫女。

可是東廂房的門很快就打開了，明義眼眶紅紅地站在門口。「爺爺，您別說姊姊了，她累得都站不住了。」

看著一身新夾襖、乾淨整齊的明義，再想想剛才那丫頭舊棉襖接了一圈袖子的樣子，何老漢到底沒再說什麼。這個丫頭，千不好萬不好，對自己的兄弟是真的好。算了，她願意折騰，那就走著瞧，他就等著看看，這丫頭能折騰出個啥花樣！

一甩手裡的菸袋桿子，何老漢扔下一句話就走了。「明天清明，你們都早點起，跟我去上墳！」

這個時代，宗族、家族是加在每個人身上的枷鎖，誰都不能輕易卸下來；可同樣，很多時候也是一個人身後最大的依靠，這也是何貞一開始沒有堅持分家的原因。但是家長的權威太大了，大到能夠隨意掌控家中其他成員的命運，何貞才怕了，才堅持要離開何老漢的這個家。當然，家醜不外揚，大面上他們分家不離家，大家都在一個院子裡住著，清明的祭拜上墳自然還是要一家子一起的。

何貞簡單休息了一會兒，跟明義一起吃了東西，就著手準備明天上墳要用的東西。昨天下午，她就叫明義跟黃屠戶說好了，今天要一刀肉和一隻雞，她付了錢，就提著去了何四嬸家，還要再買塊豆腐，並且雞和肉她不會料理，四嬸說了要教她的。

本來是不打算進去的，奈何何四嬸說她既買了豆腐，就算是做生意，不是串門子，不犯忌諱，就這麼拉著她進了院子。小毛驢正在拉著磨磨豆子，何壯在院子裡蹲著玩泥巴，看到何貞，連忙站起來，有些靦腆地叫了聲「大姊姊」。

何四嬸讓她等著，自己去取了鍋來，教她把雞盤成抬頭挺胸的姿勢，用棉線固定好，再放進鍋裡煮，肉也要切得方方正正的。最後才是豆腐，都要分別煮過。

等著鍋開的功夫，四嬸指著兒子道：「這個娃倒是精乖得很，知道妳給他的東西好吃哩。」

何貞就笑。「壯子每天忙啥？沒事上我家去，跟你明義哥玩啊？」明義天天在家，有個年齡接近些的小夥伴也是好事，何壯雖然小了點，卻活潑機靈，也挺懂事，她原來就很喜歡。

何壯就看何四嬸。

「這孩子，現在就去吧，等會兒你大姊回家去了你就回來。」何四嬸笑笑，大手一揮就放他出門了。

何壯顛顛地跑了，何四嬸才說：「這孩子上年跑跳才俐落，這不妳娘有了，我就跟他說，別上妳家去淘氣，以免撞了妳娘，他就嚇得不敢去了。」說起張氏，兩個人都有些傷感。

傷感也就是一會兒，四嬸轉了話題，問起下一步的打算，何貞說：「我正琢磨呢，做點啥天天出去賣，也好能多賺些。往後天暖和了，鎮上人也就多起來了。」

當然，這些都要等到清明上墳之後再說，眼前祭拜父母的事情最要緊。這是父母過世後的第一個清明節，不同於一般人家祭拜故去多年的親人時的肅穆沈靜，何大郎夫妻墳前的幾個孩子卻是痛哭失聲，不亞於父母下葬的時候。

畢竟才兩個月的時間，忙碌的生活確實可以讓人暫時忘記失去父母的悲痛，可是尚且年幼的他們怎麼能不想念父母？別說明義明輝，就是何貞這個假小孩，想著父母多年的疼愛呵護，也心痛難當，眼淚根本就止不住。

「行了，你們爹娘也看到你們了，你們好好過日子，他們就放心了。」何老漢看看天色，沈著臉叫他們準備回去。到了長子長媳的墳前，他心裡也不好過。

何貞伏地叩首，默道：「爹、娘，我一定會把弟弟妹妹好好養大，讓他們有出息，過上好日子。」

行完大禮，何貞一手抱著妹妹，一手拉著明義起身。淚痕猶在，但是總要從悲傷中走出來，過了這個清明節，父親母親，就真的是古人了。

一行人沈默著離開墳地的時候，正好對面穆家祖墳那邊的祭拜也結束了。穆家那邊站著的人不少，可是主人只有穆永寧一家三口，全都穿著素服，除了穆太太眼眶泛紅、拿帕子按著眼睛外，穆家父子都是神情冷肅。

兩方人打了照面。

雖然是住在同一個村子的鄉鄰，可是畢竟從來沒有打過交道。除了李氏想把何慧送給穆管家那次以外，且穆家終究一直是多年來村人仰望的存在，就算現在穆家也是平民了，雙方之間的距離感仍沒有消失。

還是穆靖之打破了這種讓人覺得尷尬的距離感，他向著何老漢拱了拱手，行了個村人常見的簡單的禮，又叫了一聲「何四叔」。

何貞看得出，這一家子都是浸淫在頂級權貴圈子裡的人物，家教顯然也是十分嚴格，禮儀素養都是上佳的。越是這樣的人家，面對他們這樣的鄉下人，越不會擺出高人一等的架勢，反而非常平和謙遜，只是對面的人會不會自慚形穢就因人而異了。

何貞自然是沒覺得怎麼樣，可她清楚地感覺到，身旁的明輝有些緊張，就連明義也抿了抿嘴，小臉繃得緊緊的。

何老漢有些受寵若驚，嘴唇翕動，鬍子顫動了一會兒，才好歹胡亂拱了拱手，嘴裡道：「穆、穆老爺好。」

別看何老漢小心翼翼的，他的兩兒子可都躍躍欲試，要上去套個交情，尤其是何三郎，自忖是讀書人，自然比父兄這些泥腿子有身分些，便拱了拱手，越過父兄開口。「早就聽說穆大人回鄉了，只是書院功課繁忙，還不曾上門拜訪，實在是失禮。」

這種程度的套近乎在穆靖之這裡自然是還不夠看的，他牽了牽嘴角，拱了拱手，卻沒說話。

穆永寧跟穆太太小聲說了句什麼。

穆太太就對何貞招招手。「貞姑娘，這就是妳的弟弟妹妹嗎？能不能讓我看看？」

並不是何貞見了人不叫人沒禮貌，而是有祖父母和叔叔們在，並沒有她一個孫女去招呼人的規矩。這會兒穆太太叫她，她才往前走了兩步，屈膝見了禮。「見過穆先生、穆太太、穆少爺。這是我的大弟明輝，二弟明義，小弟明睿，小妹何慧。」說到後面兩個的時候，她用手分別指了指。

鄉下地方，女孩子的名字其實也沒有高門大戶那麼忌諱，且何慧只是個兩個月大小的嬰兒，在場的差不多個個都是她的長輩，穆太太問了，何貞也就介紹了一遍。

穆太太並沒有叫他們走過去細看襁褓裡的孩子，只是一一看過了明義和明輝，最後還是把視線落在了何貞臉上，輕聲道：「都是好孩子，改日叫妳說話。」

何貞應了一聲。

穆靖之就道：「在下家中還在守孝，就先回去了，待孝期過後再與諸位敘談。失禮之處，還望見諒。」說罷，他拱了拱手，扶著穆太太的手肘就轉身，慢慢先走了。

穆永寧跟在後面，只是在轉身的時候好好看了看明義和明輝。

整個過程中，最想表現表現的何二郎居然愣是沒找到說話的機會。

穆家的下人都是訓練有素的，不論是僕婦還是老管家，都寂然無聲地跟在主人身後，片刻就走遠了。這時李氏才怪聲怪氣地道：「大丫頭可真有本事，不聲不響的就比妳爺爺還有面子了！」

何貞心裡厭煩，嘴裡道：「二嬸，人家家裡的太太跟我說了一句客氣話罷了，什麼是我比爺爺有面子？難不成要人家太太跟爺爺說話？」

就算是鄉下，男女大防不像高門中那麼嚴格，也沒有尚算年輕的婦人主動跟外人家的男人搭話聊天的道理。何貞的話一出，李氏還不待反駁，何老漢就哼了一聲，背著手，佝僂著腰，也往回走了。

反倒是何三郎夫妻倆若有所思地瞧著何貞。

夫妻倆是昨天晚上才回到村裡的，回來就聽說了大房已經被分出去的事情，尤其是在知道大房沒有拿到什麼銀錢，甚至連糧食都沒有多少的時候，陳氏看著大房的幾個孩子都順眼起來。所以今天她不光沒生事，還主動約束了明昊，讓他不許在哥哥姊姊面前鬧騰。

何貞不在意他們怎麼看待自己，沒惹到她的弟妹頭上，她當然不會找茬，相安無事挺好。當然了，如果非要惹一惹，她也不留情面。

兩個多月的孩子已經開始有了些抓握的簡單動作，何貞確認過兩個孩子都還包得好好的，就一邊走一邊逗弄著醒來的何慧。小姑娘長得很好，眼睛大大的，黑黢黢的眼珠格外純淨，小小的手指抓著何貞的食指，讓人看著她，心裡有再大的悲苦都要忘記了。

可是李氏並不甘心放棄，乾脆湊到何貞身邊問：「大丫頭，妳是怎麼認識那穆家人的？他們是因為什麼回來的？那個小少爺是不是跟妳格外熟悉？」

何貞晃晃妹妹的小手，看她有些睏倦了，就掖了掖小薄被，以防她著涼，這才小聲道：

「二嬸，您追過去問問呢。上回我去里正爺爺家時，里正奶奶還專門跟我說過，女孩子不能多嘴，難道她說得不對？」

不等李氏反應，陳氏就噗哧笑出來。她緊走一步，彷彿忘記了之前的種種不快，十分和善地拍拍何貞的肩膀，道：「大丫頭說得對，里正太太說的自然是好話。妳二嬸往後也是要當里正太太的人哩，自然也是要這樣的。」

李氏惡狠狠瞪了陳氏一眼，完全不是早上出門時候的好妯娌模樣。然而她也就只能這樣了，畢竟是「準里正太太」，真不好在村子外的路上就跟妯娌姪女拌嘴。

中午的飯還是姊弟幾個人單獨開伙。

堂屋裡，陳氏問：「真不用叫他們幾個過來吃點？」

「吃什麼？他們不能吃肉，叫過來也是吃餅，在哪兒都一樣。」李氏一邊沒好氣說著，一邊往自己的兩個兒子碗裡挾肉。

鄉下人節省，上完墳，作為祭品的菜蔬點心都是要拿回來吃掉的，一來不浪費東西——畢竟鄉下人一年到頭也難得吃雞吃肉，二來也有個祖宗庇佑後人的意思。可是何貞幾個守孝，不吃葷的，上完墳就把雞跟肉給了王氏，自己只拿了豆腐回去，王氏雖說糊塗無能，卻也心疼兩個大孫子，就把擺盤的兩盤點心給了他們，叫明輝明義拿著吃。

這樣自然是何貞有些吃虧的，不過她並不在這些小節上計較，回家就切了白菜出來炒豆腐。她正翻著鍋，五嬸就過來了，給了一大把蔥，說是開了春長出來的頭一茬，讓他們炒菜吃。

何貞想了想，乾脆打了幾個雞蛋，就著大蔥攤了，又熱了饅頭，姊弟幾個圍攏著，正經吃了頓飯。

吃飯的時候，明輝感慨了一句。「總算又能跟弟弟和大姊一起吃中飯了。」卻得到了姊姊的一個白眼和弟弟的偷笑。

過了清明，天氣真正暖和起來。何貞把兩個房間的炭盆都撤了，又叫兩個弟弟趁著下午無事都在家好好洗個澡，她關上門，出去揀柴火。

在洗澡這件事上，何貞還是盡可能保留著現代人的習慣，即使冬日天冷，她也讓弟弟們每隔五、六天都要洗一洗，尤其是頭髮，徹底洗乾淨，便是費些炭火也不在乎。他們自己揀柴燒水，屋裡取暖的炭也是爹娘留下的，李氏確實會議論兩句，可是連何老漢都不管，她也不過是過過嘴癮罷了。

拉了一大堆樹枝進門，何貞往廚房的大灶地下塞了根粗壯的木頭，就又拎著兩個木桶出門去挑水了。走出胡同的時候，正好碰見兩個挎著籃子的中年婦人，在猶豫地商量著什麼。

那兩人一個看上去三十多歲，另一個卻大些，似乎有接近五十歲的樣子，但是也不十分蒼老，打扮得都十分樸素。何貞一眼就認出，這兩人應該是穆家的僕婦。

穆家的人都認識她，瞧見她出門走近，那個年長些的婦人眼睛一亮，拉著同伴朝她走過來，嘴裡招呼道：「何大姑娘，出門擔水？」

頭一次被人這麼稱呼，何貞還挺不適應的。她點頭，又搖頭。「大娘，您別這麼客氣，叫何貞就行，或者像我家長輩一樣，叫我貞丫頭或者大丫頭。您這是要上哪兒去？」眼看著應該是迷路了。果然，那婦人就晃了晃胳膊，道：「我們聽說村子當街有碾，想著推點豆子熬稀飯，卻彷彿走岔了道，妳能給我們指指怎麼走嗎？哦，我姓劉，妳叫我劉嬤嬤就是，這是穆家的。」

「劉嬤嬤，穆嬸。」何貞叫了人，卻也不打聽她們在穆家是做什麼的，而是重新挑起了擔子。「您兩位跟著我走吧。井也在當街呢，離碾不遠，咱們順路，您走一回往後就記住啦。」

「小姑娘，妳這麼點大就挑水啊？」那位穆家的有些驚奇。畢竟她原來的認知裡，這種活計都是小廝們幹的，這小姑娘這麼點大，在府上也不過是做些跑腿傳話的活，還是個孩子呢。

何貞倒沒覺得她這樣問有什麼不妥，只是實話實說。「我不小啦，能幹多少就幹多少，挑不了滿桶，就半桶半桶地挑，多跑幾趟，總是可以挑夠水的。」

「妳家大人呢？」穆家的問完，一下子想起了剛聽來的情況，頓時有些尷尬，急著描補。「不是，我是說妳家長輩就沒有身強力壯的，叫妳個小女娃娃來擔水？」

何貞搖頭。「不是的，家裡叔叔嬸嬸自然擔水，只是我跟弟妹要洗澡，總不能還讓叔叔替我們擔洗澡水呀。我擔不動了，弟弟會幫我的。」

穆家的就扭頭看著身邊的劉嬤嬤。

劉嬤嬤點點頭，看著何貞的眼光越發溫和。「咱們太太說得對，妳是好孩子。」

何貞覺得她們肯定是說客氣話。畢竟她們對自己並不熟悉，怎麼就知道自己是好孩子了？所以神色泰然。「真是過獎了。喏，那邊就是碾臺了，妳們……會推碾吧？」

劉嬤嬤卻笑起來。「小丫頭可是看不起人啦。老婆子沒進府裡當差的時候也是鄉下的丫頭，哪裡就不會推碾了？就是我家少爺，原來在莊子上也是玩過這些的。小丫頭放心去忙妳的，咱們推得了。」

這不過是小小插曲，何貞沒放在心上。她的日子，現在就是趕一趟集，再準備趕下一趟集。

三月初六，春風已經褪去了堅硬冷厲的殼子，變得暖意融融，何貞又搭著何四叔家的驢車去趕集，照例做了三斤炒糖豆和三十個蛋捲。然而這次，她的生意遇到了挑戰——鎮上的點心鋪子也開始賣炒糖豆了。

第十五章

何貞賣得不貴，點心鋪子裡也和她一般價格。這東西不再是新鮮玩意兒，除了來趕集的人順便買上一點，再沒有人專程過來買了。

天色將午，何貞的蛋捲賣光了，可是豆子還剩下了大半斤。她想了想，裝了一份給何四嬸帶回去給何壯吃，另外的就留下，準備回家給弟弟們當零嘴。反正第一次做的時候她就想好了，賣不掉就給弟弟們吃。

再次走進陳娘子的貨棧，卻發現她這裡客人頗多、十分忙碌的樣子，何貞就安靜地退了出去，走向不遠處的小碼頭。現在水運開始逐步進入旺季，雖然齊河鎮不是大碼頭，來回的船隻也不少，碼頭上做工的人多，也確實有些人在賣吃食。

何貞看了一會兒，聽見陳娘子叫她，才跟著她進了貨棧賣荷包，算了帳，也不忙拿錢，照例買東西。她便要了一個小爐子、一個小平底鍋、十斤炭、一把毛刷，再加上一個大的漏篩，總共花了三百八十文。荷包一共能賣四百五十文，她乾脆用剩下的錢買了油鹽醬醋。

陳娘子招了小夥計過來給她取爐子，自己動手給她裝著調味料，道：「我要不是知道妳趕集還賣些錢，真是都要勸妳別買了，這樣回回妳來都不見錢，可怎麼好。」

「陳姨，我都不急呢，做什麼營生不都得先投個本錢在裡頭？」何貞想得開。「其實我還真是要求您哩，明天起我打算在碼頭上擺攤賣小吃了，只是這爐子我實在不能天天揹來揹去，能不能就放在您這裡？」

「這有什麼不能？」陳娘子一擺手。「妳就放在門邊上，下晌炭火熄了，妳把它提過來，早上我開張了就來拿走。」

正合何貞所想。她談好了這一樁，便回了集上，跟何四嬸他們一起回村。在回去的路上跟何四嬸說了往後天天都出來擺攤的打算，又約定了讓何四嬸幫忙收些生的鴨蛋，這才在何四嬸「妳這丫頭真有本事」的誇讚中回了家。

何貞的打算很簡單，碼頭上，她準備賣雞蛋灌餅。雞蛋、麵粉之類的原料，有何四叔夫妻幫著，成本不高；蔬菜有些吃虧，沒有菜園，但是之前五嬸給的大蔥提醒了她，可以找五嬸去買。最重要的是，她會熬甜麵醬，據她所知，這裡目前還沒有甜麵醬呢！

這也是炒糖豆被跟風之後她想到的，想要持久的賺錢，還是得靠獨門的手藝，她的蛋捲不就還賣得好好的？

今天的炒糖豆沒有賣完，何貞回家讓明義吃，可是小小的孩子臉皺著，滿是憂愁。「大姊，是不是以後都不好做這個生意了？」

這孩子真是敏銳，不過還是想得簡單。何貞揉揉他的腦袋，笑道：「這個確實不好做，可是大姊是誰呢，咱們再做別的呀。」

明義頓時就放鬆下來。

看著明義午睡起來照看著弟妹，何貞就揣了些銅板出門，先去了何五嬸家。當然，也不進門，就在院門口、當街的樹下坐著，定下了買菜的事情。

何四嬸送來了五十個雞蛋，順便跟她說：「鴨蛋我已經問了兩家了，咱村裡倒也有幾家養鴨子的，不過到底比雞蛋貴些。我給妳得一文錢一個，妳看可行？」

何貞自然是答應的。鴨蛋她要醃了做小吃配菜，肯定價格要高一些，這個成本她是可以承受。另外，四嬸還告訴她，按她的法子做的毛豆腐，似乎快要成功了，再等兩天就好，也讓何貞很高興。

送走了何四嬸，何貞先是按照記憶裡的方法熬好甜麵醬，然後開始和麵、調油酥，等明輝放學回來，她就做起了雞蛋灌餅。有了油酥，餅很容易就能劃出口子，灌雞蛋液也很容易。但是這個比例並不好掌握，這倒是託了前世留學海外的福了。因為什麼都買不到，只好自己學著做，對照網上的食譜反覆測試，自然也就學會了。

一開始還是有些不上手，而且沒有生菜，捲大白菜的味道也是稍遜一些，但是刷上甜麵醬，吃起來口感很不錯。身邊的兩個孩子看著灌餅的過程，都覺得新奇，咬一口拿到手的餅，也直呼好吃。

何貞吃了一個就吃不下了，大致估算了一下，一個雞蛋灌餅賣五文錢的話，利潤正好一半。明天第一天去賣，先拿三十個雞蛋，做三十張餅試試看，如果賣得好，可以再加。

按照昨天商量好的，何貞吃過早飯趕到鎮上，從陳娘子那裡提走了裝炭的小爐子到碼頭上，給管碼頭的人交了兩文錢，便自己找了個空地支起了攤子。

餅是早上準備好的，白菜只選了柔軟的葉子，也都在家先洗好，放在小竹籃裡，另外再有一小罈甜麵醬，她的攤子就擺好了。因為沒打算趕早點這一批，何貞倒也不太著急，小心生好了火，等著客人上門。

鎮上開客棧的唐老闆是第一個客戶。他瞧著新鮮，要了一個。何貞麻利取了一張擀好的餅放在點了油的鍋裡，幾息功夫，麵餅就鼓起了大泡。她用筷子把大泡戳破，然後磕一個雞蛋，灌進泡裡，稍微一熱就立刻翻面。過了一會兒再翻過來，雞蛋已經煎熟，並且和麵餅融在一起。接著，何貞刷醬、捲菜，包上一層紙，一氣呵成，遞到唐老闆面前，笑著道：「五文錢，謝謝老闆。」

唐老闆饒有興致地看著何貞的動作，等灌餅送到面前的時候，他還真是多少生出了幾分期待。

付了錢，他咬了一口，麵餅酥脆帶著油香，雞蛋軟嫩，配著醬香和白菜嫩葉的甜爽，味道居然超出他預想的好。嚥下去，他笑著道：「小丫頭有兩下子啊。」

旁邊也有圍觀的人，瞧見了全程，就道：「倒也沒甚新奇，不過是麵餅加雞蛋罷了。」

唐老闆搖頭。「這味道卻好得很。我瞧了，咱們要是做，你可能讓那雞蛋灌到麵裡？再就是這丫頭的醬有些意思，十分醇厚香濃。」

唐老闆不認識何貞，也沒有給她站臺的意思。這只是他閒來無事就到碼頭上溜達溜達的日常生活中的一個小插曲，但是對何貞來說，卻是意義非凡。她開張了，而且剛才跟著唐老闆來圍觀的人裡，也有人跟著買了。

剛停了船的船家、下船來短暫休息放鬆的旅人、裝貨卸貨的管事和幫工，碼頭上十分熱鬧。人一熱鬧了，就更愛湊熱鬧，很快地，新鮮的雞蛋灌餅就吸引了不少人。

這也是何貞選擇做雞蛋灌餅的原因。蛋捲的成功，在於它的好味道，和人們一時想不起用奶做甜點，但是製作過程卻十分普通，沒有吸引人的地方。雞蛋灌餅就不同了，有些新鮮，容易引人好奇和圍觀。看的人多了，買的人自然就多，且正如唐老闆所說，看了也做不來，因為一般的麵餅灌不進去雞蛋。

忙起來的時候根本就察覺不到時間。何貞感覺到炭爐裡的火已經不旺了，伸手抓了半天，抓到最後一個雞蛋的時候，她用有些啞的聲音道：「各位叔叔大爺，這是最後一個了，給了這個大叔，剩下各位明天再來吧。」

沒買到的人有些失望，吃了一個又回來的人有些意猶未盡。不過看著她一個半大的小孩忙得灰頭土臉，累得聲音都啞了的樣子，也沒誰特別為難她，都是叫她明天多做些，何貞自然是應了。

收拾了東西，提著小爐子回了陳記貨棧，何貞先跟陳娘子要了碗生水，潑在爐子裡，徹底澆熄了炭火，這才在貨棧角落裡坐著休息。

陳娘子倒了碗水給她喝，看她反應都慢了一拍的樣子，覺得有些心酸，轉過臉去抽了抽鼻子，這才笑著問：「小丫頭今天是生意不錯？」

何貞喝了水，緩了緩，點點頭道：「陳姨，多謝您照應，我今天賣了三十張餅哩。」三十張餅，淨利七十五文，去掉入場費兩文，保守地說，今天她賺了七十文錢，比縫荷包強。

「明天還多賣些不？」陳娘子看她嘴唇都有些發白，知道她是累了。

何貞點頭。「我回去找村裡的嬸子買雞蛋，如果能多得一些，我就多擀些餅。」

「妳這丫頭也真是好強，錢哪有賺得完的？」陳娘子有些不忍。「還是長個子的時候呢，真累壞了，妳娘會有多心疼？」

「沒事的陳姨，您不知道，我家裡的活計做得少，弟弟妹妹都是我二弟看著，平常大弟散了學就去拾柴火挑水，我不累的。」何貞搖頭。「我家用錢的地方多嘞，我只愁賺得太少。」

一路愁著賺錢太少的何貞，拖著疲憊的身子走到村口，就被穆永寧叫住了。「何貞，妳做啥去了？妳一個女娃，怎麼成天都不在家？」

這位小少爺倒是脫下了曾經見過的錦衣華服，不過細棉布的衣褲也還是比普通的農家娃要精緻許多，倒是挺符合本地一般地主家的兒子的樣子。何貞雙眼無神地瞧著他。「穆少爺，有事？」

穆永寧跟著父母在村裡住下也有一陣子了。他雖然平常有些頑劣，可是家中遭逢大變，他也懂事許多，一直老老實實地跟著父母閉門守孝。還是穆靖之看他在家悶著要長蘑菇了，才叫他自己去村裡逛逛，就是那邊的山裡也可以去。反正他的功夫不錯，這山也不高，沒有大型野獸。

對穆永寧來說，就算他心中接受了身分的轉變，可真要跟村裡那些鼻涕泥巴一把抓的孩子玩，他也頭大；且他的歲數不大不小，村裡一般大的少年多數也都下地幹活了，真沒有他能玩得來的。他去南邊山上遛了遛，覺得跟從前出去打獵的莊子附近差不多，也沒多少興致。

正意興闌珊的時候，何貞就出現了，總算是讓他覺得有意思一些。他瞧著何貞一副邁不動腳步的樣子，擰著眉毛問：「妳怎麼了？」

估計大少爺就是閒得無聊了，何貞也懶得陪孩子玩，便道：「我沒事，有點累了，我先回家去了。」

「唉，妳天天都玩啥？有沒有有意思一點的東西？」穆永寧倒也沒覺得她態度不好，還跟在她身邊，邊走邊問。

何貞只想翻白眼，便扭了臉去，語氣平板。「穆少爺，我沒玩，剛剛去擺攤了，才回來。您要是覺得無聊，可以去鎮上轉轉，碼頭上人來人往的，熱鬧。」

「嗨，說得跟我沒見過人似的。不過妳怎麼擺攤啊？妳一個女孩子。」穆永寧不大相信。

「大少爺，女孩子怎麼就不能擺攤了？我不擺攤，一屋子的弟弟妹妹就要餓死了。」村子裡的路都不寬，有村人走過，自然就看到他倆走在一起，誠然他們的歲數還不至於讓人往男女關係上瞎琢磨，可穆家人畢竟還是很讓人好奇的，這被人左看一眼右看一眼的感覺也不怎麼好。

穆永寧卻好像沒聽出她的不耐煩，反而若有所思。「如今我算是知道了，光是吃飯，也是一件極難的事。」從前他見過最窮的人，也不過是進京趕考的寒門舉子，或者府裡的下人罷了。可是現在他才知道，那些舉子在地方上居然是比多數人家還要富裕的舉人老爺，就是府裡的下人也沒幾個受得了面朝黃土背朝天的苦。

小少爺懂不懂人間疾苦，跟她可沒關係。曾經也當過富二代的她對穆永寧沒有惡感，可也沒啥特別興趣。她走自己的路，沒接話。

只是穆永寧琢磨上這些之後，問題也多了。「妳這麼小，怎麼種地？妳擺什麼攤？去哪裡擺？能賺到錢嗎？」

明明知道這位小少爺絕不可能眼紅自己的小營生，何貞還是覺得這貨簡直就是自家二嬸派來的，淨打聽些別人肯定不會說的。她無奈道：「不然您老人家趕明天也去碼頭上看看？」

家門到了，何貞也不廢話，就推門進了院子。

家裡還是有驚喜等著她的。明義已經煮好了小米粥，等她回來就能開飯了。何貞瞧著，顧不得疲憊，急聲問：「明義燙到了沒？誰教你的？」

明義是個聰明的孩子，可到底也才六歲不到，煮了粥其實也還很想得到姊姊的誇獎，然而只等到了一連串的問題，他也就有些忐忑了，就連說話的聲音也小了。「沒燙到。沒誰教我，就是經常看大姊煮，我自己琢磨的，大姊，是不是煮得不對？」

何貞這才意識到自己的神色不對，連忙拉著他在自己身邊坐下，柔聲道：「沒有不對，煮得很好。大姊沒想到，明義這麼小就會做飯了，真了不起。」說著，她就覺得眼眶特別酸。

明義的小臉有些紅，看著姊姊喝自己煮的粥，眼睛裡格外有神采，話也多起來。「大姊，妳今天擺攤順利嗎？我看妳筐子裡的雞蛋和麵餅都賣完了呢，是不是啊？」

何貞點頭。「我跟你說啊，這些都賣完了。幸好明義早做了飯，吃了飯我還得去找四嬸拿雞蛋，今天再多弄些，明天肯定還能多賺些。」

吃過簡單的中飯，稍微休息了一會兒，何貞就去了四嬸家門外，剛衝著院子叫了一聲，何壯就跑過來，拉開門就扯著她的袖子往院裡走，一邊走一邊衝著堂屋喊：「娘！大姊姊來了！」

最近往來得密切了些，這孩子跟何貞也熟悉起來了。

何四嬸正在吃飯，匆忙嚥下一口乾糧，迎了出來。「我就知道妳得來，正跟妳四叔說呢。頭一天擺攤子，還順利不？沒啥壞人吧？」

「還挺好，交了兩文錢，碼頭上挺太平的。」何貞笑笑。鎮子上的事情衙門裡一般也不管，是本地的幾個大戶和鄉老聯手管著，兩文錢的管理費自然是歸他們。不過相對地，他們也會保證碼頭上擺販們的權益，維持正常的市場秩序。

「瞧妳這樣，我就放心了。買賣好吧？今天我跟妳叔多跑了一個村子，多收了些雞蛋，一共二百多個，妳要得了？」四嬸快人快語，也不說那麼多虛的。

「行，都要，只是得麻煩四叔給我送去了。」何貞估計了一下，又補充。「我估計一天需要四、五十個雞蛋的樣子，您看能收嗎？」

四嬸點頭。「能，保證耽誤不了妳的生意。對了，鴨蛋我也得了些，五十個，我正好裝了個小罐，等會兒一起給妳送過去。正好前兒個妳不是問我生豆芽的事嗎，我給妳瞧瞧去。」

何貞計算過，一根蛋捲成本在四文錢左右，賣一根能賺四文錢，這門生意還是要做的；反倒是糖豆的買賣，丟了就丟了。豆子買了，她打算生豆芽，到時候可以捲在灌餅裡，也可以炒成小菜賣春餅或者別的捲餅，也省了買菜。

第十六章

回了家，何貞收拾了弟弟妹妹的尿布和幾人的衣裳出去洗，臨走前又叫明義有空了稍微整理一下他跟明輝的房間，她要用來醃鹹鴨蛋。

何貞往返鎮上二十多里路，烙餅擺攤，又去找四嬸談事情，雖說下半晌歇了一會兒，可還是有些體力不支。把最後一件衣服漂洗乾淨之後，她準備站起來的時候，腳下發飄，一錯腳就踩到了泥水裡，整個人也失去了平衡，就往小河裡栽去。

這不過是一剎那的事情，她下意識揮動雙手，想要保持住平衡，卻抓住了一隻胳膊。站定了，她才發現，不知道什麼時候，穆永寧已經站在了身後。這麼挨近了才發覺，這少年身量倒是不矮，感覺怎麼也有一百七十了，比自己高好大一截。

「謝謝。」何貞吸口氣，認真道謝。

穆永寧沈默地盯著何貞，好一會兒才反應過來似的，擺擺手，轉身走掉了。

誰知道這大少爺怎麼了，真奇怪。何貞搖搖頭，拖著木盆回家。

明義已經熱好了奶在等她，他看得出，大姊今天很疲憊，就想讓她喝些奶補補。可是何貞見了，到底沒壓住賺錢的念頭，調了麵糊做起了蛋捲。

她這裡忙忙碌碌的，穆永寧卻緊皺著眉頭回了家。

「少爺，您這是去哪兒了？」他進了院子，一個身穿粗布短衣的少年就迎上來，一邊走，一邊還在抹著額頭上的汗。

穆永寧搖頭。「沒去哪兒，就在村裡轉轉。長安，你幹麼呢？」

「我跟我爹在裝磨呢。」

穆靖之發了話，如今他們不過是普通農戶之家，這些主子奴才的稱呼就免了，省得與村人過於不同。另外，家裡的這幾個下人裡面，長安的父親穆江是跟穆靖之一起長大的，從前是小廝，後來是穆靖之院子裡的管事。長安又是穆永寧的跟班，更別說長安的娘羅嫂子原是穆太太的陪嫁丫鬟；穆太太身邊的劉嬤嬤是她的奶娘，穆老管家更是老國公爺的親兵，因為年老又有傷在身才來了老宅。國公府一朝傾覆，僅剩的這幾個僕役也基本上就如家人一般，不怎麼分主僕了。

「什麼磨？」本來穆永寧有些蔫嗒嗒的，聽了這個新鮮東西，又提起了點興致。

長安指指院子一角。「哪，是石磨，劉嬤嬤說能把糧食磨成粉的。」穆家大宅子有四進，外院有水井，如今又添了石磨，劉嬤嬤還張羅著在她住的後罩房前的空地上種菜。除了院子大些、房子好些，他們的生活和村裡人現在已經沒什麼不同了。長安每天跟著父親撿柴挑水，也已經非常習慣。

祖父伯父和大堂兄一朝身死，穆永寧不是不難過，可是打從他記事起，他們就常年駐紮北邊關外，畢竟見得少，感情沒那麼深厚，時間長一些就沒那麼傷心了。至少不像父親，大病一場，原本就不大好的身子如今越發虛弱。

父親常常在書房一坐就是半日，可穆永寧坐不住，得了爹爹的允許也在村裡晃蕩。這一晃蕩，就見識了許多，心中也多了不少疑惑。看了一會兒新裝的石磨，穆永寧就走了。「我去找我爹。」

踏進後院，穆永寧先是小心地看了看穆靖之的臉色，覺得氣色還好，才放心跟他說話。「父親。」

穆靖之察覺了兒子的關切，心中欣慰，面上卻不動聲色。「你出去晃蕩了半日，怎麼反倒沒精神了？」

「爹爹，兒子今日才知道，吃飽飯也是極難的一件事。」穆永寧低聲道：「原來平民百姓的日子竟是如此清苦。」

「你看見什麼了？」穆靖之看著兒子問。

「我看見了好多，原來幾歲的孩子就要上山撿柴挖野菜打豬草，村中的婦人為了一粒米一顆蛋就要爭執不休，翻一天地就是壯年勞力也要疲憊不堪。對了，您知道嗎？那個何貞小丫頭居然要走到鎮上去擺攤，賣了東西再走回來，還要下河去洗衣裳！」他不知道何貞在鎮上擺攤賣什麼，只是想想那段距離，她一個沒練過功夫的小丫頭奔波勞碌，就覺得她十分可憐。

「何家那個孩子啊！」穆靖之點頭。「你可多看看她，為父覺得，那孩子比你懂事多了。」

以穆永寧一貫的作風，都是聽而不聞的，可沒想到，他卻是認真點頭。「她確實比兒子強。」

「哦？」穆靖之挑眉。「你居然比不上一個小小的女孩？」

不在意父親的反話，穆永寧認真道：「她那麼小，就要養活弟弟妹妹。我都這般大了，還要爹娘和穆叔他們養活，兒子覺得慚愧。」

穆靖之嗤笑。「說得像你懂事了似的。你既想養活自己，那明天起你去找穆管家，讓他領著你下地，跟家裡的佃戶一起種田吧。」

何貞因為做起了生意，手工活就做得少了。她一天賣四十個雞蛋灌餅和十個蛋捲，下午回家也只能做一個荷包，不過每天都能有一百多文的淨賺，她心裡總算沒那麼慌了。

大約是否極泰來的緣故，最近她覺得一切都順利不少，四嬸那邊的腐乳也研製成功了。四嬸賣了多年的豆腐，一下子就看出了這個東西的價值，喜得跟什麼似的，直說何貞是她的貴人。何貞自然不敢應這個話，只是跟她要了些腐乳汁，自己打算調配新的蘸醬。

其實從一開始，何貞就沒打算賺這份錢。她又不會做豆腐，也沒那個體力，現在這樣，四嬸多了進項，而她也有地方買腐乳，就已經算是雙贏了。她確實生活壓力很大，但並不貪心，不會想著把所有的東西都抓在手裡。

她在何四嬸做了不少腐乳之後，特地找她要了一小罈，準備拿到鎮上送給陳娘子。她近來一直受陳娘子照拂，也都沒什麼好給人家的，正好這個小吃算是新鮮些，也不貴重，可以表達一下心意。

這天收了攤子，何貞把小爐子和平底鍋送到陳娘子的貨棧，就被陳娘子叫住了。「貞丫頭，妳上次給我的那個腐乳，妳說是妳村裡的嬸子做的？」

何貞點頭。「是啊，她家原是做豆腐的。」

陳娘子倒不賣關子，直接說明了意思。「這個東西咱們這裡少見，實則南邊早就有了。當年我跟在主家身邊伺候的時候倒也嘗過，不過妳拿來的這個，許是豆腐韌性大的緣故，吃起來別有一番滋味。我想進上幾十斤，送到京裡主家少爺那邊，萬一能賣得起來，往後可就是個大營生了。不知妳那嬸子家裡存貨可夠？」

「這我還真不知道。不過這樣的大好事，她家必然是有多少都拿出來的，這樣，我回去跟她說，讓她來跟您細談。」何貞十分高興。「我那嬸子雖說是鄉下婦人，可也十分爽利，叔叔也是厚道人，都是極好打交道的。」

「妳這鬼丫頭，倒真像個中間人似的。」陳娘子忍不住笑起來。

回家的路上，何貞自己想想也有點好笑。別人家的穿越女都能做起大生意，談起大主顧，可到了她這裡，自己只能辛辛苦苦擺攤，反倒是無心插柳的一個小點子，促成了別人的大生意。雖然還沒做起來，可陳姨的眼光她是信服的，這生意鐵定能成。

不管怎麼說，這都是好事。身邊的人過得好，那也是好的。在看到何四嬸那副被天上掉下來的餡餅砸中的表情時，何貞的這個想法越發堅定了。

何貞介紹了何四嬸和陳娘子認識之後，就再也沒摻和他們的生意。反正那天何四叔特意等著她收攤，接她一起回村的時候，夫妻倆都是紅光滿面的，何貞就知道這事談得不錯。

可回到家，她的好心情就沒了。她一推門，李氏就高聲叫她進屋說話。準沒好事——何貞的腦子裡一瞬間就這四個字。她應了一聲，將手上的東西送到東屋，把特意多烙的一個雞蛋灌餅拿給明義，這才慢悠悠往堂屋去。倒不是她擺譜，實在是累了。

原來是何三郎夫妻倆回來了。回來一趟，為的卻是打聽穆家的事，還有何貞跟穆家現在是什麼關係。至於李氏呢，煽風點火的，卻想乘機打聽打聽四嬸家的腐乳，話裡話外的意思就是何貞有發財的方子卻便宜了外人。何老漢不說話，只是默許了他們把何貞叫來，態度也就明顯了。

何貞也沒吵嚷，一一回答道：「穆家人是什麼人家，客氣客氣就是了，能把我一個鄉下丫頭放在眼裡？三叔您也信？二嬸，您既然知道我賣雞蛋灌餅，就該知道我去找四嬸是買雞蛋的。哦對了，還有糧食，別忘了，我那幾十斤豆子，是沒法做灌餅的。」

何老漢轉開了眼。

「至於說那個豆腐乳，我是跟她買了幾塊，可我也不能買兩塊豆腐就跟人家要方子吧？二嬸，您要是想要，您自己去問四嬸啊。」何貞繼續道：「可是咱家一來沒有那套家什，二來也沒人會打豆腐，學了那方子有啥用？」說完這些，她就站起來。「你們慢慢吃，我還得給我妹妹洗尿布去。」

明義自從學會了煮稀飯，又纏著何貞教會了餾饅頭，現在每天下午何貞回來都能吃到熱呼的飯了，雖然不能按時吃，可是比回了家還要清鍋冷灶的強。就著鹹菜吃了個饅頭，何貞快速喝完一碗稀飯，就端著木盆出門去了。

三月裡的水已經算得上暖和了，弟弟妹妹快要滿百日，飯量也開始見漲，這尿布的使用率也越來越高。何貞倒是不嫌棄，別說她，就是明義明輝兩個，也都是換尿布的熟練工。可是這就看出便宜粗棉布的壞處了，成天洗，都糟了，眼瞅著要碎。何貞一邊洗著，一邊想著辦法，最糟的幾塊這次再髒了就不要了，正好兩個娃娃剛出生穿的那些小細棉布衣裳已經沒用了，可以裁了做尿布。

她擰乾最後一塊尿布，還沒起身的時候，一塊小石頭從頭頂飛過，落進小河的正中央，砸起高高的水花。

估計是誰家的熊孩子閒著沒事玩水呢，何貞也不管，站起來準備回家。

「欸何貞！」又是小少爺穆永寧。他蹲在何貞身後的土坡上喊她，聲音倒也不是很高。

何貞抬頭看他。

穆永寧卻先呆了一呆，詫異道：「妳怎麼這麼黑了？」

何貞的臉這回是真的黑了。

她知道自己天天在太陽底下曬著趕路、擺攤，肯定是會曬黑的。反正鄉下丫頭也沒那麼多講究，可是這位小少爺這麼一本正經地問出來，就讓人聽起來特別不爽。

何貞不說話，穆永寧也不覺得自己問了一個特別欠打的問題，繼續一臉佩服地問：「妳還是上午跑去鎮上擺攤，下午回來做家裡的活嗎？」

好吧，這孩子壓根兒就不知道錯哪兒了。對上他一臉誠摯的表情，何貞也沒法一直不理他，畢竟這就是一個自小沒吃過苦的小少爺的赤子之心。她點點頭。「對。」

「很累吧？我見過的小丫頭都嬌氣得很，逛個園子都要休息好幾次，妳倒是挺有力氣。」穆永寧站起來，直接從坡上跳下來，落到何貞身邊，端起她的木盆掂了掂，皺眉。「這個也不輕啊。」

何貞沒防備他竄過來，剛才還被驚了一下。不過看這樣子，這位小少爺是有些功夫的，很輕鬆的樣子，也放了心，道：「給我吧，這不是你該拿的。」

穆永寧遞給她，但是還是反駁了一下。「妳快別這麼說了，我爹都說了，咱們是一樣的人，什麼不是我該拿的，我還下地做活了呢。」

何貞笑了。這個小少爺看上去有些跩，脾氣好像也不是很好的樣子，心思倒不壞。她往坡上慢慢走著，說：「是不是一樣的人，不是說的，反正每個人都有每個人的日子要過。」

家境優渥的人，沒必要為了吃苦而吃苦，自己承擔得起又不傷害別人的情況下，完全可以讓自己享受一些。而家中困難的，卻不能自怨自艾或者總夢想著有人來幫忙，想要擺脫困境，唯有自己腳踏實地。

「妳幾歲了？說的話都好有道理。」穆永寧跟在她身後，眼睛盯著她握著木盆的手。那兩隻小手都紅通通的，比自己娘親的手粗糙多了。

何貞不覺得自己多了不起。「我就是一個小孩，也沒讀過什麼書，你見過的有本事的人多了，有道理的話也聽得多了，哪就差我這一句了？」

「不一樣。」穆永寧搖頭。其實真要說哪裡不一樣，他也說不出來。「我下田去做了半天活，就累得夠嗆，比我練功累多了。而且我家的佃戶雖不說，我也看得出來，我做得一點也不好，說不定我走了他們還要返工呢。唉，還是妳有本事，我其實什麼都不會。」

「不是這樣講的。你不會種田，可是你家有地，賃出去給佃戶們種著，你不用下田幹活就有糧食了，這就是本事。你有了糧食，不用為生計發愁，就可以用你的時間做更多的事。讀書也好、練武也好，甚至做生意都好，就可能給你帶來功名、官職、俸祿，或者乾脆就是好多好多銀子。」何貞因為心裡也是在盤算一些事情，這會兒就有了說話的興致。「你有這種資本，是我羨慕不來的。我也想有銀子有地，錢生錢，就能賺更多的錢；可是我沒有，只能賣力氣賺錢，攢了本錢才能往前走。所以，你完全不用覺得自己沒用啊。」

「是這樣嗎？」穆永寧有些疑惑。他以前從來沒有跟人談過這樣的話題，現在聽著何貞的話，他覺得好像真的是這樣。可是總有那麼一點點不對，到底是哪裡不對呢？

何貞肯定點頭。「就是這樣。」

穆永寧回到家，就聽見長安的娘親在院子裡跟劉嬤嬤說話。「那個孩子瞧著挺好的，她那叔叔嬸嬸怎麼是這樣的？」

「妳活了這麼多年，這樣的人見得可還少了？我可聽老穆頭說，那小丫頭主動提出來分出去，但凡叔叔嬸嬸像個樣子，孩子會這樣？關起門來不好的事情只怕更多。」劉嬤嬤嘆口氣。

羅嫂子道：「都說小門小戶的過日子簡單，現在看來也不盡然。」

「還是太太說得是。別的不說，這孩子從不說長輩的壞話，一個人咬牙養活弟妹，這心性就不壞。」劉嬤嬤不想說那不知所謂的夫妻。「她叔叔嬸嬸都知道來攀關係，這孩子明明得了老爺太太的話，卻從來不往咱家門口過，就是個懂事的。」

「這倒是，我家那小子說，這孩子跟咱們少爺說過幾回話，都是咱們少爺主動搭話，那孩子不卑不亢的，規矩得很。」羅嫂子說。

「嬤嬤、穆嬸，你們說誰呢？我怎麼了？」穆永寧心裡琢磨何貞剛才說的話，就沒仔細聽，等聽到好像說到他了，才隨口問了一句。

劉嬤嬤看著他就笑了。「沒什麼事，說何家的那個女娃呢。你娘在房裡呢，你爹在書房。」

穆永寧腳下轉個圈，就去了書房。

第十七章

穆靖之正在看書。何三郎夫妻登門拜訪，他自然是不會見的，穆管家就能把人打發了。他想的是另外一件要緊的事情。

「爹爹，兒子能進來嗎？」穆永寧站在門外，老老實實地問。

穆靖之放下書本，揉揉額角，揚聲叫他。「寧兒進來。」

穆永寧挺孝順，先是往父親手邊的茶盞裡續了杯茶，這才站到父親身後，幫他揉著頭皮放鬆，嘴裡說：「爹爹，我想買地，您覺得可以嗎？」

「哦？為何啊？」穆靖之雙目微合，放鬆了身體，饒有興致地發問。

穆永寧就把他下地幹活的情形和剛才跟何貞的對話轉述給父親聽，末了道：「爹爹，我覺得何貞說得有道理。咱家一時是回不去京裡了，那些事情，您就是不說，我也不是一點也不懂，不如近幾年就待在老家。只是咱們還是可以讓家產再多一些，就像何貞說的，有了資本，就能做更多的事。」

「這是她說的？」穆靖之對他的想法不置可否，心想，這女孩挺會忽悠人的，自己的傻兒子完全被唬住了，便說：「你自去辦就是。」

穆永寧找穆管家商量買地的事情。誰知話一說完，穆管家就樂了。「小少爺啊，這地哪是那麼好買的。咱們這地界人口不算少，地啊都被墾出來了，沒有沒主的荒地。這兩年收成也好，沒有天災人禍的，哪有人家要賣地啊！」

「那不然買鋪子？」穆永寧從一個不通庶務的小少爺忽然就變成了滿身煙火氣的平民少年，每天琢磨著怎麼往家裡劃拉銀子的樣子，讓一家子都忍俊不禁。

穆太太問丈夫。「讓這孩子天天瞎琢磨這些，真的好嗎？」

穆靖之笑笑。「他琢磨不了幾天的。再說，他也該知道點庶務，別忘了，他只是個小地主家的兒子。說不定，他想不明白，就去問那個小丫頭去了。」他倒也想看看，把他兒子忽悠到溝裡了，這小丫頭是繼續忽悠，還是把人拉回來。

穆永寧果然是想不出什麼來，每天都到田地裡晃半天，然後在家裡瞎溜達，最後決定還是去問問何貞。

可是他都堵不到何貞的蹤跡了。

何貞正為弟妹的病情而憂心忡忡，生意都顧不上做了。

時令到了三月底，按說天氣已經十分溫暖，日子都好過多了，可是兩個孩子卻突然發起燒來。這天，她擺完攤回來，剛一推門，明義就跳出來，急道：「大姊，妳看著弟弟妹妹，我去叫薛爺爺來！」

何貞強忍著心慌走到床前，兩個孩子額頭上都搭著濕布巾，想來明義察覺到孩子發燒，就用冷水給孩子敷著了。可是兩個孩子都燒得臉色通紅，呼吸都帶著顫音，就算知道小孩可能會發燒生病，也還是又急又痛，眼淚呼啦啦就滾落下來。

兌了些溫水，何貞把兩個孩子的衣服脫掉，小心地給他們擦身。兩個孩子許是難受得很，也不哭也不鬧，只是虛弱地哼哼。不知道是誰傳染誰的，反正兩人一樣的嚴重。何貞心疼得心裡直抽抽，手上卻不敢有一點耽誤，小心擦著孩子熱氣騰騰的小身體。

剛擦完一遍，薛郎中就跟著明義過來了。路上已經聽明義說過了兩個孩子的病情，過來的時候臉色十分凝重。小孩子發燒不算大病，可這兩個孩子太小，又是早產，就有些凶險。

仔細把了兩個孩子的脈，也試了孩子的體溫，薛郎中道：「這兩孩子是起了熱。我瞧著像是肺火，倒不是疹子什麼的，不過太小了，我沒有給他們用的藥。妳趕緊給他們換身乾爽衣裳，送鎮上去吧。仁心堂有專門給小兒用的藥，且妳也別急著回來，就在那裡住個一天兩天的，等燒徹底退了再說。孩子太小，防著出岔子。」

既然定了，何貞也不耽擱，叫明義去堂屋說一聲，也好給明輝留個話，然後就去找何四叔他們，看看能不能讓四叔趕著驢車送他們一回。這邊何貞給兩個孩子換上乾淨的衣服，又拿小被子把兩人包了，才揣了銀錢，抱著孩子在門外等著。

可是沒等來何四叔的驢車，卻等到了一輛大馬車。

馬車在巷子口停下，慢慢調轉了方向，明義從車上下來，跑到何貞跟前說：「大姊，四叔四嬸都沒在家，我往回走的時候碰上了穆家大哥哥，他問我之後就說要幫忙了。我著急明睿和慧兒就……」他的眼睛紅通通的，看來在外面哭過了，這會兒又低著頭，顯然是覺得不該讓穆永寧幫忙，可是想到弟弟妹妹，又拒絕不了。

是不應該，可是為了弟弟妹妹，何貞也不想拒絕。她嘆口氣，摸摸明義的頭，安慰他一句。「沒事明義，你做得對，弟弟妹妹耽誤不得，萬事都等他們好了再說。你先回家去，等會兒把羊奶弄好，煮開了倒在小盆裡，晚些時候再去找四叔，等他們回來了讓他送你去鎮上。明睿他們病了，這飯就越發要緊，不能誤了。明義，就靠你了，好嗎？」

明義點頭。「大姊放心，我能辦好。」

何貞不再猶豫，大步奔向馬車。

這還是何貞兩輩子第一次坐馬車呢，不過她完全沒有興奮和新鮮感。懷中的兩個娃娃熱度又上來了，呼吸聲也重，急得她腦門上都起了汗，怎麼爬上馬車的都不知道。

哦，是穆永寧幫她抱了一個娃娃，才讓她空出一隻手來扶著車門爬上車的。至於是不是穆永寧拉了她一把，她完全沒有在意。

駕車的長安根本不用少爺吩咐，就趕著馬車上路了。從村西頭的大路去鎮上，要比何貞每天從東邊穿過鄰村的路遠上幾里，可是道路平坦，對馬車來說自然是更適宜。之前何貞和穆永寧請仁心堂的郎中出診那次，也是走這條路。

穆永寧看著對面女孩發紅的眼眶，覺得挺不是滋味的。他從前沒少見女孩子拿著手帕嬌嬌柔柔地抹眼淚的樣子，只覺得忒麻煩忒矯情，可這會兒看著這個又瘦又小卻一貫挺能逞強的小丫頭露出這種焦灼心疼的表情，他卻一點也不覺得不耐煩。

「那個，妳沒找村裡的郎中看看嗎？」穆永寧也不知道怎麼安慰她，只知道孩子病了要看大夫。

何貞的視線離不開兩個孩子，但也沒有完全走神，聽著問話，就說：「找了的。薛爺爺說不是疹子，只是他沒有小兒的藥，叫我上仁心堂求藥。」穆永寧肯送他們去鎮上，本就是人家主動幫忙，她就是心裡再急再慌，也沒有不理人的道理。

「哦，不是疹子就好，總不會要命的。」穆永寧放了心，安慰她。疹子其實不是一種病，而是本地管痲疹水痘天花之類病症的通稱。這些病沒法治，又會傳染，小兒得了，夭折的機率非常大；既然不是，也就安全多了。

趕車的長安聽著，默默翻了個白眼。這個小少爺啊，真不會聊天。不會要命，那萬一燒傻了呢？這算是哪門子安慰人啊！

好在何貞也沒心情咬這些字眼，而且透過之前的接觸，她也知道，這個小少爺大概就是個不太會說話的人，心地還是很好的——心不好，會看見明義邊走邊抹眼淚就主動幫忙？

仁心堂裡的劉郎中是專精小兒科的，看過了兩個孩子，馬上就開了藥方，讓藥僮去抓藥，同時也說了，最好是能在這裡住一晚，明天燒退了他看過之後再回去。

何貞自然是好生應了，又連連道謝。等著藥僮煎藥的功夫，她去櫃上把錢付了，總共六百多文。她完全顧不得心疼錢，只要弟弟妹妹沒事，什麼她都不在乎了。

轉身回來，聽見有人叫她，才想起來人家穆小少爺把自己送過來，她還連句謝都沒有呢。何貞連忙小跑到門口，正經八百行了個大禮。「今天的事，實在是太感謝你們了。」

穆永寧擺擺手，問她。「妳弟妹沒事吧？」

何貞眉目間都是憂慮，不過比剛才已經鎮定多了，她搖頭。「先生們都說燒退了就沒事，已經煎藥了，等會兒餵了藥再看看吧。」

長安看看穆永寧，有些欲言又止。

穆永寧猶豫了一會兒，說：「他們很快就會好的，妳也別擔心。那什麼，我先回家去了，妳有什麼話要捎給妳兄弟的嗎？」

何貞搖頭。「我叔叔等會兒會送他過來。今天已經麻煩你太多了，你快回家去吧，省得家裡人惦記，改天、改天我再謝你。」

回去的路上，因為不耐煩像個姑娘似的窩在車廂裡，穆永寧就和長安一起坐在車轅上。長安問穆永寧。「少爺，你怎麼想起來要幫他們的啊？」

「少爺我就不能古道熱腸、幫助弱小嗎？」穆永寧眉毛一豎，做出一副凶狠的樣子。早就知道他是這個德行，長安也不害怕，只瞧著他樂。

穆永寧接著又說：「你說那何貞平常挺行的，說話也一套一套的，真看不出來，她也有這麼可憐巴巴的時候，哭得娘們兮兮的。」

長安捂臉。「我的少爺欸，人家也不過就是十歲不到的一個小女娃，夠不容易的了，碰上這樣的事能不哭嗎？您還真當人家是個爺們了？」

「我沒說她是個爺們啊！她是個女娃嘛，我又不瞎。」穆永寧撇嘴。「她是個女娃呀？是啊，她是個女娃。」

穆永寧當然知道何貞是個女孩子，不過打從第一次見面，就沒把她歸入需要當作女孩子對待的那類女孩子裡，平常找她說話什麼的，也都是當個朋友。冷不防地忽然發現，何貞確確實實是個女孩子，大概也是需要當個女孩子來對待的，心裡還有些轉不過彎來。

何貞知道，這次欠了個大人情，可是什麼事也不如弟弟妹妹的病情重要，一切都要等兩個孩子病好了再說。

劉郎中坐診多年，尤其擅長小兒用藥，開出來的藥藥性溫和有效不說，就是味道也沒有那麼難喝。何貞聞著也覺得還好，先抱起平常就乖巧一些的妹妹，慢慢用小勺給她餵藥。

小何慧是個很乖巧的孩子，平常也不太鬧騰，雖然藥味有一點不好，可是她還是擰著小眉頭喝了下去。何貞餵了半碗，看她都喝完，給她擦了嘴角，放在一邊，這才抱起一向愛鬧的明睿。

果然，這個孩子精怪得很，一嘗味道不對，就算是燒得都沒力氣了，也還是不配合，一勺藥灑掉了一半，他還哼哼唧唧哭上了。何貞皺眉，這個小活寶，平常有多喜歡他的機靈，現在就有多頭疼。可是餵不進去也得餵啊，她只得換個手，把人抱在懷裡，一邊哼著歌哄他，一邊儘量餵藥。

好不容易餵完半碗藥，早春的天氣裡，何貞已經是汗流浹背，臉上更是狼狽，不知道是汗水還是淚水，弄得她像個花貓一樣。

天色昏暗起來，藥僮過來點了燭火，何貞才晃過神來，站起來伸了伸腰，可是眼光還是不離開兩個孩子。藥效沒那麼快，兩個孩子還是燒得臉色通紅，昏昏沈沈睡著，時不時哼上一聲，讓人揪心。

又過了不知道多久，藥僮領著何四叔夫妻和明輝明義他們進來。何貞回頭一看，首先看到的居然是搶在最前面的二嬸李氏。

李氏湊到床邊看了看孩子，嘴裡說：「妳爺爺擔心這兩個娃哩，專門叫我來看看，晚飯都沒要我做。」

何貞不理她，反倒是跟何四叔夫妻道：「四叔四嬸，又讓你們跑腿了。」

「這是什麼話，孩子病了是要緊的事。郎中怎麼說？」四叔先開口了，可是因為李氏站在小床邊，他也不好走過去看。

何貞看著一臉擔心的兩個弟弟，接過了明輝手裡的小盆，用手一摸，倒還是熱呼的，也放下心來，說：「郎中說退燒了就沒事，開了藥，我也餵下去了。」

「這裡的郎中都是極靈的，喝了藥，想必到晚上就能好了，妳也別太著急。看妳這小臉，哭了吧？回頭可別再皴了。」四嬸走過來，摸摸何貞的頭，憐惜地說著，把一個小包袱放在桌子上，打開來，是個粗瓷的盆子，裡面是兩個饅頭和一碗白菜炒豆腐，雖是素菜，卻放了不少油，聞著很香。「這是妳四奶奶炒的，她打聽說了就直嘆氣，叫妳好好吃飯，別他倆好了妳再病了。快吃吧。」

何貞就扭頭看兩個弟弟。

明輝連忙說：「大姊，我們都吃了。明義做的飯，我一進家就吃了，也是炒白菜，我倆都吃飽了。我還託了何文幫忙，明天請了一天假，我今晚跟妳一起守著弟弟妹妹。」

「他大姊，妳還不趕緊吃？要說妳也怪有功的，家裡妳爺爺奶奶都不知道有沒有吃飯呢。」李氏一開口，就讓人不舒服。

「明義，真的是爺爺讓二嬸來的？來幹啥？」何貞心情不好，也懶得慣著她那張討厭的嘴。

「我回去問問爺爺。」明義說。

李氏就閉嘴了。

四嬸看李氏走開，就走到床邊坐下，說：「妳趕緊吃，我幫妳看著兩孩子。」

何貞也不矯情，坐下就吃，沒胃口也要吃。四奶奶說得對，她可不能病倒。一邊吃著，她抽空說：「四叔四嬸，一會兒你們就回去吧，天黑了驢車也不好走。」

「叫妳四叔在這裡，晚上也有個照應。」四嬸道：「明義跟我回去，今晚就在我家睡，跟何壯一塊兒，妳不用擔心。」

何貞快速吃完，把瓷盆放回包袱裡，道：「叫明輝留這裡就行。我家他是戶主哩，有他就夠啦。四叔得送你們回去，天黑了多讓人不放心啊。」

何四嬸不矯情，想了想就同意了。「那行，我們走。明早上我讓妳四叔給你們送早飯來，要是好了就接你們回去。對了，妳帶著錢嗎？我給妳帶了一些。」

何貞搖頭。「這個真不用，沒花多少錢，我有。」餘光瞥見李氏興奮的表情，她咳嗽了一聲。

何四嬸會意，也不多話，拉著明明十分擔心卻還是非常聽話的明義走了。李氏自然不多留，一邊嘟囔著「我就說叫我來沒用」，一邊跟在他們後面出了門。

何貞也想說。她來什麼用都沒有，也不知道自家祖父是怎麼想的。

不過他是怎麼想的，何貞也不是太在乎，反正第二天一早，何四叔是一個人來仁心堂的，給何貞姊弟倆帶來了豐盛的早飯。看到兩個孩子都退了燒，一臉緊張的青年總算臉上也有了笑模樣。「那快吃，吃完了咱回去好好養著。妳嬸子跟妳四奶奶張羅著包餃子呢，頭茬的韭菜餡，中午給你們送過去。」

何貞跟明輝也不客氣，抓緊吃了早飯，等著劉郎中來複診，等他確定兩個孩子都沒事了，才歡天喜地的回去。走之前，她也沒忘了去跟陳娘子說一聲，這幾天就先不來擺攤了，怎麼也要等寶寶徹底養好了再說。

因為是坐驢車，他們也走村西邊的那條路，經過穆家大宅的時候，何貞皺了眉頭，怎麼也要答謝答謝穆永寧才好。人家富裕，可能是不會把自己送的東西看到眼裡，可這不能當理由，她的心意是她的。

第十八章

想來想去，何貞就跟何四叔說好，買一罈豆腐乳，自己回家又好好攤了三十根蛋捲；二十根送到穆家，六根讓明義送到堂屋孝敬爺爺奶奶——不管怎麼說，爺爺讓人去看他們，就還是有照拂的意思。剩下的四根，姊弟幾個分著吃了，也算是壓壓驚。

只是還是覺得過於簡薄了一些，何貞擰著眉頭想著，還是明義問：「大姊，妳說，妳生的這些豆芽行不行？」

何貞本來生了黃豆芽和綠豆芽，都準備擺攤的時候捲在餅裡換個花樣的，正好豆芽也長起來，她想了想覺得也行，自家做的，也算是用心的，便多多裝了，讓明義跟明輝送去穆家，特別囑咐了，不要進門，就在門外說幾句話，表達一下謝意就行。

兩個弟弟走了，何貞再摸摸弟妹的臉蛋，觸手溫涼，她也放下心來，想著下個月第一缸鹹鴨蛋就要醃好了，這幾天不出門也好。守著弟妹，把手裡的這些布料做完，往後也不惦記著這個了，還是踏踏實實做她的小吃生意賺錢多。

李氏果然還是把多半的蛋捲從王氏手裡摳出來給了自家兒子。當然這些何貞才不管呢，只是李氏已經打聽到了這東西賺錢，就問何貞到底是怎麼做的，還時常就要往東廂房裡進來，就想看看何貞每天在家鼓搗啥賺錢。

何貞靠著一把菜刀嚇退了她，關起院子門來的事，何老漢根本就不管，她也沒得著什麼好。可是何貞已經不想在這個院子裡住下去了。算不上極品的家人也一樣惹人煩，而且她往後少不得要琢磨些其他吃的東西，也需要更多的羊奶雞蛋，總需要地方吧，這個家裡顯然沒地方。

本來前一陣子多多少少賺了些錢，可兩個孩子一病，她就好幾天沒有擺攤，這就又差不多回到原點了。

她這裡琢磨著事情，穆家大院裡，穆靖之夫妻也在談論她。

明輝小兄弟兩個按照姊姊說的，沒進宅子，敲了門，見到的是長安的爹爹穆江。兩孩子都不大認得他，只好硬著頭皮說了下大概的緣故，再三道了謝，看他有些困惑，就把東西留下，讓他回去問問長安哥哥就知道了。

穆江一頭霧水，掀開籃子看了看，發現似乎不是很值錢的東西，就暫時提了進去，尋了兒子來問。這一問，穆靖之夫妻就知道了。

穆永寧動了家裡的馬車，自然是瞞不過穆靖之的。他過後詢問了長安，知道了事情的始末，倒也沒說什麼。自己的兒子自己知道，就算不是何家人，這樣的事讓他知道了也會伸一把手，畢竟也不是什麼大事。兒子不提，他也不會特地去問。

可是何家的幾個孩子正兒八經來道謝了，東西多少不說，心意倒是有了。穆靖之就讓穆江拿去廚房，隨便羅嫂子處置就是。沒想到從書房回來，蛋捲就出現在妻子的桌上。

「老爺別笑我嘴饞。你別說，那小姑娘心思巧，這東西味道還真是不錯，你嘗嘗。」穆太太指了指盤子裡的蛋捲，笑著勸他吃一點。

穆靖之無可無不可地嘗了嘗，發現確實還好。「雖說比不得京裡的點心精緻，倒也算是有些特別。」

「我聽說那姑娘靠這東西賺錢養活弟妹呢，很不容易。」穆太太端著茶，抿了一口。「說起來世人都重子嗣，可女孩子要是好的，也不比兒子差呢。」

「妳兒子也不錯，要不是妳兒子幫了人家，妳哪能吃得上這個。」穆靖之笑笑。「寧兒去哪兒了？」

「又下地去了。」穆太太有些頭痛。「這孩子最近都快魔怔了。」

穆靖之就把之前的事情說給妻子聽。「阿茹，現在妳知道了吧，何家這個小姑娘啊，本事大了，把妳兒子忽悠得天天下地。」

「可你真的打算讓兒子以後就務農一生？」穆太太皺眉。

穆靖之看著她，目光溫柔，伸手攬過她的肩，道：「這孩子身上還是有些驕嬌之氣，接接地氣，懂些民生稼穡總是好的，對他以後讀書做文章有好處。有我看著他，妳有什麼不放心的？就憑妳我，還能教不好孩子？」

穆太太對夫君顯然十分信服，聞言就放緩了神色，半開玩笑道：「既然你這樣說，我就放心了，哪怕將來不得不娶一個目不識丁的村姑兒媳婦，我也能把她教好。」

「村姑也未必就目不識丁。」穆靖之說起何貞，也說了這次弟弟妹妹生病的事，最後道：「這份心性，許多高門閨女也做不到。能撐得起事的姑娘，才是好媳婦人選，家世不過是錦上添花罷了。」

「被你這麼說，我倒是想就近看看那孩子了。也是咱們沒有個女兒，還挺稀罕的。」穆太太說。

等到早飯端上來，有佐粥的豆腐乳時，穆太太更是打定主意，要去看看何貞這位姑娘。尤其是想到昨天晚上，兒子回家就把蛋捲連盤子端回自己房間的樣子，她越發覺得有趣。

何貞四月初一開始恢復了擺攤，去之前先把手上所有的荷包交給了陳娘子，也說了往後不做這些了。陳娘子也不失望，反倒說：「妳再不來，我就要去找妳了。豆腐乳的事，少東家傳了信來，說妳那嬸子的方子好，香味格外濃郁，叫他們多做些，我這裡敞開收哩。」

「呀，這樣的好事？」何貞很高興。「我一會兒就去找我四嬸，叫她來跟您談。」

因著心情好，她幹活格外索利，且多日不來，還真有在碼頭上跑的商行小管事這樣的老客戶惦記她，見了她來擺攤，不光很捧場，還問她怎麼了。就這麼一邊招呼著客人一邊快手烙餅，剛剛過午，何貞的四十張灌餅和二十個蛋捲就賣完了。

新買了一包茶葉，何貞準備回家把茶葉蛋煮出來，回頭擺攤的時候搭著賣一鍋茶葉蛋。一個雞蛋怎麼也有一文錢的賺頭，想要搬出何家院子，那就得買房子啊！

不說何四叔夫妻得了何貞送來的信有多麼歡天喜地，天天盯著村裡這家長那家短的李氏很快就知道了消息——不是何四叔夫妻高調，而是他們為了做腐乳買了好幾口大醬缸，運回家的時候被村裡人看見了。旁人不知道，李氏可是一想就明白了，天天在家裡嘀咕這事跟大丫頭有多少關係，甚至還捎了信給縣裡的三房。

她這番做派別說何貞和明義了，就是明輝也看得一清二楚的。所以這時候何貞提出想要攢錢另外買一個院子，兩個弟弟都同意了。「大姊，咱們什麼時候能有那麼多錢啊？」明義又皺了眉頭。

「大姊，要不我不上學了，跟妳一起幹活賺錢吧。」明輝也說。

何貞「啪」一聲把筷子摔在桌子上，正色道：「我跟你們說過的話都忘了？買個院子是目的嗎？買個院子是為了讓咱們生活得更好，更能有精神幹好自己的事情。你們這個歲數，放棄了學業就是短視，誰再說這個話，誰就不是我的好弟弟了！」

明輝垂下頭去，沈默了許久，才悶悶地說：「我知道錯了。」

何貞吸口氣，放緩了聲音說：「咱家現在有十一兩半銀子了，我心裡有數，慢慢攢，總會夠的，你們都不必操心這件事。不光是房子，我還打算買地，咱們幾個沒有爹娘的孩子也會過得很好，相信我。」

明義拉了拉她的袖子，靠在她的胳膊上。

明輝大了，做不出這樣的姿態，只是低低應了。「大姊，我都聽妳的。」

何貞現在有很多想法，可是茶葉蛋也好，其他的一些小吃也好，都要帶到鎮上去才能賣。她揹一個背簍、挎一個籃子，實在再揹不動別的了，這交通工具也是個大問題，只怕也要解決了才是。以她現在的條件，如果買頭毛驢再配個車，只怕手上的銀子就要花光了，而且這院子也沒地方讓她停車。

四月初六逢集，穆太太叫兒子陪著，坐車去了鎮上。他們在家守孝，不能聚會飲宴或者嫁娶，可是正常的出門採買之類卻是不禁的。何貞這樣出門擺攤也是無妨，畢竟不能為了盡孝，子孫都要餓死。

在集市上逛了一圈，買了些新鮮蔬菜瓜果，穆太太沒找到何貞的身影，就問兒子。「何家姑娘在哪裡擺攤？怎麼沒見她？」

「她在碼頭上，不在這裡。」穆永寧隨口回答。成了鄉下少年，他也沒怎麼正經逛過集市，和他娘一樣，逛得興味盎然，卻沒注意他這隨意而熟悉的口氣引來了穆太太的打量。只是打量了半天，穆太太也沒從她這寶貝兒子臉上看出什麼特殊情愫，不由好笑。這孩子果然如同丈夫說的那樣，把人家小女孩當成小夥伴了。

來都來了，穆太太叫兒子引路，去了碼頭。雖然碼頭上以男人為主，但是船上也有廚娘，更有些客船上有女眷和丫鬟僕婦什麼的，也有些婦人和何貞一樣，在碼頭上擺攤，所以穆太太過來也不覺得拘束。

因為何貞個子小，在小吃攤一條街中反倒是格外顯眼，穆太太一過來就看見了她。

但是穆太太並沒上前，而是尋了個陰涼的地方，饒有興致地看著。何貞頭一天在家煮了十個鹹鴨蛋過來，她醃出來的鹹鴨蛋不至於過鹹，卻一定會流油，切開一看就十分誘人。她賣得不算十分便宜，兩文錢半個，三文錢一個，也有人買了走，回去就著乾糧吃。

也就將將過了午飯時間，何貞的灌餅鴨蛋就都賣完了。她不急不慌地收拾東西，順便等著賣掉最後兩根蛋捲。看上去似乎是餓了，她從筐子裡拿出個粗麵饅頭，小口小口咬著，吃了幾口，又放回了一個小碗裡，接著做生意。

不管什麼境遇下，認真生活、努力工作的晚輩都讓長輩心生喜愛，穆太太就是這樣。原本對她的印象就不錯，這麼看著，真是越看越喜歡，一邊想著自己要是有這麼個閨女就好了，一邊又嘆息，這孩子命不好，父母早早就去了。

幾個書生模樣的人從不遠處經過，似乎是先在碼頭上待了一陣子，看了看風物，然後又經這條小型商業街離開。何貞在裡面看見了何三郎，而且對方也看見了她。只是還沒等她想好要不要出於禮貌去打個招呼的時候，何三郎腳步一轉，假裝不認識她，跟著友人就離開了。

何貞的那點猶豫被穆太太看在眼裡，她抬頭瞧了瞧，也認出了何三郎。沒多少人知道，書香門第出身的穆太太記性非常的好，可以說是過目不忘，雖然只打過一個照面，還是認出了何貞的叔叔。

再看何貞，卻發現小姑娘一臉坦蕩，並沒有什麼失落或者難過的樣子，就好像完全沒認出何三郎一樣。穆太太心中點頭，這孩子果然是理智。

既然鹹鴨蛋能賣得好，何貞也不糾結，立刻尋陳娘子買了兩個罈子，又找四嬸去收鴨蛋，再一次醃起來。陸陸續續地賣著，到了下旬，何貞點了點銀子，她手裡現在已經有了十六、七兩的樣子，漲幅雖然不大，可只要一直在增長，就是有希望的。

天氣呼啦一下就熱起來，也到了麥收的日子。今年何貞家的地算是賃給了五叔，可是麥收時節，何貞還是打算帶著弟弟們下地去勞作。因為幹不動地裡的活計才把地租出去，卻不能成為一個農家孩子不會做農活的理由，她疼愛弟弟，卻不會把弟弟們當少爺養。

村裡的學堂也放了二十天的麥收假，明輝回了家，聽姊姊說要下地收麥子，自然毫無異議。他往年麥收的時候也是在地裡的，爹娘搶收，他就提著籃子撿麥穗。只是，他對自己下田沒有異議，卻不准何貞去。「大姊，妳就不要去了，我帶著明義去，反正也就是跟在五叔他們身後，跟玩一樣。妳在家看著妹妹吧，到時候給我們做飯就行。」

何貞想了想，也同意了。正好趁著這幾日的太陽好，把冬衣棉被這些拆洗曬過，省得過些日子還要耽誤擺攤。

五嬸要下田幫忙，把他家的何剛送了過來，託付給何貞。正好他家的大兒子何磊跟何壯差不多大，也跟在明義身後，幾個孩子在田間挎著籃子撿麥穗，大人倒也放心。

五叔夫妻倆要收三畝多地的麥子，其實負擔也不是特別重，看明輝下地，本來是不用他的，耐不過他堅持，五叔就教了他割麥子的方法。明輝肯幹，雖然被麥穗子劃了許多傷，手握著鐮刀也磨出了泡，可硬是幹得有模有樣的。五叔直誇他長大了必然是莊稼地裡的好手，還是五嬸瞪了他，說讀了書的孩子要有大本事的，哪能埋沒在莊稼地裡。

因為地都在一起，這些自然也被何老漢看在眼裡。他倒是滿意的，看來孫子孫女也沒忘了根本，這才像回事。至於李氏夫妻，最近黃里正忙著村裡夏收的事情，也不大願意搭理何二郎，他們倒是收斂許多。正好忙著家裡的六畝地，累得夠嗆，也沒精神說別的了。

對於在鎮上見到了三叔，但是三叔假裝不認識她的事情，何貞沒放在心上，回來也沒跟何老漢他們講。她倒是也理解何三郎，怕丟臉麼。何三郎夫妻也挺有意思的，典型的用人朝前、不用人朝後，又愛慕虛榮、貪圖享受，總想攀附上有錢有權的人，所以聽說何貞跟穆家說得上話，就急慌慌來賣好，看著何貞擺攤又覺得丟面子，便假裝不認識。

生氣是沒有的，只是搬出去的念頭越發強烈了。她想活得自在一些，也讓弟弟們有個更好的成長環境，而成天眼睛盯在別人身上的二房，和看上去最好面子其實最沒臉皮的三房，她都想敬而遠之。

可是買房又談何容易，按當前的情況，連地帶房子，怎麼也要七、八十兩銀子起跳。萬一原來的房子蓋得好，只怕還要更貴呢。何貞只在心裡想想，就知道這個目標短時間內是實現不了的。她也不怎麼沮喪，父母走了四、五個月，她照顧好了弟弟妹妹們，還淨攢下了五、六兩銀子，這就是一個好開始。

她放下了壓力，便用心打理起幾個孩子的吃食來。因為守著孝不能吃肉，她就儘量把素菜做得可口一些。今天中午是放足了油攤的韭菜盒子，明天中午就是雞蛋餅捲炒豆芽，每次都掐準時候，讓明義到了飯點就回來取了送到地頭。都說半大小子吃窮老子，何貞做飯的時候也不吝惜，配著豆腐乳和鹹鴨蛋，保證明義明輝幾個都吃得飽，也分出一些來給何壯何磊幾個小夥伴。

每天下午，明輝幾個回來的時候都是滿載而歸，可是帶飯的小筐倒是空蕩蕩的。何貞並不在意，教他們到當街空地去撿木棍樹枝點一小堆火，烤麥穗吃。新下來的麥穗水分很足，扎手的尖穗部分被燒光之後，麥子粒也被烤熟了，又香又甜又有嚼勁，是能管飽的零食。幾個孩子試了一次就愛上了這個吃法。

「你們可也真行，飯都吃光了，連半籃子麥穗也吃光了？」何貞不是心疼東西，只是瞧著這些孩子撒了歡似的，只覺得樂。

「哪裡是我們幾個呀，大姊姊，妳不知道，還有穆家哥哥和長安哥哥呢，他倆特別能吃。」何壯天天跟著一起玩，跟何貞也很親。

何貞倒是不知道，什麼時候穆永寧他們也跟村裡的孩子們玩到一起去了。「他們也跟你們一起撿麥穗？」

「那倒沒有，穆大哥這幾天跟我一起割麥子來著。」明輝說：「他倆歲數大些，不好去撿麥穗了。」

何貞這下是真的詫異了。「這幾天？天天都跟你們在一起？」

明輝把換下來的衣服都放進盆裡，準備拿出去洗。「是啊，說是他爹說了，他家的佃戶要收糧食，不許他們搗亂，他們滿村轉悠，就看到我們幾個了。穆大哥倒也沒有少爺架子，幹活雖然不快，可也沒叫過苦，就是吃東西的時候愛跟我們搶，大姊妳做的飯得有一小半都讓他吃了。」

這……何貞還真不知道說什麼好了。她攔下了明輝。「放著吧，我去洗，麥子收完，你也該收收心念書了，五天沒摸書本了吧。」

端了盆走到門口，她又回頭說：「往後如果穆少爺他們過來跟你們一起吃或者玩，你就叫明義或者壯子回來跟我說一聲，我儘量再做點好吃的給你們。人家幫忙送弟弟妹妹去看病的事，咱得記著這個情。」

明輝自然是應了，然後擰著眉毛苦哈哈地坐下看書。

第十九章

到河邊洗衣裳的人比以前多了，不過何貞並不去湊熱鬧，還是去她常去的坡地下。現在坡邊上的楊樹葉子正密，就不至於很曬了。

這次卻是有人占了她的地盤。何貞過去的時候，穆永寧和長安正在河邊蹲著扔石子玩呢，回頭看見何貞，穆永寧就招呼她。「何貞，又來洗衣裳？」

時常見面，何貞對穆永寧也就沒什麼疏離感了。穆永寧的父母給她的觀感很好，只是不是一個世界的人，不太熟。至於穆永寧，見面多，也算是半熟了，這孩子算不上特別積極上進早熟，可是熱心赤誠，也從沒看不起鄉民，何貞也挺喜歡他的。

穆永寧開開心心地打招呼，何貞也微笑著走過去，手上的活不耽誤，也分出些心思來跟他聊天。「你沒下地？」

「妳家不是收完了嗎？我看明輝幾個沒去，我也就回來了。」穆永寧又往河中央扔了個石子，打起一個響亮的水花。「我知道自己的本事，真讓我去割麥子，我肯定耽誤人家的收成，還是別搗亂得好。」

要不說何貞挺喜歡這孩子的呢，雖然有些傲氣，可並不驕縱自大，說話也實在。她一邊搓洗著衣服一邊說：「反正你家也不指望你下地種田養活家，你曉得種地是怎麼回事就行了唄。」

「唉喲妳別說啊，從前讀書念詩，都說農家辛苦，這回我是真知道了。」穆永寧難得地嘆口氣。「尤其是做那麼重的活計，吃得還那麼粗糙，連吃飽都夠嗆。」

何貞剛想說點什麼，他又話鋒一轉。「不過啊，妳還真有兩下子呀，素菜粗糧妳做得也挺好吃的呢。」

得，用不著自己開導。何貞餘光看見長安一臉的一言難盡，也覺得好笑。

穆永寧繼續說：「對了，妳是不是這幾天沒擺攤？收完麥子該去了吧？妳還真挺能幹的啊，小買賣做得有模有樣。」

「你又知道了？」何貞笑笑，不太把他的誇獎當回事。

「我當然知道！上一集我陪我娘去趕集，順便在碼頭上轉了轉，看妳擺攤呢。」穆永寧朝長安撩水。「是吧，咱們都看見了的。」

長安往後躲了躲，點頭。「何姑娘確實能幹。」

好吧，這是真的在誇人？何貞搖頭。「不過是養家餬口罷了，你是見過大世面的人，這算啥啊！」

「不是的，我就覺得妳很厲害啊，比我強多了。」穆永寧搖頭。「妳會做飯，會做小買賣，能養活弟妹，還能收拾討厭的人。我就都不會。上回妳說了資本什麼的，我回去一打聽，敢情買地買鋪子也不是那麼容易的呢，更別說我要是幹，也是花家裡的錢。」

「這有什麼可比的？你還會讀書、會練武、會騎馬呢，我猜你也能寫一筆好字吧，說不定琴棋書畫什麼的你都會呢，我可什麼都不懂。至於說資本什麼的，都是我瞎想的，我也不懂啊。」何貞算是看明白了，估計還是生活環境驟然發生巨變，這孩子看上去粗線條，其實心裡還沒調適過來呢，這會兒正在反覆自我懷疑。

她想了想，又勸了他一句。「尺有所短寸有所長，你也有你的長處呀。說白了，我覺得人最要緊的是得知道自己想要的是什麼，能做得了什麼，應該朝哪個方向努力，別的都是虛的，盲目跟別人做比較就更沒必要了。」

何貞覺得自己也沒有教育孩子的本事，心裡怎麼想的就怎麼說，反正那位穆老爺應該是個很有學問的人，教導兒子肯定不在話下。她洗完衣服，也不多留，就端著盆回家去了。

因為何貞幾個人小，磨不了磨，便跟五叔說好了，今年的三百斤麥子拜託他直接磨好了麵粉給他們，估計最後拿到手二百五十斤左右。暫時不缺吃的，何貞也沒催這件事，囑咐了兩個弟弟白天把雙胞胎抱到當街去曬曬太陽，她就專心做自己的事情了。

已經是五月初一了，現在開始賣粽子，也不知道還來不來得及。好在明輝學堂裡放假要放到五月十五，這幾天有他照看著家裡，她也能多些時間用在生意上，哪怕每天多賺十文錢呢，也能多出一百多文來。

急匆匆趕到糧鋪，何貞少少秤了幾斤糯米包粽子用。花費不少，好在到了節令了，店家還送了些葦子葉，再回陳娘子那裡買了些蜜棗，何貞一點也不敢耽擱，回家就把糯米泡上了。就這樣，可能也只趕得上五月初四、初五兩天了。

何貞琢磨了一下，考慮到本地口味，她就不包鹹的了，準備了白粽子、豆沙餡和蜜棗餡幾種，每樣都不多，包得精巧些，利潤也還不錯。

只是難得包一回粽子，有不少都是送了人的。這裡頭包括黃里正家、明輝的先生陳夫子家、爺爺奶奶那裡還有鎮上陳娘子那裡，最後何貞想了想，又叫明輝給穆永寧也送了幾個。

這樣等初五收攤的時候，她一算帳，粽子賣完，不光沒賺錢，還要倒貼進去二、三十文呢。不過這也是沒辦法的事，何貞還專門把這些帳目算給兩個弟弟聽，也是告訴他們，人情往來是一件要緊的事情，而且所謂的感恩、記情，不是光那嘴說說就行的，該花的錢就要花。

五月初六這天下了大雨，何貞就沒有出攤了。她也在琢磨換些別的花樣，雞蛋灌餅賣了好幾個月，也不太新鮮了。蛋捲倒是還好，可是現在弟弟妹妹的飯量漲了不少，一頭羊的羊奶富餘得越來越少，除非她再養一頭。可是目前來說顯然不實際，那可就必須盡著弟弟妹妹吃了。鹹鴨蛋豆腐乳這些只能當佐餐的小菜，也不能指望靠這些養家。

何貞的手藝是前一輩子在國外留學的時候練成的，雖然中西餐點她都會做，也做得很好吃，可終究不是專業廚師出身，她也開不起酒樓飯館，還是得從小吃上想主意。

現在做不了肉，想來想去，她就想到了煎餅果子。

所有的成本一攤，一個煎餅果子賣六文錢的話，能賺一半，基本上可以維持之前賣雞蛋灌餅時候的利潤，缺點就是炸薄脆的時候要費很多油。還是明輝無意間的一句話提醒了她，這些油可以和了麵做手抓餅和桃酥，一樣可以賣呢，還延續了之前的主食加點心的賣法，也是不錯的。

明輝要幫她，可何貞沒答應。「你一共就這麼幾天假期，好好帶帶弟弟妹妹，也讓明義能和壯子他們一起出去玩玩。實在想幹活，就幫我多撿些柴火存著。我天天讓你幫我揹東西，等你學堂裡開了學，我又得靠著誰去？」

看著明輝又有了不想念書的意思，她只好把自己關於買了房之後再買車的想法道出來。「咱家困難是一時的，我不怕吃苦，咱們熬過去了就好了，可是你們的學問功夫如果耽誤了，以後可再也補不回來了呢。就像現在，我還天天提著心，就怕把明義耽誤一年，以後會耽誤一輩子呢。」

「不會的大姊，我也念了書的。」明義說：「我才不會被耽誤！」

何貞一直都知道，比起明輝，明義才是有讀書天分的那一個，只是現在沒有條件。

因為沒有烤箱，何貞烤桃酥就只好用小爐子慢慢烘，一斤多桃酥烤下來，她已經全身被汗濕透了。就這樣，還是她怕屋子裡熱，專門把爐子搬到外面的結果呢。雖然連著薄脆和雞蛋灌餅一起算成本，這樣能賺不少，可何貞還是覺得，在有個好爐子之前，這個桃酥還是放棄吧！

揹著雞蛋、鴨蛋和油瓶家什，手裡提著桃酥、薄脆，何貞走到鎮上就已經熱得冒煙了。

陳娘子瞧著她直嘆氣，從櫃檯後頭拿出頂草帽來。「這是我店裡收的，下河村一家子人家編的，便宜得很，妳快戴著。」

何貞道了謝，留下了幾塊桃酥，就去提爐子。

陳娘子感慨。「妳這孩子啊，不叫我的夥計幫忙，說沒人能指著別人幫一輩子，我可也真聽了妳的話。可我一個當長輩的，前兒是粽子，今兒又是桃酥，倒淨偏了妳的東西了。」

「您說這話就是羞我呢。陳姨，您這不還天天給我行著方便呢。」何貞笑笑。「不是您，我還得天天抱著爐子來回呢。」

「可妳這樣天天地跑，也不是個法子啊。」陳娘子知道救急不救窮的道理，可這麼個孩子確實是不容易。

何貞就半開玩笑地道：「我也不能天天這樣跑，這不努力掙錢嘛，賺了錢我就可以買個驢車，回頭擺攤就容易了，還能拉貨呢。」

「那妳可得努力，這有了車，妳的買賣肯定能更好。」陳娘子一點也不覺得這是小姑娘在吹牛。

桃酥兩文錢一塊，煎餅六文錢一份，新推出的小食賣得還不錯。本地人見了這樣吃煎餅的法子，只覺得有意思，一嘗也確實格外好吃，想到自家不值當的專門去炸這薄脆，還不如買一個吃。至於船上下來的人們，有這現做現吃香味四溢的東西，自然掏幾個銅板也不在話下。還是和平常一樣，到了午時，四十個雞蛋就賣光了。

粗略算了算帳，總共淨賺也能有一百八十文了，何貞挺滿意的。想想這裡人流量這麼大，卻一直沒有鬧事的人，就覺得每天交個攤位費也不虧。

既然暫時打算每天賣煎餅果子，那麼除了醃足鹹鴨蛋之外，下午回到家裡就沒什麼特別要準備的了，何貞就問陳娘子，最近可有什麼針線活好做的。

陳娘子雖然憐惜她辛苦，卻也知道只有她自己努力日子才能好過，便給了她一個做手套的活計，說是要一百副，秋天賣到肅州去。因為布料棉花都是陳娘子出，她也就沒再計算賣價，直接算了手工費。一副手套十文錢，一百副手套做下來，那也是一兩銀子。雖然沒有擺攤賺錢快，可是相當於是正職之外的兼職，何貞也挺知足的。

何貞下午在家做手套，明輝得了功夫也會帶著明義跟小夥伴們上山下河地玩耍。何貞並不拘著他們，只要不是危險的地方，鄉下的男孩子哪裡不能去？尤其是明義，難得可以出去玩耍，她巴不得這孩子多出去瘋一瘋。

轉眼麥收假就結束了，明輝繼續上學，何貞上午擺攤，下午做手套，除了偶爾去四嬸那裡買些豆腐乳之外也不出門，生活倒是規律得很。

五叔夫妻緊趕慢趕，把二百五十斤麵粉送進了東廂，就放在明輝明義的房間裡。有了糧食，何貞的心裡就更踏實了。五叔跟她商量，夏種還是跟往年一樣種黃豆，何貞問過明輝的意見之後同意了。原有的約定不變，到時候還是要三百斤豆子，剩下的都歸五叔，把他高興得夠嗆。

這樣忙忙碌碌卻也很有規律的日子過起來就很快了。轉眼到了月底，何貞把最後一批手套交到陳娘子手裡，也拿到了一兩銀子的手工費，他們家現在也有了二十多兩銀子了。

暫時沒有什麼針線活可以做，何貞就扯了點普通的棉布，準備給弟弟妹妹們做秋天的衣裳。

這天下午，何貞看著明義跟雙胞胎都睡了午覺，自己就坐在門口納鞋底，便聽見有人在院門口處小聲喊她。「何大姑娘，在家不？」

會這麼叫她的，必然是穆家的人。最近她忙，這下才想起來，好像好久都沒見到穆永寧了，她放下針線迎出去，就看到劉嬤嬤扶著穆太太正站在她家門外。何貞連忙道：「穆太太好，快進家裡來吧，外頭可曬。」

穆太太搖頭。「不進去啦，我這也不大方便。」她也還在孝期裡呢。

何貞也反應過來，便站在她們身邊說：「那您是有啥事讓我幹的嗎？您叫長安過來跟我說一聲就行啦，這麼熱的天，出門怪難受的。」

鄉下的孩子說話都直接，且出發點是好的，穆太太也不覺得何貞這樣是沒有禮貌，反而挺高興地拉著她的小手說：「不妨事的，一路都是樹蔭涼。是這樣，六月初二是我家寧兒的生辰，因為在孝裡，也不能怎麼慶賀，我就想著他平常跟你們姊弟幾個都玩得好，想叫了你們一起去吃個飯。」

「這樣啊，穆太太，照理說您這是抬舉我們哩，可是您看，我們幾個都是戴著重孝，可不敢上您家做客。」何貞皺眉。

穆太太跟劉嬤嬤對視一眼，微微一笑。「我就說妳這孩子想大人事，我家也守著孝呢不是，不忌諱這個的。也不是什麼正式的宴席，就是你們幾個小夥伴一起吃個飯，下晌一定來啊。」

既然主人盛情難卻，何貞就答應下來，回頭跟弟弟們說了，只好那天把雙胞胎暫時送到五叔家裡一會兒了。因為要上門做客，何貞還特別提醒了弟弟們，要給主人家準備點禮物。

明輝想來想去，還是發愁。「大姊，人家是從京城來的少爺，什麼沒見識過，我們送什麼呢？」

明義也托著小下巴，挺苦惱的樣子。

其實何貞自己也沒什麼主意。主要是自家家境比人家差得太多，送不出什麼拿得出手的東西，要是早知道了，說不定還能提前想想，可就這麼一、兩天的功夫，實在也是難辦。

好一會兒，明義才道：「大姊，我也沒有銀子，也不懂得這些，妳來幫我買好不好？我想，嗯，就買點好吃的好了。」

明輝瞪圓了眼睛。不是自己準備禮物嗎？還可以這樣？

何貞想了想，就答應了。「好，是明義的主意，那就是明義的禮物。明輝呢？」

「我也想請大姊幫忙，就、就買個小玩意兒好了。」明輝撓撓頭，猶豫著。「或者買泰山石的硯臺吧。」本地多丘陵，有山就有人開石頭，雖說離著泰山幾百里遠，可大家一般把本地出產的石碑硯臺和一些石頭擺件也都稱為泰山石，只是價格有高有低罷了。不過這泰山石比較潤，做的硯臺還真是小有名氣，算是本地的一個特產。

何貞並沒反對，這是基本的社交禮儀，現在讓弟弟們有個概念，以後慢慢就會懂得了。

於是第二天收攤之後，她特意在碼頭上和鎮上好好逛了逛，真讓她在賣石料的鋪子裡發現了一方泰山石的硯臺。估計是鑿石碑的邊角料，小小的一方，也沒怎麼精心雕琢，有點像金魚的形狀，配上石頭天然的紋理，有種拙樸的趣味。三十文錢的價格也還是能夠承受的，何貞就算是完成了明輝給她的任務。

明義的任務更好做，何貞買了一籃子大白桃，是甘甜多汁的品種。桃子寓意也好，當作小孩子的禮物足夠了。

至於她自己，反而容易得多了。因為她是個女孩子，不能送針線之類的東西，顯得過於曖昧，她就乾脆買了食材，做了一小盆芝麻糖和一大盆麻醬涼麵，帶著跟弟弟們一起去了穆家。

因為都在守孝，小壽星穆永寧也還是穿著普通的暗色衣裳，不過看得出是新做的。他跑到門口去迎了何貞幾個進來，帶著他們進了自家吃飯的正堂。

四進的院子在鄉下就已經算得上奢華了，可是幾個孩子都沒有東張西望咋咋呼呼，讓坐在正堂裡的穆靖之夫婦相視點頭。待兩個男孩子分別送上了禮物，穆太太更是說：「你們來跟寧兒過生日就很好了，怎麼還帶了東西？你們幾個孩子多不容易的。」

何貞就道：「東西簡薄，就是我們的一點心意，您可千萬別這麼說。」

明輝明義分別對穆永寧說了祝賀生辰的吉利話，穆靖之微笑著問何貞。「弟弟們都表示了，小丫頭，妳呢？我看妳這一筐子，是吃食吧？」

按說在這個時代，當面打開禮物算得上是很失禮的，可是穆靖之一派坦蕩，滿是長輩對小輩的善意，這麼問話反倒是有種名士風流的瀟灑不羈之意。反正何貞是沒覺得不好的，也就大大方方地把大小瓷盆端出來。「我想著穆家大哥過生日，壽麵可能是已經吃過了，不過我這麵是涼拌的，就當換個口味好了。至於這個，就是我們土法子做的芝麻糖，不是什麼好東西，就吃著玩罷了，你們可別嫌棄。」

的確都不怎麼貴重，可看著聞著又都滋味十足。穆靖之大手一揮，羅嫂子就把這些都分在小碗裡盛裝，也端上了桌子。

到了鄉下，自然不講究那些「食不言寢不語」的規矩，雖然是一桌子素食，可是畢竟穆家富裕，還是很豐盛的。

穆太太看著幾個孩子，見他們雖然沒有學過什麼特別的禮儀，可是並沒有什麼不好的習慣，都乾乾淨淨的，也不會盡挑好吃的挾，整體看來都很懂事規矩的樣子，不由點頭。

吃著聊著，不知怎麼就說到了讀書的事情。何貞這才知道，難怪有日子沒見到穆永寧了，原來這可憐的孩子被父母拘在家裡讀書呢。這穆永寧不說看見書就頭疼吧，可也不是個愛學習的，這不，日子過得苦哈哈的。

「唉，真是托你們的福，要不然就是過生辰，我也得吃了壽麵就去寫文章。」穆永寧大吐苦水，也沒想到這幾個孩子都比自己小，這樣其實很丟臉。「你說你們學堂裡還有個放假的時候呢，我這個慘啊，那是永無出頭之日啊！」

穆太太搖頭捂臉。這個傻孩子，這會兒痛快，回頭他爹還不加倍收拾他？

明義拍拍他的胳膊安慰他。「穆大哥，你每天給自己立個目標就好了。你看我，每天要寫一百個大字，寫的時候就想著，寫完我就能玩了，就寫得很快的。我大姊說了，只要每天都能完成自己的目標，不知不覺你就會長進了。」

「啊？不上學堂你也在家寫字啊？」穆永寧捏捏明義的小胳膊，十分同情。「你姊對你可真嚴。」

何貞無語地瞪著他。

穆靖之瞧著有趣，就問明義讀了什麼書，都是怎麼讀的，又叫他寫了個字來看看，過後正色問何貞。「這孩子讀書是個好苗子，妳可有什麼章程？」

何貞搖頭。「我也曉得如今是耽誤了他，可是家裡還有兩個更小的，也是沒法子。我努力掙錢，最好明年能攢錢買個驢車，這樣我出去擺攤就可以帶著他倆，也就能叫明義上學堂了。」

穆靖之想想何貞家的實際情況，也只好嘆息一聲，卻又道：「這樣，往後妳在家的時候，盡可以叫他來找寧兒，有什麼不明白的問他就是。若是他連個小孩子都教不了，往後的功課就只好加倍了。」

這就是穆靖之的高明之處了，沒有輕易就許諾收徒，而是讓自己的兒子幫忙。一來這個人情就不大，何貞姊弟不至於負擔特別重；二來若是以後觀察著覺得明義品行才學有什麼問題，疏遠了就是，只是兒時的小夥伴，沒什麼師徒關係；三來麼就是督促兒子好好念書了。想想啊，如果連個小孩子提出的問題都回答不了，那還有什麼面子？穆永寧正好就挺愛面子的。

何貞沒想到第二層，只是光第一層和第三層就已經讓她很驚喜很敬服了，連忙拉著明義鄭重地道了謝。穆靖之擺擺手，又說明輝。「你也是一樣的，若是學堂裡有什麼不明白的，或者覺得先生說的有什麼不對的，就來找寧兒。獨學無友則孤陋難成，是不是？」

明輝只有點頭稱是的分了。

穆永寧終於覺出哪裡不對了，他憤怒地把芝麻糖咬得嘎嘣響，然後口齒不清地控訴。「爹爹太狡猾了！這是坑我呢！」

穆太太失笑。傻兒子，才知道你爹坑你啊。

第二十章

因為惦記著雙胞胎，吃過飯沒多久，何貞就帶著弟弟們告辭了。

穆靖之夫妻回了房，還在談論這幾個孩子。

「寧兒還是被保護得太好了，這麼大了還有些天真。」對於妻子說起坑兒子的事情，穆靖之有他的道理。「窮人的孩子早當家，妳看何家這個丫頭就知道了。只是到底還是狠不下心來讓他吃苦，如今也只好督促他多讀書了。」

穆太太有些為難。「可這孩子還真是沒那個天分，到底是公公的血脈，好武的。」

「我自然知道，所以從前他練功夫，我從來也不說什麼。鎮國公府的兒郎，自然是要上戰場的。可是如今不同了，要想重新回到朝廷裡，只怕唯有科舉入仕這一條路了。」穆靖之嘆氣。「父親、大哥和大姪子他們死得憋屈，這個仇，我放不下啊！」

穆太太握了丈夫的手，安慰他。「不管怎麼說，只是奪了爵位、抄了家產，咱們還是良民身分。祖宅祖產也沒動，那就是還有餘地，公爹的冤屈將來總有昭雪的那一天。」

穆靖之神色肅穆。「是，我也這樣想，可是咱們也得自家努力才行。若是我們就此泯然眾人，誰會替咱們伸冤？我是已經決定了，守孝三年，我正好安生讀書，出了孝就去考功名，到時候我們就父子同場了。」

穆太太顯然是早有預料，也不驚訝，反倒笑道：「誰不知道我夫君當年也是西北軍中的『小諸葛』，想必金榜題名也是手到擒來的。」

「阿茹，我當年受傷落下病根，這些年妳照顧我，也是辛苦妳了。」穆靖之聲音低沈，對妻子既憐惜又愧疚。

「你我夫妻，我從不覺得辛苦，便是今後只能當個農婦，我也覺得這日子很有滋味。」穆太太搖頭。「要說辛苦啊，管教兒子才是辛苦，日後夫君要走的這條路才是辛苦呢。咱們家的事，脫不開京裡甚至宮裡的爭鬥，真要是翻出來，只怕內情複雜，凶險至極。」

已經走到父母房外的穆永寧停住腳步，站了一會兒，轉身走了。

穆靖之攬住妻子，看著門口，目光沈沈。

祖父和伯父果然是被人構陷！可憐大哥哥糧草斷絕、孤軍奮戰，堅守孤城二十日壯烈殉國，原來卻是朝廷裡那些小人的陰謀！難怪在京城裡的時候父親不讓問不讓說，甚至連從前交好的夥伴們也都斷了來往，原來是牽涉到了大人物！

穆永寧雙手握拳，只覺得心口裡一股大火在燒。

作為勛貴家的公子，就算穆永寧再不務正業，基本的判斷力還是有的。能讓朝臣甚至是自己的父親都閉口不言，牽扯在裡面的能有誰？不過是皇帝的幾個好兒子罷了！為什麼不把他們趕盡殺絕？那是皇帝都覺得理虧！

可是討還公道談何容易？不重新擁有強大的權勢怎麼討？

穆永寧想起一句何貞說的話。

「無論你想做什麼，都得自身強大了才行。錢、權、勢，總要有一樣，才有資格真正去做你想做的事。在這之前的所有努力，都是為了得到這種資格。」

那個小丫頭就是那麼幹的，他也能！

何貞去五叔家接回了弟弟妹妹，卻發現五嬸的臉色有些不好。她問了一句，五嬸也沒說。

因為了解五嬸的個性，何貞也沒有追問，跟明義一起抱著弟妹回了家。剛把兩個孩子放在床上，就被叫到了堂屋。何老漢照例找茬挑理，何貞也不理會，何二郎忍不住，直入主題，問他們收了多少糧食。

「這有什麼可好奇的？我們一共收了二百五十多斤麵粉，另外知道我們沒有菜園，五叔還給了我們不少甜瓜。」何貞本來是不想說的，可是瞧著這股不問明白不甘休的架勢，她也只好說了，最後又刺了何老漢一下。何家也有菜園，可是誰都沒想起他們幾個孩子吃不吃青菜、要不要水果。

這個數目也算是不錯了，畢竟都是沒出五服的一家子，也不可能真的跟一般的地主對待佃戶那樣抽成。何老漢聽著倒是滿意的，只是何貞話裡話外的意思還是讓他老臉很掛不住。想到要說的事，他呵斥了一句「怎麼跟大人說話呢」，又接著說：「我看著老五去下種種上豆子了。這也罷了，只是明年不能這樣了。給你們地，你們就要好好種，種不了有妳自家叔叔，還能偏了你們不成？如今這像什麼樣子？」

明輝要說什麼，卻被何貞拉住了。

回了屋子，迎上明義關心的眼光，明輝忍不住問：「大姊，明年咱們不把地賃給五叔了嗎？」

「不賃給五叔，難道要讓二叔二嬸給種？」何貞反問。

明義不問也知道堂屋說了什麼，便搶先道：「讓二叔二嬸種，咱們恐怕就吃不飽了，大姊也沒有麵粉做生意啦。」

何貞就笑了。「所以，明輝別擔心，咱家的地，別人誰說了都不算呢。」

明輝鬆了口氣，有些不好意思地撓撓頭。「大姊，我其實是想說，要是實在不行，大不了我來種，總不能把糧食都交給二嬸。」

「趕明天下了學，明輝跟我一起去趟黃爺爺家吧！我想問問哪裡還能買屋的，咱們還是得搬出去。老這麼被人盯著指手畫腳的，就算不能影響什麼，也挺煩的，且我也需要地方做別的。」何貞再次把買房子提上日程。這會兒她也想到了，之前五嬸欲言又止的，只怕是李氏還跑到人家面前說了些不中聽的。

然而從黃里正那裡得來的訊息並沒什麼用，村裡現在沒人賣房子。當然，如果想蓋房子，可以到現在村落邊上的空地自己蓋，地皮要買，里正帶著去官府交了稅就能拿到地契了。這個費用不低，一個農家院子的面積怎麼也要四、五十兩，再加上蓋房子的材料、人工，折騰下來最少也需七、八十兩銀子了。

不說明輝了，就連何貞都有些沮喪，不過也只是一會兒的功夫，很快她就調整好心態。已經有了二十多兩銀子在手，每天賺一點，早晚她一定攢出來！

鑑於時不時的還有老客戶過來買雞蛋灌餅，何貞便調整了一下，她努力一把，每天再多揹十個雞蛋，和好油酥的餅子也備上一些，雞蛋灌餅、煎餅果子和手抓餅都賣，再搭上鹹鴨蛋，也賣得不錯。

何貞在家數錢的時候，再一次嘆氣。這要是有輛車，能多拉一些，每天還能多賣不少。

六、七月裡下了幾場暴雨，何貞不能出去擺攤，就拿了之前從陳娘子那裡買的棉花和棉布，提前做好了冬衣。做生意賺的錢讓她手頭鬆快不少，她並不吝惜一點材料，給弟弟們做的棉襖棉褲都塞足了棉花，保證保暖，另外又套了兩床鋪蓋，為即將到來的冬天做好準備。

另外一件可喜的事情就是雙胞胎過了半歲，開始長牙了，雖然每天流口水不舒服，兩個孩子齊齊皺著小眉頭哼哼唧唧的，可是在哥哥姊姊的照看之下，熬過了最難受的幾天，開始嘗到了米湯的味道，也很歡喜。

何貞回想著記憶裡張氏餵養明義的做法，又問了五嬸，小心地摸索著從煮雞蛋黃開始，給兩個孩子添加副食品。這就得說明義這個細心的孩子了，照顧起小娃娃來，比何貞這個當姊姊的還要周到。很快，除了小米湯和雞蛋，孩子們還能吃些桃子和麵瓜，當然，都是明義小心地用小勺子挖出來壓成泥餵給他們的。

明輝晚上回來也會餵弟弟妹妹，可是他總是沒有明義索利，每每餵完了都會緊張得滿頭大汗。

現在何貞幾個大的是再也沒有羊奶喝了，兩個小的都快要不夠喝。不過因為有雞蛋、豆腐這些東西支撐著，而且何貞做飯不吝惜放油，明輝跟明義一個夏天都長高了不少。至於吃不到肉，兄弟倆都沒覺得怎麼受不了，反正從前跟著爺爺他們吃飯的時候一年也吃不了幾口肉的。

何貞要買房子的事情到底還是讓何老漢知道了。毫無疑問，何貞又被何老漢提到跟前一通訓斥。

「當初分家的時候您不也說了嘛，沒本事就住這裡，有本事自己置辦。我不敢說有本事，只是我也沒讓您給我們掏銀子不是？」何貞並不把他的話放在心上。花自己的錢買自己的房子，誰也管不著。

「妳有那麼多銀子？」何老漢不信。

「沒有啊，所以得把這兩間東廂給賣了。」何貞無所謂地說。

「這怎麼行！」何老漢一摔菸袋桿子。「這是我們老何家的房子，我看哪個敢買哪個敢賣！」

何貞像是早就想過這個問題似的。「是沒人會上咱院子裡住，可是拆了屋頂上的瓦，還有土坯磚，都能賣錢哪。」

「不行！」何老漢怒喝一聲。

要說她跟何老漢有多大的仇，那是沒有的。可是何老漢先是為了維護他跟兒子們的面子就要求他們姊弟委曲求全，後又放縱李氏遺棄何慧，再後來不知是真小氣還是刻意為難他們，分家分得極不公正，一直到現在動不動就端著大家長的架子對他們的生活指手畫腳，卻也沒在衣食上對他們有所關心表示，都讓何貞對他很不耐煩了。

並不是為了激怒他，只是擺出自己的態度。她是一定要帶著弟妹搬走的，但是這東廂房，她也不會就白白讓出來。

得了消息的何二郎第一次敲了東廂房的門，站在門外對何貞一番苦口婆心。「都是一家人，怎麼能說搬走就搬走呢？這是不孝啊！就算妳攢了些銀子，可也不能這樣浪費啊！妳的五個弟弟們都等著考科舉呢，多少錢花不完？妳有多少銀子？妳就敢說要買院子？妳爹娘當年蓋這個院子不容易，妳就算要搬走，怎麼還能想著把屋拆了呢？」

何貞冷笑。

她把明輝明義都推進屋裡，自己站在門口，仰著臉看著何二郎，完全不掩飾自己的鄙夷。「二叔啊，我們明輝也是一家戶主，咱們說是一家人，實則不在一個戶籍上，到了官府說也是兩家人了。住不住在一起的，跟孝不孝也扯不上關係吧？我娘給我生到第三個弟弟就沒了，我倒不知道哪有那麼多弟弟要供呢？莫不是覺得我一個擺小攤的小丫頭能把叔叔家的兄弟供成狀元吧？哈？我怎麼買是我的事，可這房子是我爹娘蓋的，分家也歸了我，那我想怎麼處置，旁人也說不得吧？

「這個院子裡，最沒資格出來說我們的，不是二叔你嗎？指著我的鼻子教訓我的時候，有沒有覺得我爹正擋在你身前？」何貞的語速忽然慢下來，在夏末時分卻帶上了森森涼意。

何二郎落荒而逃。

就這樣還上躥下跳，又想當里正，又想占姪子家的便宜，真是搞笑。可是何貞笑不出來，就為了這麼塊料，父親搭上了性命，母親也跟著走了。

站在門口好一會兒，何貞才把情緒調整過來，回頭面對弟弟們敬佩的目光，有些無奈地苦笑。「你們倆給我記住，以後遇到這樣的時候就交給我，不要逞口舌之快，跟所謂的長輩對上。我一個女孩子有個牙尖嘴利的名聲也就罷了，可是你們以後要讀書的，不能有一點不好的地方。」

「大姊，我不能老是躲在妳後面，那還算什麼男人！」明輝不願意。

「你還小呢！」何貞笑笑，看到同樣表情的明義，覺得自己為弟弟們的付出都是值得的。「如果有外人欺負我，當然你們要護著我，可是這畢竟是長輩，說不清的。」

何貞又一次成了村裡人茶餘飯後的話題。

有李氏在，就是芝麻大的事情也會被人說上半天，尤其是這次，李氏也是憋著火氣的，自然是不遺餘力地誇張。

要說她的火氣從哪裡來，其實也簡單，何貞敢說要買房子，那肯定是賺到錢了，這件事自然是讓她心癢得不行，就是見不得別人好。

第二個呢，自然是跟自家的切身利益有關了。老三一家子估計除了逢年過節就不會回來了，那麼如果這幾個孩子出去了，這個院子可就是二房的了。正好兒子大了，也不好再跟著他們住，住在東廂正好；將來兩老的一去，他們兩口子住上正房，兒子分東西廂，連娶媳婦的房子都有了。可是聽聽何貞說的話，臨走還要把東廂拆著賣了，那糟踐的可是她的房子！

其實何貞的意思大家都明白，也是合理的。她搬走了，如果二房想要整個院子，是應該給她些銀子的，畢竟這是他們大房的財產。所以李氏一說道，明事理的人家也不摻和，可是總有些覺得她往後說不定就是里正太太的人要附和兩句，也有眼紅何貞一個小丫頭能賺錢的，自然要說幾句酸話。

這不，何四嬸給何貞送雞蛋過來的時候，就氣呼呼的，也沒壓低嗓門，就在院子裡大聲道：「妳說這都是什麼人哪，怎麼淨盯著旁人家的事了？難怪日子過不好！」

何貞收了雞蛋，取了銅板交給她，笑著說：「四嬸別氣了，我都不生氣呢。」

「好孩子，嬸子知道妳有能耐。可妳也別嘴硬，要買塊地吧？銀子肯定不夠，什麼時候要？我那裡還能湊幾兩，給妳拿過來。」四嬸放緩了聲音。

「他四嬸來了啊，正好妳快勸勸他大姊，怎還老想著拆了自家房子呢！」李氏湊過來，瞄著四嬸手裡的銅板。

何四嬸把銅板揣起來，皮笑肉不笑地道：「二嫂啊，叫我說，孩子們要搬走，他們走他們的，妳個分了家的嬸子，管那麼多做甚？」

李氏撇撇嘴，長長的臉就帶了幾分刻薄。「那可不是那麼說的，拆房子那是敗家哩，只有蓋房子的，哪有拆房子的？」

「要不妳就出點銀子給買了？」何四嬸直接說開了。「往後這麼大個院子就是你們這一房的了，不是正好？」

「都是自家的房子，買什麼買啊！」李氏立刻反對。她怕的就是這個，還偏偏讓人說到了明面上。

何四嬸還要說，就被何貞拉了胳膊。「四嬸，您甭擔心我們，有里正爺爺呢。官府裡都說了，強占民宅可是犯法的，我二嬸才不會白要我家房子呢。」

李氏氣得臉色通紅。

何四嬸笑起來。「要說娃娃還是得識字，這不就什麼都懂？行，妳有事叫我一聲就是。」

走到門口，她還是大著嗓門來了一句。「孩子們辦的是正經事，當長輩的不說幫襯著，倒是老想著撿便宜。撿便宜就撿吧，還把自己擺得高高的，臉皮怎那麼厚呢？」

這會兒正好是村裡人從地裡回來的時候，有不少經過的人聽見了這話，自然議論的人也不少。

確實站不住理了，李氏只好改了說辭。「我們還能害他們不成？孩子不知道天高地厚，非要買院子，那院子是那麼好買的嗎？買不起又要賣他們爹娘留下的宅子，這是何苦呢？買不起就別買呀。」

乍一聽上去也很有道理，畢竟只有孩子拿主意，很多人還是覺得孩子不懂事的。

何老漢的態度也明確了，房子不准拆，要麼就留給二房，要麼就空著。何貞也不讓步，留給二房可以，要麼買、要麼租，反正不能白住。空著也可以，她換上大鎖鎖起來，那就誰也不許進，誰進了她就報官。

日子還得照常過，何貞在鎮上逛了好一陣子，才買齊了想要的原料，回家關起門來熬糖汁、調餡、烤月餅。馬上要過中秋了，她還想趁著這次賺點快錢呢。

本來是給陳娘子送了幾個嘗鮮的，沒想到她一嘗之下特別喜歡，直接把她那天帶過來準備賣的三十個月餅包了，說要裝了食盒送給平常往來的客戶，另外又訂了二十個，說是過一陣子她家的少東家要過來，何貞做的月餅口味新鮮，她也拿來給大少爺嘗個鮮。

賣給陳娘子，何貞讓了一成的利，可也還是一下子就賺了七、八百文，於是也不顧辛苦，收了攤就回去加班加點做月餅，一時倒也顧不上因為房子而折騰起來的是非了。

在家裡的體力活這個問題上，何貞從來不會溺愛弟弟們。她一直都要求，在力所能及的前提下，大家都要為這個家付出辛勞，所以月餅的生意眼看著要好，明義明輝就都幫忙了。

調餡之類的他們不懂，明義就下午出去撿柴，晚上幫著看火、烤月餅。明輝則包攬了家裡所有洗衣裳的活計，也幫著姊姊揉麵、挑水，做蛋黃月餅用到的鹹蛋黃，則都是上午何貞外出的時候，明義在家剝好的。

別說剩下的蛋白都浪費了，鄉下人家哪裡有浪費這一說？拿勺子壓碎了，放上豆腐煮湯，連鹽都省下了呢。或者炒青菜的時候加上一點，又有鹽味又能提鮮，也是好吃的。

何貞也沒啥別的管道，乾脆就像從前賣蛋捲一樣，在攤子上一起賣月餅。她賣的價格不高不低，但是餡料搭配得好，除了常見的五仁月餅，她還有甜豆沙月餅和蛋黃豆沙月餅。條件所限，她做不了經典的蓮蓉蛋黃，但是本地還沒有用蛋黃做餡的，一時也成了新鮮物。

一開始自然還是買五仁月餅的人多，對於蛋黃餡，大家都覺得奇怪，可總有那麼一、兩個人愛嘗試一下，比如開客棧的唐老闆。嘗過一個就把攤子上所有的蛋黃月餅都買光了的舉動，那簡直就是活招牌啊，於是看熱鬧的人們知道了，原來蛋黃餡這麼好吃呢！

此外，一個南方客商在她的攤子上嘗到了久違的家鄉味道，也一口氣包下了攤子上所有的蛋黃月餅，這下子何貞的小攤子可火爆了，帶動著另外兩個口味的月餅也賣得很好。

收入不錯，姊弟幾個也都忙得夠嗆。從八月十一開始，何貞就只賣兩種甜口的月餅了，沒辦法，家裡的鹹鴨蛋用完了，沒買到沒吃夠的人紛紛要求她過些日子再賣，哪怕不是中秋節了呢，架不住它好吃啊！何貞自然是應了。

其實也還沒有完全賣光，剩下了幾十個鹹鴨蛋，何貞想著得做些送送人，比如明輝的先生陳夫子啊、穆家啊，還有何老漢、黃里正、三爺爺這些長輩。就是四叔五叔這些處得好的人家，也要送上幾塊的，畢竟中秋可是個大節呢。

當然，他們也收到了各家的回禮——除了何老漢。多數也是月餅，是集市上或者糕餅鋪子裡買的，也有些瓜果之類的。何貞也沒想著費腦子把這家給的禮送那家，反正月餅能放一些日子，就放在家裡讓兩個弟弟慢慢吃，半大的小子，吃起這些東西來，完全不用擔心吃不了浪費了。

穆家來給何貞送回禮的是羅嫂子。她把籃子放下，又道：「何大姑娘，我們老爺說，妳啥時候有空的話，要跟妳和明輝小哥兒說幾句話哩。」

何貞自然是點頭應了。

等明輝從學堂回來，兩人去了穆家，就得到了一個天大的好消息——穆靖之有意把穆家不用的院子賣給他們。

第二十一章

所謂這個不用的院子，其實就是穆家那位老國公發跡前在村子裡時住的老宅子，就在現在的穆家大宅旁邊，正對著小河。對於這個院子，何貞其實非常熟悉，每次洗衣裳都要經過的。

那位老國公當初不過是村裡的一個孤兒，也沒個正經營生，自然是家徒四壁的；院子雖然不小，可是裡頭的兩間茅草屋早就塌了。後來功成名就了，回來蓋房子的時候，據說是得了風水先生指點，在旁邊新起了現在的大宅。而這個老院子，按老國公的話說：「子孫也不來住了，何必修整它，費銀子，有人買就賣了也成。」可是就穆管家這麼一個下人常年守在村子裡，也不可能做主買主家的老宅子，就那麼一直放著。

這話他們家裡人知道，可外人不知道。何貞找里正打聽房子的時候，他因為一時沒有合適的院子，專門跟何老漢說了這件事情，想著讓當祖父的幫忙掌掌眼，卻沒想到引來了何家的大糾紛。

何貞跟明輝對視了一眼，都從對方眼中看到了不可置信。她糾結了一下，還是問：「穆先生，您真的要賣？那可是您家的老宅啊。」

穆靖之笑笑，覺得這個小姑娘的表情非常有趣。「是，可我父親當年就說過，有人買就賣掉它，反正我們現在有宅子。我可聽說妳想買院子呢，那個院子夠大，妳覺得怎麼樣？」

「那當然是很好了。」何貞看看明輝，見他也點頭，就問：「那您打算要什麼價格？」

「按行情，六十兩，妳看怎麼樣？」穆靖之很痛快。

「我若付了銀子，就能改地契，寫上我兄弟的名字嗎？」何貞還是現代人的思維，想著一定要過戶。

穆靖之指指站在一邊的管事穆江。「到時候我讓妳穆叔陪著你們跟黃里正去縣衙，改紅契，妳能放心了吧？」

何貞點頭。「您說的，我自然都是放心的。這個價格也公道，只是我現在沒有那麼多銀子，您能不能容我幾天功夫？」

穆靖之自然答應。

出了書房，明輝還覺得跟作夢似的，三言兩語的，那個靠著河邊的大院子就是他們的了？他拉著何貞的衣袖，小聲問：「大姊，這是真的嗎？」

何貞也很興奮，雖然手裡的銀子不夠，但是對於習慣了買房貸款這種事的她來說，能夠買到那個大院子才是最大的驚喜。那院子雖然離河很近，可也是在坡上，並不潮濕，而且挨著穆家大宅，安全也很有保證；且院子很大，將來停個驢車、養羊養雞都合適，離何家院子又有一段距離，正好離李氏他們遠些，清淨。這麼一想，簡直太完美了！

她這麼想著，眉眼間就格外神采飛揚。出了穆家大門，好生謝過了送他們出來的穆江，她轉身拉著明輝說：「太好了，咱們往後就要有個更好的家了！」

她臉上的笑容格外明媚，帶著蓬勃的生機和熱切的希望，讓她原本就嬌美的相貌格外動人起來。如此一張含笑的臉，就這麼撞進從外面回家的穆永寧眼裡。

聽說了他們要買院子的事，何家院裡的幾房人各懷心思，整體來說都不怎麼高興，不過何貞並不在意，八月十五這天帶著弟弟妹妹去墳上給父母燒了兩刀紙。

何貞和明輝一人一個，抱著雙胞胎給父母磕了頭，姊弟幾個你一言我一語地跟爹娘說了會兒話。

何貞忍著心裡的酸楚，笑著對墳頭說：「爹、娘，弟弟妹妹八個月了，都添了副食。我前幾天剛請薛爺爺給看了看，他說他倆長得很好，已經差不多趕上足月生的孩子了。都是咱們明義的功勞，我不在家，都是他照顧弟妹呢。我已經定好了買院子了，過了節就去辦，往後還要蓋新房子，送明義去上學堂，你們就放心吧，我跟你們保證過的，都會做到。」

這番話又被穆永寧父子聽到了。

實在是因為穆家的墳地跟何家就挨著，他們又都是練武的人，自然聽得到。穆靖之懷念父兄，尤其是遇上節日，心裡難過，就帶著兒子過來祭拜。因為父兄死得冤枉，也難免一想起來就滿心憤懣，可是聽著旁邊小姑娘的話，又覺得自己一個大人還不如一個小孩子堅韌樂觀，心情倒是明朗很多。

穆永寧跟在父親身後，這會兒卻覺得心跳得厲害。聽著那個小姑娘的聲音，他就覺得格外好聽，特別是她說的話，讓他打心裡十分佩服。尤其是想著她那張漂亮的小臉，心都快跳出來了。

是的，他現在有點不敢看她了，只能靠想的。

上次驚鴻一瞥，他就覺得自己有點不大正常了。原先從來沒覺得那小丫頭好看，也不是覺得她難看，就是完全沒去想過她好看不好看的問題，可那天那麼一看，他都呆住了，長安叫他好幾聲才回過神來。

膏粱錦繡窩裡長大的少年，很多事情就算不做，那也是早就知道的。所以他陷入了巨大的自我懷疑。那明明就是個十歲的毛丫頭，他怎麼可能是喜歡上她了呢？可要是不喜歡，他這兩天是怎麼了呢？

穆靖之不欲打擾何家姊弟，就示意兒子跟自己回家，這才發現他正神遊天外呢。他也不好出聲，就拍了拍兒子的肩膀，路上說：「我曉得你這些日子能坐得住念書不容易，今日過節，便給你放兩日假，正好跟著你穆叔瞧瞧這買賣房子的程序，知道些庶務。」

「是。」穆永寧胡亂應了，完全沒有一點雀躍。

穆靖之只以為兒子是對這些不感興趣，就說：「你之前不是還下過田種過地？這買賣交割的事情也該知道一些，將來說不定就會遇上，不要總是不耐煩。你看何家那姑娘，比你還小好幾歲呢，事事妥當，比你強得多了！」

本來是敲打一下他那皮糙肉厚的兒子，卻不料兒子老老實實地回了一句「她確實很好」，穆靖之難得地沒有話說了。

何貞不知道背後的人來了又走了，和父母說完了話，就帶著弟弟妹妹回了何家院子，去堂屋吃團圓飯。

對於二房的敵視和三房的無視，何貞不在意，明輝明義也不吱聲，飯菜端上來就挑了素的吃，正好讓明忠明孝兩個跟明昊爭魚爭肉。

直到飯後端上了月餅，聽說是何貞做的。陳氏終於給了何貞一個正眼，讓她多拿來些，自家過完節帶走。何貞拒絕了，話趕話地說了三叔見了她假裝不認識的事。

明昊聽說沒有月餅，脾氣上來，奔到明輝面前，伸手就去打明睿，嘴裡道：「不給我月餅吃，我就打你們！」

明輝已經被剛聽到的事氣得夠嗆，這會兒明昊又來打自己弟弟，他可不慣著這小霸王，一側身子躲了過去。明輝順手又推了明昊一把，一下子把他推倒在地。

明昊躺在地上嚎啕大哭。

李氏自然是火上澆油，唯恐天下不亂，陳氏更是尖聲叫罵。

何貞站起來，帶著弟弟們就往門口走。不想好好說話，那就不說好了。不過是看在中秋節的分上，如今這樣，自然沒必要再待下去了。

「站著！」何老漢一眼看見，越發不悅，叫住了他們，這才轉臉看著何二郎。「老二想辦法，給明輝五兩銀子，往後東廂房就歸你。」說完，他又對明輝道：「明輝，什麼時候你二叔給了你銀子，什麼時候你們就搬走。往後我就不管了，你可知道？」

明輝心裡堵著氣，悶悶的道：「知道了。」一轉身拉著明義就走。

何貞出來的時候，聽見陳氏在她身後嚷。「爹，你怎麼這麼偏心，這個院子也有我們三房一份呀！」

何老漢第一次直接對兒媳婦。「那妳出這五兩銀子，房子就歸妳！」

身後安靜了。

何貞抬頭看著藍得發黑的天空，長長吐出一口濁氣。

在院子裡站了一會兒，她回到房門口的時候，聽見房裡明輝的聲音。「大姊為了咱們，不知道受了多少委屈呢，咱們可不能忘了！」

明義就說：「嗯，大哥，咱們往後一定要對大姊更好更好！」

何貞低頭笑了。付出的人在付出的時候是沒有想過回報，可是真的得到回報的時候，誰會不覺得幸福？

節前就約好了，明天要到黃里正家裡立書契，然後上縣衙過戶，所以回了屋，何貞把提前託陳娘子換的錢交給明輝。當一張五十兩四海錢莊全國通存通兌的銀票和一個十兩的銀錠子擺在面前的時候，明輝有些不知所措，說話的聲音都飄起來。「大姊，這麼多錢？」

何貞又遞了一個荷包給他。「你把這些錢收好，明天到了里正爺爺家裡，就當著里正爺爺的面交給穆叔，然後寫個書契。剩下這些散碎的銀子和銅錢，你留著到縣衙裡用，不明白的就都聽里正爺爺的，記住了？」

明輝小心地捧著錢，收到自己的書包裡，用力點著頭。「我記住了，大姊。」

「大姊，明天妳不跟大哥一起？」明義問。

何貞搖頭。「明天我還得擺攤子呢！你別忘了，你大哥是戶主，他去辦才是應當的呢。」

「可這些錢都是大姊賺來的。」明輝低頭說。

「別想那麼多了。怎麼，你有了宅子，還會把大姊攆出去啊？」何貞拍拍他的手。「有功夫想這些有的沒的，不如去幫我和麵來，咱們還借著些老外債呢，早點還完了才好蓋房子。」

鹹鴨蛋還得等些日子，月餅沒得賣，可是有油有麵，何貞決定炸麻花。她沒有金手指，可是只要勤快，日子就一定能好起來！

剛過了中秋，大概家家都有些月餅存著，所以何貞的小麻花賣得沒有特別火爆，不過也不是不開張，而且麻花一天賣不完第二天再賣也行，何貞倒不是特別著急。只是到底心裡惦記著過戶的事，東西一賣完，就急匆匆的回家了。

到家的時候天色還早，明輝幾個人都還沒回來，可是何貞買了穆家老院子的事已經在村子裡傳開了。說什麼的都有，而她剛走到村口，就被人拉住問東問西的。村裡有人在碼頭上打工，也有媳婦娘家是鎮上的，都見過何貞擺攤子，倒沒人懷疑她的營生，沒什麼不三不四的話，只是對於何貞能賺錢還是眼熱的。何貞也不瞞著人。「有一半的錢都是借的哩，還有賠我爹的錢。我才能賺上幾個？而且就這僅夠院子錢，一時半會兒的也沒錢蓋屋哩。」

就說她也沒那麼大本事麼，好多心裡不服氣的人家聽了，便覺得平衡多了，回頭又說何貞一個半大孩子不容易。

架上火，煮著豆子，何貞一邊準備下午炒豆沙餡，一邊等著明輝的消息。

明輝這邊其實挺順利的。

穆永寧正站在穆江身邊呢，只看到了明輝，就小聲問他。「你姊呢？她怎麼沒來？」

明輝把銀票和銀錠子拿出來，說：「我姊擺攤去了。她說這事情是我的，要我來辦。」

穆永寧也明白這個道理，只是心中失望得很，情緒懨懨地瞧著他們辦手續。

穆江在看到銀票和亮閃閃的銀錠時，還是很吃了一驚。倒不是因為銀子本身，他過手成千上萬兩銀子的時候都有呢，這些根本不算什麼，只是沒想到鄉下的孤兒能拿出來。「陳家錢莊的銀票？」

明輝抿唇道：「是我大姊去換的。我娘和我大姊跟陳記貨棧的掌櫃娘子相熟，專門兌換的。我大姊說，拿碎銀子是給你們添麻煩。」

穆江原本也沒有輕視孩子們的意思，這會兒越發覺得孩子上道，也不多說，就拿出了擬好的書契。上面穆靖之已經簽了名字，明輝接過來，認認真真看了一遍。他知道自己不是很聰明，就算穆家不至於誆騙他們，他也還是一條一條地邊看邊想，覺得確實沒有問題了才簽了自己的名字。

等黃里正也在見證人那裡簽了字，這份房屋買賣合同就算是簽好了。穆江得了東家的囑咐，親自趕著馬車，載了明輝和黃里正去縣衙過戶。這個過程裡，明輝顯得有些生澀，不過並不怯場，在黃里正的幫襯之下也辦得有模有樣的，作為一個從沒進過縣衙的鄉下孩子，已經算是很不錯了。

穆江看著，也明白為什麼自家老爺會對這家的孩子另眼相看。所謂莫欺少年窮，對於前途可期的孩子，他們這些人總會伸手拉一把。

拿到了蓋著官府火紅大印的地契，明輝不激動是假的，只是他算是個比較少言的孩子，就看不出什麼得意忘形的樣子。回了村裡，他下了馬車，向穆江和黃里正作揖道謝，言行一直都很得體。可是他往村裡跑的路上，還是沒忍住，站在穆家老院子外——哦，現在是他家的院子了，往裡面看了好一會兒。

不遠處的穆江看著這一幕，忍俊不禁，跟黃里正拱了拱手，客氣告辭。回頭進院子的時候，發現穆永寧還是蔫頭耷腦的，一副沒精神的樣子，便拉了他的袖子，笑著問：「少爺，是不是覺得特別無聊？」

穆永寧點頭又搖頭，還是不說話。

所以跟穆靖之報告了院子已經交割完的事情之後，穆江就多提了一句。「我覺得少爺最近像是有心事。」

穆靖之是個心細的人，之前沒留意兒子，一時沒發覺，可從昨天起他就注意到了兒子的異常，自然也就瞧出了幾分端倪。可是沒有確定，他也不好挑明，於是點點頭。「我會注意的，無妨。倒是何家，院子賣給了他們，我們就不要做別的了，都看他們自己。」

穆江應了，退出書房，只留下穆靖之一個人坐在書案後面，微微笑起來。

兒子那點心事，他這個當爹的一開始是沒往那上頭想，可這前後聯繫起來一看，那就再明白不過了。

兒子滿了十三周歲，要是在京裡還真就是該開始相看人家了，甚至好多人家這麼大的孩子屋子裡就放人了，他有點什麼想法也是正常。

那小丫頭還是個孩子呢，可不是那種心大的丫鬟之流，且人家一門心思放在弟妹身上，也沒見有多待見自家的兒子——恐怕寧兒心裡也有數，這才光自己瞎琢磨，可又不敢往人家身邊湊。只要兒子行為妥當，他是不會採取什麼行動的，少年情懷總是詩，有這麼一段經歷也不是什麼損失。

退一步說，真要是幾年以後，兒子還是這個想法，他就真聘何家丫頭當兒媳婦也沒什麼不好。反正自家現在也是平民百姓，而那個孩子，自己夫妻都挺喜歡的。

於是穆永寧自己都不敢面對的小心思，就在他不知道的時候曝光在老爹面前了。老爹不光知道了他的心事，還連以後都想到了。

第二十二章

何家院子裡，何貞姊弟幾個卻彷彿過節一樣，在屋子裡歡喜地圍成一團。

何貞把剩下的錢收起來，跟明義一起看著明輝帶回來的地契，最後慎之又慎地收在爹娘從前放貴重物品的匣子裡。那裡現在還有五兩銀子。

激動過後，何貞開始安排任務。「明輝，你明天拿些我做的點心，我給你留下錢，你再去黃大叔那割五斤肉，去趟咱姑家，看看咱姑，也問問咱姑父，要是咱那個院子要起宅子得花多少錢，多長時間能完工。」

這些事家家都是男人做的，何貞也有意培養明輝獨當一面的能力。

姑姑何氏對自己姊弟幾個一直很疼愛，雖然不常回娘家，可是每次來都會單獨給明義幾個錢，或者給他們捎些果子什麼的。姑父許三郎也是個厚道人，只是許家莊離何家村有些遠，來往不多罷了。許三郎的爹是泥瓦匠，會蓋屋，四鄰八村的蓋房子幾乎都找他們父子，也是因為這個緣故，何氏嫁過去的日子過得也還不錯。

何貞收了攤回家，過了一會兒明輝才回來，還是姑父許三郎趕著騾車送他回來的。他來實地丈量一下院子，好確定用多少石料泥坯以及工期。

何貞和明義抱著雙胞胎，跟著一起去了村西的院子。穆家人應該確實是不大在意這個院子的，都沒有修整過，原本的木頭籬笆稀稀拉拉的，好多已經朽壞，院裡的草棚子也塌了，倒是好收拾得很，平平整整的一個大院子，把草一除就能開工。

因為沒有銀子，商量之後就決定，院牆先壘起來，然後蓋三間正屋和倒座，都蓋磚瓦的。再就是修廚房和茅廁。因為孩子怕冷，何貞想盤土炕，許三郎認得盤灶盤炕的人，便說可以找來連廚房的大灶，並堂屋的小爐子一起裝了，這樣連材料帶人工，怎麼也需要六、七十兩銀子。

這已經是盡可能的往節省處算了，可這麼大一筆錢，何貞拿不出來。要到秋收之後開工，也就還有一個月的時間，十幾兩銀子或許是可以的，七十兩銀子她是真沒有，也沒法再借了。

可是她不想讓弟弟妹妹在何家院子裡委委屈屈地過年了。

她咬咬牙。「姑父，您回去費費心，開始備料吧。秋收之後咱就開工，工錢啥的該怎麼算就怎麼算，都聽您跟您家姑姥爺的。盤炕的那家的事，我就託付給您了。來上工的早飯我家就不管了，管一頓晌飯和一頓下午飯。」接著掏了掏荷包，取了五兩銀子出來。「這就算定錢吧。」

女婿上門，自然是不能不回何家院子的，只是畢竟是有事，稍微坐了坐，把蓋房子的安排說了，約定九月底開工，許三郎就趕回家去了。

何家院裡的大小眾人自然是各懷心思。

李氏不陰不陽地道：「他大姊就是個能人，這麼大的事說辦就辦了。」

何二郎瞪她一眼。回頭這幾個小的房子都蓋了，他那五兩銀子能還拖著不給嗎？

何老漢的心情十分複雜。對於幾個孩子不再受管這個事實，他是很不甘的，也很憤怒，可畢竟是自己的孫子孫女，如今能想法子蓋新屋了，這是置辦家業的大好事，他又覺得有些得意。誰家的後輩有他家的出息？

幾個孩子為了銀子發愁了一陣子，何貞寬慰了弟弟們，再想別的辦法。

雞蛋灌餅跟煎餅果子的生意一直不錯，手抓餅的生意見漲，尤其是她加了蔥花之後的蔥香餅非常受歡迎。而且這些東西不需要碗筷坐下來吃，她做起來也省心。小吃這塊，小麻花賣得一般，利潤太少，一天也就只多賺個十文八文的樣子，她就打算放棄了，改賣豆沙餅。雖說紅豆綠豆四罈那裡也不好淘換，都要去糧鋪裡買，可是她一次買得多，價格也好談，或者還能要些高粱米當添頭，回家也可以煮個飯吃。

至於小菜這一塊，因為鹹鴨蛋還沒有醃好，她決定做炒鹹菜來當配菜。她要炸薄脆，剩下的油多，除了做手抓餅和炒豆沙，留出一點來炒鹹菜就夠了。蔥花熗鍋又過了油的鹹菜絲又香又鹹，十分下飯，她賣得也不貴，一文錢一勺，捲在饅頭裡，就是碼頭上扛包的窮人也願意買了來下飯。

調整過後的成果還是不錯的。她背簍裡放了五十個雞蛋，再加上幾十張餅和二十個豆沙餅，手裡挎著醬料配菜，過了中午還是一口氣都賣光了。短時間內沒有更好的辦法，何貞著急也沒用，只想著能攢一點是一點。

忙忙碌碌就到了月底。明義學會了蒸蛋羹，兩個小傢伙一人一頓就能吃一個雞蛋，再配上羊奶，還有米湯菜糊什麼的，壯實了不少。在何貞的有意引導下，也開始在床上爬了。不過好笑的是，一向比妹妹愛動一點的明睿偏偏懶得爬，一讓他爬了就撅著個小屁屁不動；反而是不大好動的妹妹很聽話，雖然有些笨拙，可讓爬就爬上幾步。

現在何貞就看出來了，這個妹妹是個乖巧聽話的，反而這個弟弟恐怕是個調皮的。不過呢，不知道是不是被明義帶大的緣故，這個小傢伙還算是聽明義的話，她和明輝都沒辦法的時候，明義出馬，小調皮立刻就聽話了。

進了九月，何貞就有些緊張了。過些天就秋收，秋收之後她家的院子就要開工了，錢可真是個大問題。

考慮著要蓋房子了，這幾天，明輝跟何貞晚上吃了飯去院子裡割草開荒，等姑父他們來了就可以直接幹活了。

白天慢慢地短了，何貞也不敢耽誤，下晌早早做了飯，等明輝回來吃過就匆匆忙忙趕過去。不知是不是明輝在學堂裡的時候說了什麼，除了第一天以外，後面的幾天，何文每天都過來幫忙。雖說是半大的孩子，可是割草翻地撿柴火，哪個都是農家孩子常做的。

如此幹了兩天，就引起了穆家人的注意。也不是盯著他們，而是兩個院子畢竟是鄰居，鄉下人家，就說穆家大宅是高門大院吧，也不過是相對而言的，幾個孩子邊說笑邊幹活，自然就被穆家人聽見了。

旁人倒還好，穆永寧就有些坐不住了。匆匆放下飯碗就往外跑，他跑出去了，長安自然就跟了上去。

何貞做起這些割草的活還真不行，所以就跟在明輝他們身後，把割下來的草裝進筐裡揹回家，然後再回來裝。

穆永寧到的時候，第一筐草剛裝了大半。他好些日子沒見著何貞了，這會兒再見就覺得她長高了不少，不大像個孩子了，當然離大姑娘也還遠著呢。漸漸沈下來的暮色柔和了線條和輪廓，何貞看上去更好看了。

隔了一個多月，這會兒總算是能壓下混亂的心跳，用跟平常一樣的語氣跟何貞打招呼了。「你們這是幹啥呢？」

對於很久沒見到穆永寧這件事，何貞一點也不覺得怎麼樣。她每天都忙得很，穆永寧也得在家讀書，哪可能經常見到？不過猛地碰上了，她也覺得穆永寧的個子又躥了，因為還在長，就格外顯得瘦高瘦高的。當然見到他，她還是挺高興的，就笑著回答。「我們開荒呢，草割回去餵羊，那些不能要的木頭啥的正好可以當柴火。」

何貞一笑就更好看了。

穆永寧趕緊挪開視線，深吸口氣，才走近了，伸過手來。「行了，妳看妳那點力氣，我來吧。」說完就後悔了。他怎這麼不會說話呢？明明是想幫忙，說得就跟嫌棄何貞似的。

好在何貞也知道這個小夥伴是個不太會說話的，一點也沒多想，只是擺手。「得啦，知道你是好意，不過回去讓人瞧見了還不知道會說出些什麼呢，我可不敢使喚你這個大少爺幹活。」

「什麼大少爺啊，妳取笑我吧。」穆永寧有些鬱悶。他只是想幫忙，不想讓她一個小丫頭那麼累，可還沒有機會。

長安瞧著，就連忙道：「我送過去吧，少爺你跟何姑娘跟著就是。我是個下人，碰上了搭把手是應當的。」

何貞還想說，被穆永寧截住。「那就這樣吧，這都不讓，妳還當不當我是朋友啊！再說妳送去的吃的，他可沒少吃。」

這樣何貞就不好再推辭了。

那邊，何文正和明輝說著過生辰的事。因為好多年沒見過雙胞胎了，所以接生的三奶奶對當年何貞兩個的生日記得挺清楚。鄉下孩子是沒人慶祝什麼生辰的，何文也不過是說「原來你是九月初五的生日啊，那比我也沒大上一年，我是春天的生日」這樣。

穆永寧聽著，就問：「妳要過生辰了？」

何貞都忘了，這麼一說也想了起來，一邊拿小鋤頭翻草根一邊隨便應了。「唔，是。」

穆永寧就問：「那妳想要什麼生辰禮物？」

他這麼問，也是因為明義這孩子還真挺狡猾，偶爾確實會去問他一些讀書的事，可是他一問起何貞的事，這小破孩子就是一問三不知，所以他一點也不知道何貞喜歡啥討厭啥。

何貞搖頭。「要啥禮物啊，擀個麵條吃就行了，小孩子家家的過啥生日。再說我家忙著呢，回頭秋收完了，我家就要蓋房子啦。」

「那不是還早嗎？」穆永寧覺得心裡酸酸的，這小丫頭十歲的整生日也不當回事，還得忙著。

「不早啦，我連蓋房子的石頭錢都沒有呢，得抓緊時間賺錢呀！」穆家還是沒窮到底，這位不是大少爺了也還是小少爺，就沒有「缺錢」這個概念。

穆永寧確實很驚訝。「啊，那可怎麼辦？妳差多少？」他當然知道何貞生活貧困，怕是沒錢，只是剛才一時沒想到而已。

何貞也沒說。「我努力攢，能攢多少是多少，剩下的不行就先賒著，再不行就借唄。」

「妳家什麼時候開工？」穆永寧沈默了一會兒，問道。

這個倒沒啥不能說的。「還不知道呢，許是要月底了吧。我姑父家就是做這個的，他們備齊了磚瓦會給我消息的。現在大夥都要忙秋收呢，也顧不得呀。」

長安揹著空了的筐回來，臉色有些奇怪。不只是何貞注意到了，穆永寧也瞧了出來，一邊彎腰往筐裡堆草，一邊問他。「你這是怎麼了？」

長安糾結了一下，最後只說：「何大姑娘，你們搬出來是對的。」真沒想到，她的叔叔嬸子在家那麼詆毀姪女，雖然關起門來說得很小聲，可他也聽見了。就連孩子賺錢他們也眼紅，還盼著別人倒楣，這都什麼人哪。

天色黑透了，何貞就招呼明輝他們回家。何文住得不大遠，跟何貞說了一聲就跑回家去了。明輝揹著筐子、提著鐮刀，不叫何貞伸手，看在穆永寧眼裡才算是順眼許多。

因為穆永寧說了，何貞也就留意了一下過生辰的事。畢竟除了她，還有明輝也是明天生日呢。早上早一步起來，急急忙忙擀了麵條，做了雞蛋滷，算是給自己和明輝都過了生日。

明輝說：「姊，起那麼早做這個幹啥？小孩子過啥生辰，咱們也不是財主家的孩子。」

「一碗麵條罷了，快吃吧。」何貞看看天色，生怕耽誤了明輝上學。

穆太太微笑著說：「好孩子，是我的不是，不知道妳過生辰。這臨時趕出來的衣裳，針線粗糙，妳別嫌棄。另外一本字帖是給妳兄弟的。」

過了兩天，她在家炒豆沙的時候，穆太太登門了。這次陪著她的是羅嫂子。兩個人還沒進門，就在屋外頭遞了個小包袱給她。

何貞連忙擺手推辭。

穆太太就說：「長者賜，可不能辭。知道妳這個孩子不占人便宜，妳放心吧，就是一般的棉布料子。妳看，我們寧兒過生辰，你們不也送了禮物？」

何貞再拒絕就矯情了。她屈膝謝了，叫她們稍等，她回屋放下東西，好把包袱皮還回來。只是回來的時候，另外添了一碗炒好的紅豆沙和一碟子豆沙餅。「是我剛做的，您嘗嘗。」

「這孩子，倒偏了妳的東西了。」穆太太笑笑，示意羅嫂子接過來。想著昨天兒子吞吞吐吐要錢的樣子，她看著何貞的目光越發意味深長。

何貞送走了穆太太，回屋繼續幹活，忍不住回想剛才的情形，覺得有哪裡怪怪的。穆太太對她沒有惡意，這點她還是能感覺得出來的，可是打量她的目光裡又偏偏多了點什麼，讓她琢磨不透。想來想去沒個頭緒，只能說，果然不是一個階層的人，想事情就是不在一個頻道上吧。

那身衣裳何貞也看了，確實是普通的棉布衣裙，不過是夾的，過些日子天一涼正好穿。但是因為繡了花，何貞就收了起來，等蓋新房的時候穿穿，現在她還是穿長褲長褂就好了，幹活方便。

月底的時候，姑父那邊捎了信來，說是因為秋收，還有些瓦沒得；查了日子，就拖上幾天，等到十月初六正式開工，預計幹到十月底，十一月上凍之前就能搬進去了。

這些何貞並沒有什麼異議，又去跟五叔說了一聲，這樣今秋的豆子就先不急著送，等新屋蓋好了，直接送到新屋那裡。五叔聽了蓋房的准話，就說到時候一定去幫忙，還叫五嬸去幫著做飯，何貞沒拒絕。

想著之前何四嬸說過她家也要翻蓋房子的事，何貞就在一次拿雞蛋的時候問了一嘴。何四嬸卻說生意忙活著，暫且顧不上，打算明年多攢些錢再動工，還主動把臨時不用的銀子借給了何貞。

她不方便跟人說豆腐乳的做法是何貞教的，怕給她招來麻煩，可也逢人就說，自家能把東西賣到鎮上，那是人家鎮上的鋪子看著何貞和她娘的面子。她是個通透人，知道自家掙了錢，怕別人眼紅，所以能在村裡收的糧食什麼的她都敞開收，價格給得也好，總之是儘量讓大家都沾些光，如此才好過安穩日子。

何貞確實是錢不湊手，明白何四嬸的意思，也沒推辭。現在她兩家除了堂叔姪的關係之外，也算是生意上的合作夥伴，有些銀錢往來無妨。

十月一，送寒衣，是燒紙的日子。何貞帶著弟弟們在家門口給父母燒了紙，這次都沒有太傷心了，也許是新生活就在眼前，有了希望，人就不會沈溺在悲傷裡了。

蓋房子是大事，何貞初四這天就聯繫了黃屠戶，給幹活的人加肉菜。她和明輝專門跟何老漢說了蓋房子的事，何老漢就叫何二郎也去幫忙，他則到時候去那裡鎮著場子。當然，李氏也被打發了來幫忙做飯。

早就知道何老漢好面子，他要去坐鎮，何貞其實也歡迎。這個年頭，有個長輩在還是妥當些。

至於何二郎兩口子，她其實真心挺無語的。紅眼紅得都成了檸檬了，家裡家外地，酸話不知道說了多少，可到了這個時候，又拍著胸脯保證出力，成了愛護姪子姪女的好長輩了。還是明義一句話說到了點子上。「人來瘋呢，那麼多外人在場，要好好表現吧！」

她也懶得想了，反正只要是來幫忙的，她都按天給工錢，不論是二嬸五嬸這些做飯的，還是二叔五叔這些幫著出力的，只要來了，一天就是二十文。

這個時候就看出何大郎生前為人好的好處來了。秋收結束了，村裡他們這一輩的漢子多數都來了，有看著人多雜亂的，還商量好了輪著來，果然是人多力量大，工期趕得就十分快。

何四叔夫妻生意忙，實在是騰不出手來幫忙，不過頭一天開工就送來了二十斤豆腐給大夥添菜，也看得出他們跟何家大房的關係親近。

穆靖之因為是近鄰，也時常過來。他自然是沒動手幫忙，何家也不敢用他，不過他在這兒跟何老漢、黃里正和三爺爺幾個說說家常，也是讓何家人漲面子的事。尤其是他態度親和，說話也沒說文謅謅的，就跟村裡普通人家的中年人一樣。可是人家通身的氣度在那裡，也沒人真的去冒犯，只是真切知道，村裡確實是有了一個穆老爺，是個有二十畝地和一棟四進大宅子的地主。

穆永寧就更是常來了，帶著長安跟村子裡的少年一起，幫著撿柴火打下手。反正他爹娘都說了，不能再當自己是個公子哥兒，那該幹活就幹活唄，正好他樂意得很。

第二十三章

李氏要出風頭，就很盡力，五嬸又是個和善的脾氣，除了幹活，什麼都不爭，自然就沒出什麼岔子。何貞看著廚房裡十分穩妥，也放了心，又找出了之前買來準備做茶葉蛋的茶葉，泡了茶水端到院子裡，讓何老漢和三爺爺這些長輩喝茶嘮嗑。作為一個工地上做後勤保障和總協調的人，何貞忙得不可開交，自然也沒顧上去擺攤。

穆永寧一開始挺興奮的，天天都跟著何文他們一幫子村裡的少年來幫忙，倒是和他們混得挺熟。可是何貞太忙了，總也搭不上話，又讓他很失望。

明義不大過來。他現在要帶三個孩子，雙胞胎加上五嬸家的小何剛，幾個孩子都到了會爬的時候，在床上熱鬧得很，他一直小心護著，生怕誰摔著碰著。

這陣子家裡忙忙亂亂的，明輝就有些心思浮動。可是何貞早有預料，打了預防針不說，還給他分派了任務，上學的時候好好上，下了學就去挑水、砍柴火，上工地上幫忙搬磚頭，只要出了力就可以了，不能讓家裡的事情耽誤學業。

接連幹了幾天，每天累得倒頭就睡，明輝倒是沈下心來了。至少何貞翻看他功課的時候能看得出，他的字有了長進，學的書也比以前又艱深了。

這會兒人來人往的，也就讓不少人看見了，何家姊弟果然在認真守孝，大鍋的肉菜幾個孩子誰都不吃，就是吃饅頭青菜，最多吃個雞蛋，又讓不少人誇獎他們孝順。這些東西何貞不在意，可她知道，這樣的名聲對弟弟們的將來都有好處，自然樂意傳出去。當然，何老漢再次收穫一波羨慕，讓他難得地對著何貞也有了笑臉。

這天因為要上大梁，男人們都去了新院子。李氏是個愛湊熱鬧的，也跟著去了。廚房裡只有五嬸在炒菜，一時沒水，何貞見了，連忙出門去擔水。

穆永寧看了一會兒上梁的儀式，沒看到何貞的身影，就來找她。遠遠看見她挑著水桶就大步跑過來，一把抓了她肩上的扁擔，不容反駁地說：「妳待著吧，我去挑水。」

何貞有點呆滯，不知道大少爺這是鬧哪樣，等看著他微微有些臉紅了，才反應過來。這是穆永寧看她人小力弱，想要幫忙呢。她笑著說：「你知道井在哪嗎？我跟你一起去吧。」

穆永寧正懊惱呢，好不容易能跟何貞說句話，結果自己一張嘴，就叫人家在原地等著！他追過來，去挑水，人家在原地等；他一個人把水挑回來，她回家，他滾蛋了，蠢不蠢？要被自己蠢哭的穆永寧聽了何貞的話，只覺得何貞果然是個好姑娘，這善解人意的！

他先是四下看看，覺得畢竟是當門當街的，不是說話的地方，就叫何貞帶路，去村裡的水井處。

這還是他恍惚明白了自己的心思之後，第一次真正意義上的跟何貞單獨相處。嗯，長安都被他甩開了！

他絞盡腦汁找話說：「今天妳家上梁，妳怎麼不去？」

「那是男人的事啊。我家明輝請了一天假，過去了，再說還有我爺爺跟我叔叔，我一個女孩子，不上那個場合。」何貞答得坦然。世情如此，沒必要憤世嫉俗來個男女平等。

穆永寧倒是替她不平。「這裡裡外外都是妳張羅的，結果妳還上不得場合，這叫什麼事！」

何貞看他那樣子，覺得有趣，就笑起來。「你可真有意思，我都沒覺得不公呢，你倒氣呼呼的。」

又來了，就是這樣的笑，看著就像會發光一樣，讓人心都跟著熱起來。穆永寧看她一眼，轉開了視線，可是忍不住，又轉頭看她一眼。

何貞以為他是嫌自己不知好歹，連忙解釋。「這些都是形式，我不在意的。」

「妳很累吧？」穆永寧已經學會了從井裡打水，提好了兩桶水之後，他們往回走，好一會兒他才問。

「嗯？不累啊，這不你幫我幹活麼。」何貞沒反應過來。

穆永寧笑了笑，覺得她偶爾這樣慢半拍的樣子特別有趣。「我說妳這陣子很辛苦吧，妳看妳瘦得，都不長個子了。」

這年頭，說女孩子瘦是好話，說人家矮就不是了。這破孩子，還是這麼不會聊天。

何貞吸口氣，不跟小孩計較，儘量回應他的善意。「還行吧，過日子嘛，哪有不辛苦的。」

到了家，穆永寧好人做到底，想著自己不算是串門子，就往裡走了幾步，把水桶裡的水倒進缸裡，才掏出袖子裡的荷包。這個荷包他都揣了好多天了，今天總算有機會送出去了，塞到毫無準備的何貞手裡。

碰到了何貞的手，她還沒什麼反應呢，穆永寧就慌得不行，小聲說了一句「算我借妳的」，就飛快跑掉了。

院子裡沒人，五嬸在廚房裡「嗞啦嗞啦」炒著菜，何貞無語地看著手裡的素面荷包，裡面像是只有一張紙的樣子，腦子裡冒出一個詭異的念頭：這難道就是傳說中的私相授受？

她搖了搖頭，進了屋裡，打開一看，是一張五十兩的銀票，也是陳家的四海錢莊裡出的。當然不是自己給的那一張，這一張新多了。

「大姊，這是怎麼回事？」明義盯著幾個孩子，一開始沒留意院子裡的情況，後來何貞沒說話，他就下意識看了一眼，也認出了這張銀票。

不應該借穆家的錢，可是現在她真沒地方找錢去。何貞嘆口氣，把銀票收了起來，說：「明義，幫我寫張欠條，回頭送去給……給長安吧。」她不知道穆永寧這錢是哪裡來的。把欠條給長安，是覺得他怎麼也比穆永寧大一點，看著也是有分寸的，估計會妥善處理。如果穆家大人知道，那就是表示個態度，如果他家大人不知道，那就更要避嫌了。

上了大梁，沒過幾天，十一月初三這天，何貞家的新宅子正式完工了。全磚石的院牆和房子，又用泥抹了一遍，十分結實。許老漢說，這也就是沒蓋全，要是廂房後罩房什麼的都該齊了，那可是一般的財主家都比不過的，一般過日子，住個幾十年保證一點事都沒有。

何貞不懂這些，不過看三爺爺和自家爺爺都十分滿意的樣子，就知道工程品質應該是可以保證的。尤其是土炕，試著添柴燒了一下，非常暖和，煙道也順暢，正好還幫著烤了烤屋子，能更快搬進去。

既然一切都好，那就是該算帳的時候了。幫工的蓋屋的盤炕的，所有的銀錢都要結清。

等大家都散了，三爺爺才問：「丫頭，妳這借了不少吧？」

「不瞞您說，我借了有差不多一百兩呢。」何貞點頭。「往後掙了錢我再慢慢還。」

三爺爺看了兄弟一眼。何老漢的表情有一瞬間尷尬。三爺爺嘆口氣，沒法說什麼。

李氏在一邊，聽著何貞說欠了那麼一大筆錢，頓時剛冒頭的酸勁兒也沒了。還以為是多大本事呢，好傢伙，借債的本事啊！

何老漢就說了。「新屋蓋了那就得住，過個十天半月的，這屋乾透了，你們就搬過來。老二，銀子趕緊給明輝，正好明忠明孝大了，也有個地方住著。」

這次是再也拖延不下去了，何二郎夫妻只好東拼西湊地找錢。

何貞這一次可以說是傾家蕩產，這裡完了工，就立刻開始擺攤子，怎麼也得賺點錢，買些家什用才行。

因為何貞的娘嫁過來的時候沒有嫁妝，而且大房也沒什麼正經家具，何貞他們要搬家倒是挺容易，收拾了用得著的衣裳物件就是。何二郎留下了何貞他們的床，便額外給了二百文，十天之後把錢交到了明輝手上。

他們這裡熱熱鬧鬧地準備搬家了，穆家宅子裡，穆靖之夫妻終於談到了兒子對何貞的態度，交換了彼此的猜想。

「原來夫君也看出了兒子的心思？」穆太太有些驚訝。

穆靖之點頭。「只怕比阿茹發現得早多了。」

「那可如何是好？」穆太太拿不定主意。「我們要不要跟寧兒談談？」

「不妨事。妳不覺得，寧兒反倒是懂事多了？」也可能是早就把前前後後的事情想明白了，穆靖之並不像妻子那麼緊張。

說到兒子懂事，穆太太也是同意的。「也是。就說這次銀子這事吧，雖說也可能是他手裡沒錢了的緣故，可是他能來找我，明明白白跟我說，要跟我借了銀子去接濟何家那孩子，我就很滿意。我不管他是攢了零花錢還我，還是真的能等到何家還錢，至少他沒用那些偷偷摸摸的辦法。」

穆靖之就說：「這不就是了？且不說何家那個丫頭只怕還沒生出這些心思，要不怎麼會把借據交給長安？只怕人家就是借著長安的手給妳的。就說寧兒，雖說是為了那小姑娘，可也是坦坦蕩蕩跟妳說到了明處，這就不壞。阿茹，相信咱們的孩子吧。」

於是穆永寧那份只有老爹一個人看透了的心事，變成了爹娘共有的秘密。

明輝每天放了學，先繞去新屋，把炕洞裡塞上兩把柴火燒著，也點上堂屋裡的小爐子，再打掃打掃房子，然後回家吃飯；晚上臨睡了再過去看看，也不讓何貞費心思想新家的事。

如此這樣十天過去，十一月十五那天，幾個孩子搬了家。頭幾天，何貞就在鎮上的鎖匠那裡買了一把大鎖，還配好了五把鑰匙，準備姊弟幾個每人一把。現在他們家可以說是家徒四壁，自然是沒事，可是往後家裡總會有糧食家禽什麼的，萬一出了門，被村子裡手腳不乾淨的人給順了東西可就不好了。

何貞覺得，自家幾個孩子又是買院子又是蓋房子的，已經出了很多風頭，搬家就不要太高調了。又加上東西少，五叔早就說好了幫忙的，就拜託他用手推車幫著把鋪蓋和鍋碗瓢盆什麼的推過去就是了。他們姊弟幾個一人揹個包袱，抱著孩子牽著羊，一趟就搬完了。

至於糧食？蓋房子的那段日子早就吃光了，也已跟四叔說好了，現買十斤粗麵，等搬好了家直接送到新屋去。

因為給了錢，李氏連得了兩間房子的喜悅都大打折扣，所以先是學著何貞的樣子，把黃里正和三爺爺請到家裡，修改了分家文書，明確了東廂房的歸屬權變更，然後就在村子裡說何貞到處借錢的事。好像只有讓大家都知道，何貞其實完全沒啥能耐的，才能讓自己心裡好受些一樣。

這些都跟何貞沒啥關係，安頓鋪蓋，燒上炕，他們就算是在新家裡住下了。

因為要等著明輝放學一起，他們是吃了下晌飯過來的，這會兒倒是不急著開火。何貞看了一圈，羊拴在倒座的棚子裡，也挺穩妥，大門閂一插，有大約兩尺高的院牆，也基本上保證了安全，心裡安生些，就拉著明輝回了屋。

「大姊，這炕真好，不用湯婆子也暖和得很。」明義坐在炕上，看哥哥姊姊進屋，就笑著說。

「是吧？這樣今年冬天咱就不怕了。」別看忙碌了這麼久，何貞還真沒試過這炕，她坐下來，確實覺得熱呼呼的，這才放心。「對了，屋裡暖和，你們出門的時候可不許忘了穿棉襖，要不一冷一熱的，得了風寒可不是玩的。明輝看著火候，要是熱了就少添柴火。」

明輝自然答應著，又說：「大姊，柴火的事妳不用管，我下了學就去撿。水也等著我去挑就是。」

何貞想了想，家裡缺的東西太多了，別的零碎物件不說，水桶水缸、燒水的壺、洗漱的盆、桌椅板凳，還有廚房裡的用具都得置辦，特別是她想從吃的東西上賺錢，這些器具都不能省了。

她也跟兩個弟弟慢慢數算著這些，不管當前人們意識裡這些家長裡短是不是男孩子該管的，她都要跟弟弟們商量著來。就算她心裡有主張，她也要讓弟弟們一起參與，不能眼高手低不通庶務。從這點上說，她的觀念倒是跟穆靖之不謀而合。

明輝心思粗些，可是畢竟歲數大了點，男孩子對農家院裡幹活的一套知道得多。而明義雖然歲數小，可是心思細，又也讀過些書，想事情很周到，姊弟幾個有商有量的，也是其樂融融。

大門又被敲響了，明輝不叫何貞出去，自己去迎了五叔夫妻倆進來。他們是來送豆子的，除了應當給他們的三百斤豆子，他們還送來了半袋子豆麵，怎麼也約有七、八斤；還有二十個雞蛋和幾根蘿蔔、兩顆大白菜，可是不少東西。尤其是五叔家裡也不寬裕，便尤為難得了。最重要的是細心，想著他們天黑了搬家，專門打了一大桶水讓他們今天用。

何貞感激他們這份心意，又問了打家具的事，五嬸便叫她去找何文的爹，他會木匠，人品也好，不坑人。

跟五叔說好了，明年的地還是他們種，繼續種冬小麥，這才送走了五叔夫妻。何貞又讓明輝去四叔家一趟，問他們明天去不去鎮上趕集，如果去的話，她想買東西，能不能借用他家的驢車給捎帶回來。四嬸就回了話，說要去的，主要是送貨賣貨，回來車就空了，讓她要買啥只管買。

這天忙著搬家了，就沒準備第二天做生意的食材，何貞只好停了一天的買賣。不過在溫暖的炕上睡了個好覺，早上起來看到兩個弟弟也都睡得很好，精神奕奕，她就覺得，早點搬過來實在是太對了。磨刀不誤砍柴工，這話一點都沒錯。

把家交給明義，何貞現在很放心，到了鎮上就開始大採購，回程的時候裝了半車。好在她家現在就在村口，大門也修得很寬，驢車進來也很方便。

何四叔幫著把水缸推進廚房，趁著何貞往下卸各種雜物的功夫，提著水把水缸和新買的木桶沖刷了個乾淨，又給擔了半缸水過來，才停了手。

何四嬸把早就放在車上的一大塊豆腐和一遝豆腐皮給提到了廚房，又提進來四包點心和兩包白糖，說：「知道你們幾個戴著孝呢，我們也不過來吃妳暖鍋的飯了。這些給妳擱在這兒，妳做給幾個小的吃了添個菜也行，或者打個人情送個人也行。咱們娘們實在，可不興推來推去的啊。」

何貞應了，像是被四嬸傳染了一般，眼眶也有點發熱。

四嬸看見了，就摸摸她的頭，笑著說：「妳看妳，怎還越過越小了呢。往後日子過好了，不興這樣啊。」

下晌，何貞就帶了點心和雞蛋，先去了黃里正家，報備了自家搬家的事，也答謝蓋房子期間黃里正的照顧。黃里正現在完全不把她當個孩子對待了，正兒八經囑咐她。「往後好好過日子，教養好弟弟妹妹，旁的事都不要計較，有我跟村裡的長輩給你們做主。」

大概這段時間，黃里正又瞅見啥不滿意的事了，不過跟她無關。何貞得了這句話，毫無壓力地回去取了東西拜訪下一家——說是拜訪，也不過是站在人家門外說幾句話罷了。

家具也去何文家訂了。何貞覺得自己家總有攢下錢來的時候，現在也不必要做很多家具來打腫臉充胖子，於是就在何大伯帶著何文上門來的時候，只要了夠日常使用的桌椅櫥子這些。木頭也不用要很好，一般結實點就可以。

何大伯為人實在，並沒有勸他們多添置東西，算了算需要一兩半銀子，何貞覺得可以承受，就痛快付了錢，年前就能有得用了。

第二十四章

十一月十六是明義的生日，早上何貞就起來做了雞蛋滷的麵條，姊弟幾個好好吃了一頓。然後她拿出了兩套新的筆墨和兩還宣紙，給明輝和明義一人一份，這才出門去擺攤子。

身上背著巨額債務，何貞說沒壓力是不可能的。在古代當上了房奴，那滋味跟現代其實也沒兩樣。頂著有些刺臉的寒風往鎮上走，何貞只能靠小跑著來取暖。好在她的攤子上有個炭爐，一邊做生意一邊能烤火，也就沒那麼難受。

大冷的天，吃點熱呼的才舒服。所以這陣子，碼頭上的餛飩攤、麵攤什麼的生意都比以前好，點心零食的攤子就冷清一點。何貞也把紅豆餅現場過油再煎一遍，就著熱氣，甜香味散開，也引來了不少客人。

何貞在心裡給還帳的事情排了個優先順序。先還穆家的，雖然多，實在不行分筆還也可以，過年前總要先還一部分，畢竟人家跟自己家沒那麼熟，就算他們有錢，那也是人家的。

心裡揣著事情，何貞回到家，一時也沒注意到弟弟格外的精神。她提了扁擔去挑水，才發現水缸裡是滿的，這才回屋裡問明義。「早上你大哥挑水了？」

明義從炕上下來，到堂屋裡提了小水壺給弟弟倒水喝，說：「沒有，是穆大哥過來給挑的。他家院子裡有水井，離咱們家近，他一會兒就給挑滿了。」

穆永寧來了？何貞擰著眉頭想了想，放下扁擔去廚房做飯。

明義跟過來，有些為難地問：「大姊，穆大哥說咱們搬了新家，他過來看看新鄰居，我就讓他進屋了，還讓他坐了會兒炕，是不是不對？」

何貞搖頭。「沒有不對。雖說他在孝期裡，可是咱們別信那一套。咱們不上別人家去，讓別人不舒服就是了，可別人好心來看咱們，咱們可不許想歪了。」坐炕就更不是事了，家裡沒有板凳，總不能讓人家進來站著吧？

明義點頭，又問：「穆大哥說咱們的炕特別好，想讓他家也盤一個，還問咱家找的師傅了，我怎麼告訴他？」

「他們家裡不一定看得上這個呢。」何貞不大確定。「回頭你要是見了他，就說是姑父介紹的，咱也不認識。他們家如果需要，咱們讓四叔上那邊村裡賣豆腐的時候捎個信就是。」

何貞覺得穆永寧這只是一時好奇，也沒把這事放在心上。沒想到進了臘月裡，明義又跟她說：「大姊，穆大哥家裡也盤了炕了。他說他爹的身子不好，坐在炕上，咳嗽得比往年冬裡輕多了呢。」

這下，何貞琢磨過來了。「明義，白天我不在家的時候，穆永寧經常過來？」

「嗯。」明義點頭。「也不是天天來，就是隔天就過來一下，跟我說會兒話，還教我練字呢。我記得大姊的話，每次都請他喝水、吃點心了。」

這是何貞教孩子們的禮貌，如果有客人上門，要端茶上吃的。她怕孩子們長身子的時候餓到，就時常多做一些紅豆餅或者糖餅之類的東西放在屋裡，給明輝上學帶一點，也讓明義在家當零食吃。沒想到，穆永寧也沒嫌棄，看這意思還吃了不少。

何貞覺得這麼著天長日久的也不是個事，可也無法說不要讓穆永寧登門這樣的話。畢竟過去可以說是人家一直在有意無意地幫襯自己，她不是好賴不分的人，更時刻記得這份人情。可是越記得人情，越覺得不能越欠越多。她一邊包著包子，一邊琢磨這件事情。

本來想著犒勞一下弟弟們，何貞特意和了一團細白麵粉，準備包包子的，這樣就送到穆家好了。好在她本來打算自己吃粗麵的，也一樣發好了，倒是不耽誤吃。

自己生的黃豆芽，細細切了，再配上四嬸在自己建議下做出來的香乾。雖然是素包子，可也一樣味道鮮香。把新出鍋的包子用新買的細竹籃子裝上，何貞喊來明義，讓他送到穆家去，不要耽擱，趕緊回來，下一鍋包子就快好了。

明義很快就提著空籃子回來了。他知道送去的是白麵包子，現在自家吃的是粗麵的，不過他明白其中的道理，什麼都沒問，咬了一口包子，連聲說好吃。

穆家今晚的飯桌上就添了素包子。

「這是劉嬤嬤做的嗎？真好吃。」穆永寧拿起包子咬了一口，眼睛一亮。他也知道，羅嫂子是母親老家江南那邊的人，不大會做麵食，才有這麼一問。

穆靖之夫妻對視一眼。

這種安排伙食的事情，自然不歸穆靖之管，不過他素來心細，有了幾分猜測，又看到妻子微笑著點頭，就明白了。他故意道：「不過是平常的賤物罷了，也值得你這樣？」

「爹，您這就不對了。」穆永寧不服。「咱們現在早就不是錦衣玉食的時候了，這些鄉野粗食怎麼就不好了？您不是才說了，現在粗茶淡飯反而身子還更好了嗎？賤物怎麼了，好吃就行唄！」

穆靖之笑意漸濃。他是上過戰場的人，不過是因為傷病才退了下來，當然吃得了苦。就是書香門第出身的妻子，也沒抱怨過什麼，現在還時常下廚煮個粥炒個菜。他就怕兒子接受不了還要強撐，冷眼看了大半年，現在倒是徹底放下心來了。

「嗯，你說得很是。」穆靖之點頭。「下次見了何家姑娘，跟她說，我們都很喜歡，謝謝她。」

穆永寧正端著湯喝，一下子差點沒嗆死。

好一會兒才緩過來，穆永寧才耷拉著腦袋，悶悶地說：「我見不著她，沒法跟她說。」

進了臘月，河水封凍，運河上算是徹底停船了，何貞的買賣也無法再做，只好準備些別的東西，打算趕三次集，能賣幾個錢就算幾個錢了。

這也就罷了，臘月初三那天，黃里正叫了各家的男人去，說縣裡突然征夫，也就是勞役。新來的縣太爺說是要有一番大的作為，首先一條就是修整道路，擴建碼頭，就準備臘月和正月裡組織民夫出工。因為定得急，為了不耽誤春耕，勞力也要多，有十歲以上、六十以下男丁的家庭，每家都得去一個人，不去的每個人要交三兩銀子，官府再僱人。

這就看出分家的壞處了。明輝正好夠了歲數，他們這一戶，也就有了這麼一項勞役；如果沒分家，二叔去了，他自然就不用去。何貞嘆氣的時候，明輝卻說：「這也沒啥，我成了戶主，就得擔這事。要是不分家，爺爺和二叔都不去，非讓我去，我不也得去？」

「咱不去，姊給你交銀子。」何貞想來想去，還是捨不得弟弟去出苦力。

這次的工期是臘月初八到二十八，過完年初八再幹到二十八，一共四十天。雖然不像服兵役那樣有危險，可是最冷的天氣幹最沈的力氣活，官府管的飯也不一定能吃飽。實在沒條件就罷了，如今暫時不還債的話，三兩銀子能拿得出來。何貞不能讓弟弟去受那份累，正長身子的孩子，糟蹋了身子骨可是一輩子的事。

「姊！」明輝不同意。「我知道妳是疼我，可是旁人都能去，我為啥不能去？別糟蹋那些銀子了，咱家還背著那麼多債呢！」

「旁人都能去？你看看有幾個整十歲的孩子去的？那些債是我背上的，也不用你還！」何貞說著話，不知道為什麼就火氣很大。她想她是怨恨那位新來的縣令的，出這樣的命令，就是沒把農家的孩子當人看！同時更怨自己，別人穿越了就能有本事發家致富，可是她呢，折騰了一年，折騰出一身的債務！

從來何貞對弟弟們說話就沒高聲過，忽然發了火，明輝跟明義都有點呆愣。

何貞心裡難過，從炕頭拿了錢就跑出了門。

黃里正知道她愛惜兄弟，也不勸說，接了銀子，在名冊上做了記錄。可除了嘆口氣，他也幫不上忙。

何貞辦妥了這事，卻也沒感到輕鬆。一時覺得自己欠下了那麼多外債，其實也是給弟弟們帶來了負擔；一時又擔心弟弟們嘴上不說，可心裡未嘗不怨著她；一時又覺得自己沒用，改變不了父母去世的命運，也沒辦法快速發財致富，也是發愁，整整一個月不擺攤，她上哪裡去弄錢呢？

就像遇到了壓倒駱駝的最後一根稻草，她撐了一年的那股氣撐不住了，情緒低落得自己都控制不住，或許也是沒有力量控制了。

她一邊走一邊眼淚滴滴答答地往下掉，百般情緒像好幾隻粗糙的手，一起狠狠揉搓著她的心。

「妳怎麼了？」走到一半，她被穆永寧截住了。

何貞抹了把眼淚，看見是他，緊繃的身體鬆弛下來，低著頭繼續走路，低聲說：「沒事。」

穆永寧拉住了她的胳膊肘，皺著眉毛看著她。「這還沒事？哭得難看死了！」

「又沒讓你看。」何貞甩開他，走自己的路。實在是心情不好，她連一向小心注意的距離和規矩都顧不上了。

穆永寧也不生氣，反而覺得這樣挺好，這小丫頭不拿自己當外人。他跟上來，說：「我聽說了勞役的事。我家交了銀子，妳家也交了是不是？我上妳家去問這事，結果明輝說妳不高興了。」

何貞也沒說話。

「交了銀子就不用受苦了，妳還哭啥？」穆永寧接著問。

何貞吸口氣，儘量理智地說：「我還不上你的銀子了，本來還想頭年還一些的，現在不夠了。」

「咳，我當什麼事呢。又沒讓妳還，妳為這個就哭啊，真傻！」穆永寧笑起來，有點想捏捏她的臉，可是手伸到一半，不知想到什麼，又收了回去。

「不是這麼說的，我憑啥不還你的錢？那成什麼事了？」何貞立刻反駁。「你願意接濟我是你人好，可我不能拿你的！」

穆永寧剛想說「沒事，我又不急用」，就聽見她聲音低下來說：「可是我除了說大話，什麼都沒做到。我沒用。」

誰都不想當著人露出脆弱的一面來，可是何貞情緒惡劣到極點了。

面對著一直抽抽搭搭、現在忽然崩潰大哭的小姑娘，穆永寧手足無措。

他在這一刻真正感受到了這個小女孩承受的壓力，可是他不知道怎麼樣才能幫到她。

好在他們現在住在村子西頭，這會兒天黑了，更是沒什麼人經過。何貞哭就哭吧，他在一邊守著，也不會叫她出什麼事。

穆永寧看著小姑娘蹲在那裡，連哭都不敢大聲的樣子，明明心疼得很，卻不敢碰她，只好也蹲下來，在一邊陪著。

已經到了自家院牆外頭，何貞怕弟弟們出來找她，只把頭埋在膝蓋中間，用力地想要停止哭泣。可是哭和笑一樣，有的時候越想停下來就越停不下來。

總算在穆永寧都覺得腿有些發麻的時候，何貞緩過來了。她擦擦眼睛，扶著牆站起來。腿蹲麻了，一挪動就鑽心地疼。

穆永寧連忙站起來，想要去扶她，可是看著她靠著牆咬牙的樣子，又慫了，就那麼低頭看著她。要說原來覺得這小丫頭努力樂觀的笑臉讓他心動的話，現在她這張哭得一點也不好看又儘量撐著不再哭的臉卻讓他無比心疼。

他的內心戲很豐富，卻只憋出來一句。「妳別想那麼多，高興點，不然妳弟弟們難過。他們都不怪妳，是心疼妳。」我也是。

何貞仰頭眨眨眼，露出個淺淺的笑來，啞著聲音說：「嗯，我知道的。」不知道為什麼，這會兒不想說那些「讓你看笑話了」之類的客氣話。

何貞推門進了院子，穆永寧聽著高高低低地喊「大姊」的聲音，這才轉了方向，往自家走去。

其實現在這樣也沒什麼不好。穆永寧覺得，至少想跟爹娘說會兒話特別方便，不像原來，又是通傳又是請安的，還得打發了下人，一點都沒有一家子骨肉的親近。

回了家，穆太太已經看著晚飯擺桌了。

吃了飯，穆永寧看著自家爹爹去了書房，就溜到了正房裡，跟穆太太說了自己見到的情形，末了嘆息一聲。「我看著怪可憐的。」

穆太太心想，你那是憐惜，可不是憐憫。不過還是正色道：「你有惻隱之心，知道窮苦人家生活不易，這很好。古往今來的徭役兵役都是老百姓過不去的坎，不知道多少人家少了頂梁柱，日子過不下去。要不怎麼說『興，百姓苦；亡，百姓苦』呢。只是日子都要自己過，你再是憐憫，也沒法替別人過日子的。」

穆永寧點頭。「那是。她倔得很，誰的便宜都不沾的。」

「這樣，銀子的事情你跟她說，我不急用，咱們不逼她。」穆太太看著兒子那副心疼的樣子，既覺得好笑，又覺得心裡有些酸。這才多大點的人，就知道把別的小姑娘放在心上了。

這廂何貞回了家，明輝就拉著她認錯。「大姊，是我錯了，我不該那樣跟妳說話。」原本就懊悔得很，又被穆大哥訓了一通，他這會兒正無地自容呢。

明義靠在何貞另一邊，小心觀察著她的臉色。

何貞搖頭。「不怪你，也是我心裡有事，不該對著你撒氣。你別往心裡去。明義嚇到了？大姊保證，以後不胡亂發脾氣了。」

又反思了一次自己做法之後，何貞調整了家裡的分工。「明輝以後下了學除了撿柴火，還要帶著明義去推碾，多推些豆子出來。咱們緊巴點，少買糧食，往後就吃這個。衣裳不要下河洗了，太冷，就在院子裡洗，燒點水兌著，水也不浪費。回頭我去找五嬸要些菜種子，咱在後院種菜。過了年，你還要帶著明義上學堂呢。」

前面的話兩個弟弟都點頭應了，可是最後，明義不同意了。他說：「我在家自己讀書就是，大哥和穆大哥都會教我的。練字也是，在家練也是一樣的。我不明白的地方，穆大哥還拿回去問他爹呢！穆老爺的學問好得很，我覺得比陳夫子強多了。」

何貞有些發愁。在她不知道的時候，穆永寧到底照應了自己的弟妹多少？這個人情債可太難還了！

再三確認了明義不會耽誤功課之後，何貞才暫時放下了明義讀書這個事情，還是琢磨怎麼賺錢。她一個前世學英語專業後來輔修商業的人，除了留學幾年練出來的廚藝，其實什麼金手指都沒有，跟村子裡的姑娘沒什麼區別。

進了臘月，該是灌香腸炸丸子準備年貨的時候了。可是現在再做，臘月初六甚至十六的集都趕不上了，但是什麼都不做的話，更不會賺錢呢，反正情況也不會更壞了。

揣了一塊碎銀子，何貞去黃屠戶的攤子買了三斤瘦肉，回家準備做肉脯。

現在天氣冷，何貞把肉放在院子裡稍微凍一下再切，能省力一些，誰讓這個時代沒有絞肉機呢。回頭和好了麵，何貞燒了油，開始炸麵。

要過年了，她準備做沙琪瑪、開口笑、大麻花和芝麻糖，因為前面幾種都要過油炸，一次用了也最大限度的省油。而做沙琪瑪要熬糖，用完了鍋裡肯定還剩著糖，再倒上炒芝麻，既能做出好吃的芝麻糖，還不浪費原料。

記得從前的時候，一到年底幾個集，集市上人都格外多，趕集的人也都特別捨得花錢，她的生意應該不會太差。

現在家裡沒有家具，明義天天跪坐在炕邊，趴在炕上寫字。好在炕燒得熱呼，也不怕他凍傷了膝蓋。白天，他都在何貞的東屋待著，守著兩個孩子學習，西屋的炕不燒，也省些柴火。何貞在廚房裡忙活，他也不過去湊熱鬧。那些他不懂的，他就不搗亂，反正大姊說了，每個人把自己該做的事情做好，就是對這個家最大的貢獻。

現在灶火好用，何貞做起吃的東西來就比以前效率高多了。很快，一盆香脆的開口笑和一筐外酥內軟的大麻花就出鍋了。何貞一鼓作氣，接著炸好了小麵條，才撤了火，把沒用完的油倒在另外的瓷盆裡，另外起了鍋熬糖漿。

因為要好好盯著糖的火候，何貞是全神貫注的。等到沙琪瑪和芝麻糖都炒完、成形、切塊之後，她拿粗木頭壓滅了火，端著剛才切下來的邊角走進東屋，招呼明義。「明義，這些是切下來的邊角，你來吃——你什麼時候過來了？」

穆永寧正坐在炕沿上，手指著書跟明義說著什麼，見何貞進來，就住了嘴，抬眼看她。

第二十五章

他平常挺粗心的，可是這次還是注意到了，何貞沒再叫他「穆少爺」，可見是更親近了些。這麼一想就格外高興，站起來說：「我過來一會兒啦。明義說妳忙著，我們就沒打擾妳。妳這是忙完了？這是做的什麼？」

明義也站起來，卻是很體貼地去堂屋給何貞倒了碗水。堂屋有了這個小爐子，實在是方便得很，屋裡暖和許多不說，隨時都能有熱水喝了。

迎著穆永寧含笑的目光，何貞卻有些窘迫。她下意識往回縮了縮手。「這些是邊角料，給明義吃著玩的。你坐著，我給你拿幾塊好的來。」

「不用的。」穆永寧一伸手就把碗抄在了手裡，也不用讓，抓了一小片芝麻糖就扔進嘴裡。「這是妳上次給我過生辰時候做的那個吧？好吃。」

何貞手上空了，就有些想捂臉。人家大少爺跑到自己家來，自己卻給人家吃邊角料……

「大姊，快喝點水吧，廚房裡又熱又乾。」明義把茶碗遞給她。

何貞連忙接過來喝了，說：「你快進去吧。你們說學問的事，我給你們拿吃的。」說完把茶碗放回爐子邊，就推門出去了。

她剛揀了根大麻花放到碗裡，穆永寧就追了出來，從她背後伸手，把麻花放回了筐子裡，嘴裡說：「妳要是老把我當大少爺伺候，我可就不來教明義了。你們能吃的，我怎麼就不能吃了？這是妳賣錢的營生，怎麼可以隨便浪費呢？」

「可是……」何貞還是覺得這不是待客之道。

「行了，哪那麼多講究啊？快忙妳的吧。」穆永寧站在何貞身後，前胸跟她的後背不過一拳的距離，這心跳得跟打雷似的，撂下了這句話，就趕忙逃離了廚房。

好吧，既然穆永寧一片好意，她也不再推讓。反正等他走的時候讓他帶回去一些，就說是給他爹娘的，他也就不會推辭了。

摸一摸院子裡的肉，感覺已經凍了一點，應該好切，何貞挽了袖子開始切肉。

可是剛炸了二十多斤的麵食，等把肉切成小塊，再開始剁的時候，她就明顯感覺到力氣不足了。

穆永寧回了屋子，跟明義說了幾句話，聽著廚房裡叮叮噹噹的響聲，本來挺好吃的零食就有點難以下嚥了。他問明義。「你姊一直這麼忙？」

明義點頭。「大姊每天下午都是這樣的，要為明天擺攤做準備。不過這是頭一次聽她剁東西。」

「你也不幫忙？」穆永寧問了，也覺得是白問。「我這麼大個人都幫不上忙，別說你了，再說你姊肯定不捨得你動手。不行，我看看能不能幫忙，你自己看書吧，別讓你弟弟掉下來。」

明義雖然一直像個小大人似的，可是面對個子高高大大，人又比他大了七、八歲，功課也足以做他師傅的穆永寧，也只有老老實實聽話的分。

穆永寧走到廚房，正看見何貞放下刀，左手捏著右胳膊，挽起的袖子下露出一截瘦伶伶白嫩嫩的胳膊。他也不知怎麼就覺得很沒有耐心，上前一步，幾乎是有些粗暴地把何貞推到旁邊，搶過了菜刀，粗著聲音問：「要怎麼剁？剁碎？」

何貞猝不及防被推了一把，好在沒摔著。看出他要幫忙，覺得有些不可思議，故意道：「我要剁成肉泥呢。」

本來是想著這位小爺估計也沒啥耐性，玩一會兒就會放棄了，可是穆永寧還真不含糊，乒乒乓乓的真就幹上了。大概是因為他練武的緣故，下刀控制得特別好，也比何貞有力氣多了。

何貞看了一會兒，發現他是真的幫忙，也不多說什麼，拿了乾淨的盆子加調味料。她自然是不怕穆永寧看的，配好了調味料，就又取了油紙跟擀麵杖等著。

廚房裡因為這有節奏的叮噹聲，彷彿自成一個世界，就連明輝回來了也沒人發現。

明輝先往廚房探了個頭，準備跟姊姊說一聲自己回來了，結果沒想到穆永寧在這裡，還在剁肉，一愣之下，話都憋了回去。他進屋放下書袋，就去了東屋，先看了看弟弟妹妹，又問明義。「穆大哥怎麼在廚房裡？他會幹活？」

明義也是摸不著頭腦。「他說去幫忙。」

於是小兄弟倆一起來到廚房外頭，圍觀。

看著何貞跟穆永寧在廚房裡的樣子，兩人都覺得有點說不出緣故的怪異，可是明輝心眼沒那麼多，明義又太小了，就一時都沒明白。他們其實是瞧著這兩人特別像娘做飯、爹打下手時候的樣子。

然後廚房裡的聲音就停了。穆永寧問：「這樣行了不？」

何貞檢查了一番，才說：「行了，勞累你了，快洗手進屋歇著吧，一會兒明輝也該回來了。我叫明義給你端熱水。」

她剛要喊，明輝就接話了。「大姊，我回來了，水好了。」

何貞就示意穆永寧出去，自己則小心地調餡，然後擀平，又開火烘肉脯。

穆永寧也覺得肩膀有一點痠，不過練武之人嘛，這點小意思，他還想在廚房待一會兒，跟何貞說說話呢，就被無情地轟了出來。有心說何貞冷酷吧，看著她忙成那樣子，他也說不出來，就悶悶地跟明輝洗了手進屋。

這會兒天色也不早了，再待下去長安就得來找了，穆永寧胡亂坐了坐就要走。

何貞聽著動靜，連忙跑出來叫住他。「不忙走，等我一下。」幸好她擀好肉片的時候提前裝好了一小盆零食，這下端過來就可以。「這個你帶回去，不是給你的，給穆太太的，你不許推辭！」

雖然很不想拿何貞的東西，可是看著她臉色堅決甚至有些嗔怪的樣子，穆永寧就沒辦法違逆她的意思了。聽話接了過來之後，他很糾結，不光違背立場拿了她的東西，還有一種「聽她的話就是很開心」的感覺怎麼辦？

沒有烤箱，何貞只能用大鍋烤肉脯，費了好多時間。明輝擔了水，又拖回來一擔柴火，何貞才做完。

就著爐火煮了豆麵糊，又炒了個大白菜，姊弟幾個蹲著吃完晚飯，明輝搶著去把碗刷了，就叫何貞上炕坐著休息。

何貞是真的累了，也不推辭，歪在炕頭上叫明輝。「趕明兒你下了學去何文家看看，家什打得怎麼樣了。要是炕桌或者椅子有打好的就先拿回來一、兩件，這天天蹲著也不是個辦法。」

又把要帶的東西想了一遍，何貞還是轉回來琢磨明天趕集的事。至於今天穆永寧來幫忙的小插曲，她還真沒放在心上。

何貞搭了四叔家的驢車去鎮上，也虧了有這個車，不然二十多斤的東西，她可真揹不動。四嬸成天在外頭跑，早有經驗，在車板上放了一條半舊的棉被，等她上了車，就給她圍了圍，娘兒倆裹在一起。

閒話的時候，四嬸就建議她還是買個騾車或者驢車，省些腳力，再說多拉東西也能多賣錢。

一路說著話就到了鎮上。何貞拿了新做的小點心送給陳娘子，陳娘子卻提出要買十個蛋黃月餅和一斤鹹味的小麻花，正說著呢，咬了一口何貞剛給她的肉脯，又要了三斤肉脯。

一早就接了一筆不大不小的訂單，何貞自然是開心的。到了集上，果然人多了很多。今年雖然有徭役的事，可是畢竟就在縣裡做，也管飯，多數人家也沒覺得多麼難以接受。反正冬日裡閒著，能省一個人的糧食也是好的。所以多數人家都很有置辦年禮的熱情。基本上這一集買的東西都是走親戚送年禮的，後面兩個集才是辦年貨。

何貞的生意不錯，很快就開了張，而豬肉脯十文一兩的價格也沒嚇住鎮上的富戶，反倒是有不少人嘗了嘗又過來買了些。還沒到中午的時候，何貞帶來的貨物就賣完了，除此之外，還收到了幾戶豬肉脯的訂單。

這一天的收益還不錯，刨去送給陳娘子和穆家的東西，最後淨賺了三百五十文。就算是買了一堆必要的調味料和原料，並沒有剩下多少現錢在手裡，何貞的心裡也還是高興。

她賣光了手裡的東西，何四叔那邊還有小半板豆腐沒賣完，讓她等一會兒一起回家。她也不著急，在集上慢吞吞地逛著。這麼一逛，就有了意外的收穫。先是有人在賣野蜂蜜，後是有人蹲在角落裡賣魷魚。

野蜂蜜是好東西，能做點心不說，豬肉脯刷上一層蜂蜜，味道都要格外好一些，何貞當然就買了下來。而那魷魚，實在是意外之喜。原來那人是在碼頭上給人搬貨的，可是雇船的商家不願意給錢，拖到最後給了一箱冰著的魷魚和一堆黃花魚就不見人影了。客商是東邊來的，這碼頭上賣苦力的鄉下人上哪裡找去，也只有忍了這口氣。

那人老實，何貞也沒狠命殺價，三十斤魷魚，還有七、八條黃花魚，一共算了算三百五十文，連箱子都給了何貞。

黃花魚可以留著過年走禮送人，魷魚卻是可以賺錢的好食材。何貞雖然花光了身上帶的錢，還是很興奮。

本著節省的原則，能在村裡買的材料，何貞都不會在鎮上買。所以把魚放回院子裡之後，她就又去了一趟黃屠戶那裡，訂了三十斤純瘦肉。黃屠戶自然是滿口答應，非常高興。

現在才剛進臘月，送年禮還有些早，何貞就把那八條黃花魚拿盆子盛了，放在倒座的棚子裡凍著，然後開始做燻魚。那東西好吃又耐放，這冬日裡能吃不少日子，當零食或者下酒菜都很好。而且這東西跟豬肉脯的一斤肉出半斤肉脯不一樣，算是比較出貨的，那些魷魚，估計能出二十五斤左右的燻魚，可以賣不少錢。

何貞現在也慢慢找到自己的定位了。平常擺攤賣的是普通人吃的東西，口味稍好些就好，靠著量大賺錢。可這趕集的時候，就賣點稍微稀罕些的東西。鎮上的富裕人家不在乎價錢，只要好吃新鮮就行。不管到了什麼時候，儘量還是要賺富人的錢。

做燻魚的話，挺浪費油的，因為炸完魚的油就不能要了，得把該油炸的東西先炸好了，最後再炸魚。那就等臘月十五那天集中做，第二天好趕集去賣，這幾天就先把豬肉脯這些東西做好。

第二天，黃屠戶收了頭豬，因為三十斤豬肉不少，他還專門給送到了何貞家裡。這下子，何貞就有得忙活了。光剁肉泥就是個大工程。這事她也沒打算一天幹完，準備先做兩斤的量，明天給一家送過去，正好是臘八，也算是湊個熱鬧。

每次做了好吃的，在出去賣之前，何貞都要給弟弟們留一份，就算是賣相不太好的那些，也讓他們吃得很滿足。可是肉脯是個例外，因為他們不能吃肉。

所以明輝下了學，一看院子裡放著的一大塊豬肉，就知道這是大姊要做了出去賣的東西。他還記得上回穆永寧來家幫姊姊剁肉的事情，便連忙洗了手，自己切了塊肉就去剁。

臘月天寒，放在院子裡的肉一會兒就凍得微微發硬，正是好切的時候。何貞正在廚房蒸饅頭，看見弟弟進來切肉，忙說：「你不用管，先去擔水來吧。」

「我給妳剁好了再去擔水。」明輝堅持。

何貞從他手裡拿過了刀，說：「不是不叫你幫忙，這活也很費力的，等你剁完肉，只怕就要挑不動水了。」

這是實話，可是聽在明輝耳朵裡，就讓他挺不是滋味的。他有些鬱悶地嘴硬。「上次穆大哥也剁肉了，他怎麼就沒事？」

何貞切著肉，也沒抬頭，只說：「他是練武的人，跟咱們不一樣。且他還比咱們大呢，等你大一些了力氣自然也會大的。」

「大姊，我想練武。」明輝沈默了一會兒，說道。

何貞放下刀，看著明輝，見他神色嚴肅，不像是一時不服氣就隨口說說的樣子。她皺了眉，問：「你怎麼會這麼想？」

明輝一向話不多，這會兒也是有些不知道怎麼開口的樣子。他猶豫著說：「姊，我就覺得我念書也念不出個名堂，比明義差遠了。就說算術吧，妳還沒上學堂呢，我比妳也差得多。所以我想練武，反正我有力氣，也不怕吃苦。」

「你練武，打算幹什麼呢？」何貞靠著灶臺問他。「萬一你只是空有一把力氣，練武也練不出個道理呢？再說，我聽人說，練武的人都要打小練的，你都十歲了，怕是已經晚了。」

明輝卻說：「姊，我都想過了。學不出什麼功夫，起碼也能有兩下把式，將來就是尋個鏢局的差事，或者給大戶人家看家護院，也是個營生。實在不行，我跟妳一起做買賣，也好過妳一個人受累。妳出去擺攤的時候，我也能保護妳。嬸子們都說，過兩年妳大了，就不好出門了哩。」

說來說去，還是心疼自己這個做姊姊的。

何貞雖然不贊成，可是看著他堅定的眉眼，卻也說不出明確的反對。還是那句話，自己以為的好，並不一定是他需要的好。更何況，這孩子還是心心念念要減輕自己的負擔。

可是自己努力賺錢，不是為了讓弟弟跟著風裡來雨裡去的擺攤、蹉跎一生的，他也不適合這個。何貞就說：「這樣，你的意思我也明白了。學你還好好上著，回頭我去找陳姨問問，鎮上或者縣裡有沒有開武館的，等著帶你去找個師傅。難得咱們村有這樣的機緣，該有的學問基礎，你還是要打牢了。」

似乎沒想到這麼容易就能讓姊姊同意，明輝有點不敢相信似的，呆呆地問：「姊，妳同意？」

「同意啊，不過你可別忘了，咱們說好的，你最少得念五年的書。」何貞說。

明輝高興起來，眼中帶著光。「那是那是，明年我就再上一年。也不用找師傅，穆大哥都教我了！」

「你說啥？」何貞以為自己聽錯了。

明輝卻反應過來，自己得意忘形之下說漏嘴了，急忙跑出了廚房，嘴裡喊著「我擔水去了」，就不見了人影。

第二十六章

何貞慢吞吞地把饅頭撿出鍋，又切了豆腐炒豆芽，可心裡一直不踏實。她沒聽錯，一個明義要人家指教學問還罷了，現在明輝居然也在跟人家學武藝，這算怎麼回事，賴上人家了？

不錯，他們姊弟幾個確實需要很多支援和照顧，也有不少人憐憫他們，可是不能因為他們需要幫助，就貪心地對所有的善意來者不拒。這樣行事，跟吸血的水蛭有什麼不同？別人願意幫他們是別人善良，可是他們若一直這樣，豈不是成了消費可憐？現在是人小，沒有能力，可將來人大了，有能力了，如果已經習慣了跟別人伸手，那手還收得回來嗎？

也許這樣想有些小題大做了，可何貞不得不往嚴重處想。還是那句話，養育孩子，不是給口飯吃就可以的，還得教育。而教孩子，最要緊的是要孩子品性端正，不能貪心，不能自私，要坦坦蕩蕩立足於天地之間。對於任何一點不好的苗頭，都要好好敲打，防微杜漸。

想好了，何貞也就沒再糾結了。正好何文父子倆過來，給先送過來兩張炕桌和兩把椅子，另外打的木頭架子不用上漆，也拿了過來，剩下的等漆乾了就一起送過來。畢竟幾個孩子吃飯都蹲在地上，也不是個事。

何貞自然是十分感謝，歡歡喜喜把人送走了。

這個時候用的清漆其實也就是樹膠一類的東西，不會對人有什麼害處，乾透了就可以正常使用。何貞就叫明義把兩把椅子放到堂屋，自己把兩張炕桌分別支在兩個炕上，這才說：「你跟你哥睡覺的時候就把炕桌拿下來，放床頭，白天要用了就搬上去，你寫字也可以坐在炕上寫，還暖和。」

明義抿唇微笑，點頭答應。

看著這樣的弟弟，何貞有些猶豫，要不要把話說得太重，可是想著他們的將來，還是狠下心來。

晚飯就是在東屋的炕上吃的，姊弟幾個點了油燈，坐在炕上，舒舒服服地吃了個飽。吃完飯後，何貞道：「不忙著收拾，我有幾句話要說。」

明義明輝立刻老老實實坐正了，齊刷刷地盯著她。

「往後咱們跟穆家少爺來往，要注意些分寸。」何貞說。

院子裡推門進來的穆永寧就站住了腳。

鄉下人家一般不到睡覺的時候，大門都是不上門閂的，所以穆永寧推門就進來了。他是剛得了個信，想來問問明輝，結果剛走到窗下就聽見自己的名字。

何貞不知道他過來了，繼續說：「平常咱們叫一聲『穆大哥』，那是同村人的情分，可是說到底，人家跟咱們非親非故，沒有義務一定要對咱們好。不管因為什麼，咱們入了人家的眼，可咱們得自己有個章程，不能太貪心了。」

「大姊……」明義囁嚅一聲。「我是不是不應該拿那些問題去麻煩穆大哥?」

「你肯向學是好事,說來也是我無能,耽誤了你。」何貞用力眨了眨眼睛。「可是咱們真的不能太沒有分寸了。咱們收過人家的東西,我還借著人家的銀子,如今我才知道,穆永寧帶著你做學問,教著你練功夫。」她一一指過兩個弟弟。「莫不是人家欠著咱們的?我要你們記得,要努力在力所能及的範圍裡對別人好,可是你對人好,卻莫要去期待別人的回報。所謂『施恩不望報』,這樣你們才不會不甘不平不服。」

何貞故意忽略兩個孩子想要解釋的表情,繼續說。

「同樣地,因為沒有人有義務對咱們好,所以別人對咱們好了,咱們要感恩,要銘記於心,要想著回報,所謂『知恩圖報』。不然,咱們就是白眼狼。最重要的是,不能得隴望蜀,索取得心安理得,甚至越來越貪心。」她嘆口氣。「也是我疏忽了,沒有多想,可這樣下去是不行的。以後要怎麼做,你們好好想一想。」

為人處世的道理很多,孩子小,以後可以慢慢學,唯有心正不貪這一點,是品行問題,必須要從小立住。

父母去世以來,幾個孩子一直相依為命,何貞更多的時候都是在照顧弟弟們的衣食和琢磨生計,還從來沒有這麼嚴肅地坐下來說如此重的話。一時之間,明義和明輝都低頭沈默,屋裡安靜極了。

「何貞!妳給我出來!」穆永寧帶著怒氣的聲音打破了平靜。

兩個男孩子還是沒動。

何貞卻有一瞬間的僵硬。剛才努力繃著的臉現在卻是徹底拉下來。雖然沒有背後說穆永寧的壞話，可到底是從他身上說開的話題，而且也提到了以後要怎麼和他相處的問題，那也是背後說人了。聽聽這口氣，擺明是生氣了啊，他難道聽到了？

何貞從炕上下來，儘量一臉鎮定的出了屋，推開門。

一股冷風迎面撲來。

院子裡本來就冷，穆永寧臉上更是冷得跟冰塊似的。

何貞打了個哆嗦，慢吞吞走到屋簷下。

穆永寧心裡火燒火燎的，真是七竅生煙。他為了能出門，天天早起練功，又用心讀書做功課，好得了功夫過來教小的念書，教大的練武，是為了誰啊？結果這小丫頭可好，巴拉巴拉的還訓起人來了，說來說去的，就是要跟他劃清界線！

因為在屋裡暖和，何貞只穿了一件貼身的小襖，掐出瘦伶伶的小身板，連著小臉也不過巴掌大的一點，猛然從屋裡出來，凍得瑟瑟發抖，帶著一股小可憐的勁頭。

穆永寧就更生氣了。

他往前一步，伸手捏了何貞的手腕，就把她帶到廚房裡。太憋屈了！明明快要被這個小丫頭給氣死，還得找個暖和點的地方跟她說話，怕把她凍著，穆永寧什麼時候受過這個委屈！

廚房裡的火基本上已經熄了。何貞為了不浪費熱量，把大鍋坐在灶頭，溫著水等會兒洗碗用。不過廚房裡關著門，熱氣還在，並不冷。穆永寧拉著她大步走進來，怕她冷，又回身把門關上，廚房裡就黑乎乎的一片了。

這要是他們都大上幾歲，何貞肯定覺得特別曖昧，可是這會兒她只覺得很無奈。大哥，你要發飆也得找個亮堂的地方啊，你這樣，再有氣勢我也看不見啊！

穆永寧是打小練功的，黑暗裡也看得清何貞的表情，一看她這樣子就知道肯定是沒明白狀況呢，不由得更加鬱悶。

他心裡也明白，何貞歲數小，而且一心一意地照看弟弟妹妹，不像高門大戶裡的姑娘小姐，打從懂事起就惦記著找個如意郎君，所以這會兒肯定是還沒開竅呢。他願意陪著、等著，打小一起長大的情分，想想就覺得特別好，可是這小丫頭也太傻了吧！

他不說話，何貞就覺得很尷尬了。

她覺得自己一個大人，就給這孩子一個臺階下，也沒什麼大不了的，於是率先打破沈默。「你怎麼來了也不進屋啊，在外面多冷。」

穆永寧哼一聲，好歹也是搭理她了。「我倒是想進屋呢，剛到妳屋簷下，就聽見妳說離我遠點，我哪還敢進妳家門啊。」

我沒這麼說好嗎？何貞覺得心好累。自己家的弟弟就算有不周到的地方吧，好歹沒這陰陽怪氣的毛病，這位小爺簡直是太難伺候了。她吸口氣。「我可沒這麼說，你聽岔了，我是叫他們不要老是麻煩你。你也有功課呢，怪忙的。」
本來這話是可以安撫穆永寧的情緒的，可是架不住他看清了何貞臉上那副哄孩子的表情，火氣再次升級。「妳也不用拿我當個傻子糊弄。我就不明白了，我對妳不好是怎麼的，妳怎麼這麼沒良心？」
喲，這可拔高了。何貞剛剛訓導了弟弟們，回頭就被穆永寧無限上綱了，報應來得太快了吧。她也是一臉懵。「我怎麼沒良心了？一直記著你的好呢。」
「妳這就不老實了。」穆永寧氣哼哼的。「我一直把妳當朋友呢，朋友有疏財之義，也有互相扶持的責任。可是妳呢？天天想著還我錢。這就罷了，我指點妳弟弟們兩句也不成了？妳非要跟我算這麼清楚嗎？那我從妳這兒拿了吃的，都欠妳多少銀子了？是不是也要我補上？」
「那怎麼能呢。」何貞連連否認，也隱約意識到，可能是自己的態度傷到了少年的一片熱忱，更是連忙道歉。「可能我說的話不對，讓你寒心了，我跟你道歉。我是真的把你當朋友，才不想總是從你身上得好處的。」
「朋友不就是互相幫忙的嗎？」穆永寧不解。
「你也說了是『互相』，可我其實幫不到你，只是單方面的你幫我，這樣的關係可不能算是真正的朋友。」何貞真心道：「說實在話，你跟我其實不是一樣的人。我看得出，你真心把我和我的弟弟們當朋友，我也很珍惜這樣的交情。可越珍惜，就越要小心，不能摻雜了利益，那會毀了這份朋友情分。」

穆永寧的小心思在對面女孩坦然的話面前失去了力量，他雖然遺憾於小姑娘口口聲聲說的「情分」不是他想要的「情分」，可是對上她明亮的眼睛，他覺得，再大的火氣也發不出來了。

他扭頭，看見案板上放著切好的肉，就問：「妳又要剁肉餡？我來吧。」他心裡還是很鬱悶，正好借著這個發出來。

「你怎麼知道？」他的話題轉得有點快，何貞沒防備。

穆永寧笑出來。「我練過啊，黑暗裡不耽誤看東西。」看著她一下子瞪圓了眼睛的小模樣，他在心裡嘆口氣。算了，誰教她還小呢。他又不是有病，非要喜歡一個毛孩子，反正她早晚會長大的。

雖然穆永寧說得跟真的似的，何貞還是拿起灶膛裡壓著的大木頭，小心搧了搧，讓沒有完全熄滅的枯枝再次燃燒起來，總算廚房裡也亮堂一些。

「唉，妳這是做什麼啊，上次就弄肉餡，妳家不是吃素嗎？」穆永寧一邊切一邊問。

已經捅開了爐子，何貞就打算多燒些水，正好雙胞胎也該洗澡了。她從水缸裡舀了不少水添到大鍋裡，才說：「我要做肉脯賣，不是我們自家吃的。因為你家也是守孝，我就沒給你嘗。」

「沒事，過了年開春我就出孝了，到時候我再找妳要。」穆永寧守的是祖父的孝，一年就夠了。

何貞自然是答應了。看著沒她什麼事，就又回了房裡，把碗筷收了，正好出來洗。房裡的兩個男孩子還在反省，瞧見她進來連忙站起來。

「別杵著了，該幹麼幹麼。明輝去收拾收拾髒衣裳，明天我要洗，再去廚房把熱水提進來。明義去端盆，你們倆給慧兒和明睿洗澡。」何貞做好了分工，就端著空碗什麼的回到了廚房。

有了新房子，她添置了不少家用的東西，至少洗臉洗澡洗衣裳都分開了，鍋也多了好幾個，各司其職，方便多了。

穆永寧還在叮叮噹噹地剁肉泥，何貞洗過了碗筷，就端出白天泡好的豆子，小心炒起來。炒糖豆的生意算是她的第一桶金，不過早就不做了，現在拿出來，也是想著明天去鎮上送肉脯的時候做個搭頭，畢竟不費多少成本，卻能讓客戶開心。

這次她只泡了黃豆，不過準備了兩樣配料，一個還是糖，另一個是椒鹽，分別炒成甜和鹹的。

給小孩子洗澡不是個輕省活，等把兩個小娃娃洗得乾乾淨淨的，廚房裡兩個人的活都忙完了。明輝把水潑到後院，收好了澡盆，又把桶提回廚房的時候，正瞧見廚房門口，兩個人的影子交疊在一起。

他嚇了一跳，邁步進去一看，原來是穆永寧正把切好的肉泥盛到盆子裡，而何貞就彎腰扶著盆子，不叫肉泥漏出來。因為兩人都扶著盆子，挨得挺近，影子就壓到一起了。

明輝大大鬆了口氣，可是聽著穆永寧聲音格外溫和地問「行了嗎」，何貞特別自然地回「可以了」的時候，不知怎麼，就有種不該進去打擾的感覺。

穆永寧又端了兩碗炒豆子回家的時候，穆太太先捂了臉。她實在是不知道說兒子什麼好了，乾脆眼不見心不煩，扶著劉嬤嬤的胳膊回房去了。

穆靖之看出兒子有話要說，就率先進了書房。

父子兩人就著炒豆子喝茶，也不是茶葉沏的茶，是仁心堂的郎中開的養肺茶。不過穆永寧也不大在意這個，味道不算難喝就行，反正他的心思也不在這裡。

他自以為很好地隱藏了心意，只是說了關於「朋友」的困惑，然後問穆靖之。「爹，您說那小丫頭說得對嗎？」

穆靖之搖頭。「這本來就沒什麼對與不對，見仁見智吧。不過如你所說，何小姑娘卻是個心思重的，和你這樣直來直去的脾氣不同。」

「我知道，她心眼可多了。」穆永寧也有自知之明。

「然而，她同時又心思正派，這就難得了。」穆靖之感慨一聲，又惋惜。「這如果是個男子，為父自然十分欣慰你能得此良友，只盼你們一生相交，可惜她是個女孩子。」

「這怎麼就可惜了？爹，您不是從不看輕女子的嗎？」穆永寧問。

穆靖之看著他。「我並沒有看輕她，相反，我十分看重她，才會為你將來要失去如此良友而可惜。你莫忘了，男女有別，就算鄉間規矩鬆些，可過上幾年，她訂了親事，嫁了人，如何還能和你做朋友？便是她的夫家，又豈能容許？你說是朋友，可一個不慎，卻是毀人名節的大事，自然也就只有惋惜了。」

「不會的！」穆永寧下意識反對，然後卻不再說話了。也不知道他是想說他不會失去這個朋友，還是何貞不會嫁人，只是他站起來就跑了。

跑出迴廊，他又退回來，抓了兩個碗才大步離開。

穆靖之搖頭。

因為穆永寧發力，一口氣給切了好多肉，幾家的肉脯就都得了，何貞把肉脯送到鎮上的時候，幾家都痛快給了銀子；對於額外贈送的炒豆子，也很滿意地收下了。當然，對於四百多文的進帳，何貞也是滿意的。

然而一回家，她就有些呆愣。

穆靖之這尊大佛怎麼會出現在自家的小廟裡！

她放下了筐子，搓著凍得通紅的手進了堂屋，卻聽見東屋裡有說話聲，進門一看——好傢伙，穆靖之坐在炕邊，明義站在他身側，小臉上表情格外嚴肅。穆太太就坐在炕的另一頭，正小心護著何慧在床上爬。炕桌上則是放著兩杯水，應該是明義倒的。

「何姑娘回來了？」穆太太先笑著招呼她。何貞留意到，穆太太改了對自己的稱呼，更像是把自己當大人對待。

「我們不請自來，失禮了。」穆太太看何貞給自己夫妻行禮，連忙拉了她過來。「這可是妳家，怎麼妳還拘束起來了？唉喲，瞧這手凍得。」

別看是自己家裡，何貞可有些弄不清狀況，也沒有貿然開口，還是穆太太替她解惑。「原就曉得妳家的孩子個個都是好的，可畢竟我們不便上門。哪知道方才我們永寧拿了妳這兄弟的文章回去，我們老爺一看就坐不住了，貿然就跑了來，真是不好意思。」

「是我二弟做的文章有不妥當的地方？」何貞的臉色發白，心怦怦地跳。她可是知道，這種年代有些文字獄什麼的，可是要人命不說，還會株連的。

「何姑娘，我想跟妳商議，妳這兄弟，我想收他當個學生，不知可否？」穆靖之轉臉問她。

——未完，待續，請看文創風1157《起家靠長姊》2

週年慶 2023

六月梧桐 著

家有醫妻，春好月圓

就算沒了頂梁柱，誰也別想欺負她家的人。
她的一手好醫術，定能替他們撐起一片天來！

5/2、9 出版

文創風 1159-1162《娘子有醫手》全四冊

穿書的莊蕾很崩潰，她堂堂一個學貫中西的名醫，居然成了被爹娘賤賣的童養媳，
更無言的是，疼愛她的夫家也依劇情一夕之間遭禍，公爹與未來夫婿意外橫死，
又捲入抱錯兒子的鬧劇，婆婆養了十幾年的假小叔原來是京城安南侯的親生子，
換回來的真小叔陳熹卻是藥罐一枚，染上肺疾病重危矣，隨時可以準備後事？
加上不堪丈夫施暴和離回家的小姑，一家老弱婦孺的眼淚簡直要淹沒小溝村了。
幸虧她的醫手好本領跟著穿來，還開了廚藝外掛，村裡沒有活路就往縣城走吧，
先拜師以便坐堂行醫，靠妙方和針灸治癒陳熹，再救下難產的縣令夫人打響名氣。
郎中招牌越擦越亮，可貪財的娘家人竟設計再度將她賣入遂縣首富黃府當妾，
她被綁進黃府，卻發現那紈袴是隻下不了蛋的弱雞，當家的老夫人亦頑疾纏身，
若能順勢治好這對祖孫，豈不是既保住清白，又得了首富當靠山？

【限量20組】79元加價購

文創風 763-764《廚神童養媳》全二冊

王秀巧是他朱蕤的童養媳，他倆成親多年，心繫彼此，
無奈在他赴京趕考之時，家鄉遭逢天災，父親傷重，
為了籌錢替父親醫病，媳婦兒把她自己給賣了，
分離五年，總算皇天不負苦心人，他找著了她，
然而，他漂亮的小媳婦身邊卻有了個三歲大的兒子！
這時，她忐忑不安地告訴他，孩子是撿來的，問他信嗎？
他當然信啊，可為何孩子長得跟她簡直是一個模子刻出來的呢？

清圓 著

夫妻機智在線，

強強聯手除惡

5/16
出版

重生後的明秋意，只想甩開那些後宮爭鬥，
她躲到鄉下的莊子，圖個耳根清淨，
可那些貴女不放過她，連同父異母的妹妹都要踩她一腳，
唉！怎麼往上爬難，當個平凡人更難！

文創風 1163-1164 《富貴閒中求》 全二冊

上輩子明秋意汲汲營營，機關算盡，坐穩皇后之位，
可到頭來皇帝不愛，女兒不親，最終含恨而死。
重生後，明秋意覺醒了，宮中愛恨如浮雲，
人生苦短，她何不及時享樂，躺平當鹹魚？
首先，她得先砸壞自己的名聲，才不會被選入皇宮！
上輩子她是人人誇的才女，這輩子她就當個人人嫌的剩女，
扮蠢、扮醜、裝病樣樣來，太子會看上她才怪呢！
太子不愛甜食，她偏要送去一份栗子糕惹他厭棄，
誰知她打好各種如意算盤，反倒被最不著調的三皇子穆凌寒惦記上，
這位三皇子說來也怪，每天吊兒郎當，卻能寫出一手好字，
眾人都說他是廢柴，可他的行事作風又似有一番條理，
更讓她摸不透的是，明明罵她醜還嫌她眼睛小，卻偏偏說要娶她，
莫不是三皇子跟她一樣，有什麼深藏不露的秘密？

週年慶 2023

啾甘心須知

親愛的貴賓們您好：

感謝您長期的支持與愛護，即日起推出好康活動回饋給您！

參加辦法

活動期間內，只要在官網購書並成功付款，系統會發e-mail給您，並附上抽獎專用之流水編號，買一本就送一組，買十本就能抽十次，不須拆單，買越多中獎機率越大。

獎項

金圓意　紅利金 **200元 x 10名**

金速配　文創風 1165-1166 《香氛巧廚娘》全二冊 x **3名**

♥ 活動結束後，6/7(三)於狗屋官網公佈得獎名單

敬祝各位愛意久久、相伴久久

doghouse

週年慶 購書注意事項：

(1) 請於訂購後**三日內**完成付款，最後訂購於**2023/5/19**前完成付款才算有效訂單喔！
(2) 購書滿千元(含)以上免郵資。未滿千元部分：
郵資65元(2本以下郵資50元)／超商取貨70元(限7本以內)／宅配100元。
(3) 特賣書籍因出書時間較久，雖經擦拭、整理，仍有褪色或整飾痕跡，故難免不如新書亮麗。
除缺頁、倒裝外無法換書，因實在無書可換，但一定會優先提供書況較良好的書給大家。
若有個人原因需要換書，需自付來回郵資。
(4) 各書籍庫存不一，若遇缺書情形可選擇換書或退款。
(5) 歡迎海外讀者參與(郵資另計)，請上網訂購或是mail至love小姐信箱(love@doghouse.com.tw)詢問相關訊息。

狗屋有權修改優惠活動的實施權益及辦法。

Check-in!

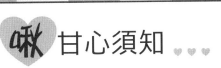

為流浪貓狗加油 和貓寶貝 狗寶貝

廝守終生(一定要終生喔！)的幸福機會

對人來說，貓寶貝狗寶貝只是生活的一部分，
但妳（你）對牠們來說，卻是生活的全部，領養前請一定要考慮清楚——

▲ 靜守美味是我的職責 班長

性　　別：男生
品　　種：米克斯
年　　紀：8歲
個　　性：忠心、親人
健康狀況：已結紮，已施打預防針、狂犬病疫苗，
　　　　　曾患嚴重貧血及心絲蟲，已治療完成，現健康良好
目前住所：新北市三重區（付費中途愛媽家）

本期資料來源：李青純小姐

『班長』的故事：

第一次見到班長，牠被鐵鍊拘在汐止一處廢棄倉庫，旁邊熱炒店的酒客不時會朝班長扔石頭作樂，生活環境很糟，那一幕的震撼至今仍記憶深刻。經過三年的努力，透過SPCA（台灣防止虐待動物協會）的幫忙與前飼主來回溝通，班長終於在去年七月從鐵鍊中解脫，得到適當的醫療與照顧，目前已恢復健康。

班長非常親人、忠心、愛撒嬌，帶出門散步時隨行穩定，但偶爾看到持枴杖或拿大型物品的中年男性會害怕的吠叫，這時拿出零食便可順利轉移牠的注意力──牠視零食為情人，看到零食會乖乖坐好等著，一副垂涎三尺的模樣，非常可愛。

儘管過往的生活讓班長身心受創傷，可牠依然信任且親近人類，現在中途的環境有許多體型比牠大的狗狗，偶而班長會因爭寵行為被喝斥而悶悶不樂，但其實牠僅是想要更多安全感及愛。

需要班長幫忙守衛您的家園或糧庫嗎？只要您願意細心呵護牠、愛牠，牠將會回報您全心的忠誠與盡責。歡迎電洽李小姐0915761172約談，或來信serenalee0429@gmail.com。讓彼此創造美味關係，一起迎向滿分生活！

認養資格：

1. 認養人須前往中途與班長互動，確認彼此是否適合。
2. 須同意簽認養寵物切結書。
3. 須同意送養人日後之追蹤家訪，對待班長不離不棄。

來信請說明：

a. 個人基本資料：姓名、性別、年齡、家庭狀況、職業與經濟來源等。
b. 想認養班長的理由。
c. 過去養寵物的經驗，及簡介一下您的飼養環境。
d. 若未來有結婚、懷孕、出國或搬家等計劃，將如何安置班長？

炮鳳烹龍，回味無窮／昭華

文創風
1156

起家靠長姊 1

國家圖書館出版品預行編目資料

起家靠長姊 / 魯欣著. --
初版. -- 臺北市 : 狗屋出版社有限公司, 2023.04
冊 ; 公分. --(文創風 ; 1156-1158)
ISBN 978-986-509-417-1(第1冊 : 平裝). --

857.7 112003229

著作者	魯欣
編輯	張蕙芸
校對	吳帛奕
發行所	狗屋出版社有限公司
地址	台北市104中山區龍江路71巷15號1樓
電話	02-2776-5889～0
發行字號	局版台業字845號
法律顧問	蕭雄淋律師
總經銷	知遠文化事業有限公司
電話	02-2664-8800
初版	2023年4月
國際書碼	ISBN-13 978-986-509-417-1

本著作物由北京晉江原創網絡科技有限公司授權出版

定價280元
狗屋劃撥帳號：19001626
網址：love.doghouse.com.tw E-mail：love@doghouse.com.tw